ELRIC
DE MELNIBONÉ

Elric de Melniboné

Livro Dois

Michael Moorcock

generale

Publisher
Henrique José Branco Brazão Farinha
Editora
Cláudia Elissa Rondelli Ramos
Tradução
Dario Chaves
Preparação de texto
Gabriele Fernandes
Revisão
Renata da Silva Xavier
Hamilton Fernandes
Projeto gráfico de miolo e editoração
Daniele Gama
Ilustração de capa
Ricardo Troula
Impressão
Gráfica Edelbra

Rua Sergipe, 401 – Cj. 1.310 – Consolação
São Paulo – SP – CEP 01243-906
Telefone: (11) 3562-7814/3562-7815
Site: http://www.evora.com.br
E-mail: contato@editoraevora.com.br

M812e

Moorcock, Michael, 1939-
[Elric of Melniboné. Português]
Elric de Melniboné : livro 2 / Michael
Moorcock ; [tradução:] Dario Chaves. – São Paulo : Évora, 2017.
344 p. ; 16x23 cm.

Tradução de : Elric of Melniboné.

ISBN 978-85-8461-115-7

1. Ficção inglesa. II. Título.

CDD – 823

JOSÈ CARLOS DOS SANTOS MACEDO - BIBLIOTECÁRIO -- CRB7 N. 3575

Para Bill Butler, Mike e Tony, e para todos
da Unicorn Books (no País de Gales).

O NAVEGANTE NOS MARES DO DESTINO

Deixando seu primo Yyrkoon como regente no Trono Rubi de Melniboné, e sua prima Cymoril chorando por ele e desesperada por temer que ele nunca mais fosse retornar, Elric partiu de Imrryr, a Cidade dos Sonhos, e foi em busca de um objetivo desconhecido no mundo dos Reinos Jovens, onde melniboneanos são, na melhor das hipóteses, detestados.

UM

NAVEGANDO PARA O FUTURO

CAPÍTULO I

No qual o Príncipe das Ruínas embarca em um misterioso navio

Era como se o homem estivesse em uma vasta caverna com as paredes e o teto formados por cores sombrias e instáveis que ocasionalmente se espalhavam ao colherem raios de luz vindos da lua. Era difícil acreditar que essas paredes eram meras nuvens concentradas acima das montanhas e do oceano. A luz da lua as perfurava, as borrava e revelava o mar negro e turbulento banhando a areia da praia onde agora o homem estava.

Um trovão distante soou; relâmpagos cortavam o céu longínquo. Uma chuva fina caiu. E as nuvens não paravam de se mover. Do negro azeviche para um branco cadavérico, elas rodopiavam lentamente, como os mantos de homens e mulheres envolvidos em um minueto que os deixavam em transe: isso fez o homem de pé sobre a areia da praia sombria pensar em gigantes dançando ao som da música da tempestade distante e se sentir como se caminhasse involuntariamente em uma sala onde os deuses estavam se divertindo. Ele voltou o olhar das nuvens para o oceano.

O mar parecia cansado. Grandes ondas erguiam-se com dificuldade e arrebentavam como se aliviadas, ofegando enquanto atingiam as rochas afiadas.

O homem puxou o capuz para mais perto do rosto e olhou para trás mais de uma vez enquanto se arrastava para dentro do mar deixando as ondas tocarem suas botas negras e altas que chegavam até os joelhos.

Tentou olhar para o interior da caverna formada pelas nuvens, mas podia enxergar apenas a uma curta distância. Não havia nenhuma maneira de dizer o que estava do outro lado do oceano ou mesmo até onde a água alcançava. Ele virou a cabeça de lado, ouvindo atentamente, mas não conseguia ouvir nada além dos sons do céu e do mar. Suspirou. Por um momento, um raio de luar o tocou e da carne branca de seu rosto brilharam dois olhos rubros e atormentados; em seguida, a escuridão voltou. Mais uma vez o homem virou-se, com medo de que a luz pudesse tê-lo revelado a algum inimigo. Fazendo o mínimo de barulho possível, ele seguiu em direção ao abrigo das rochas à sua esquerda.

Elric estava cansado. Na cidade de Ryfel, na terra de Pikarayd, ele ingenuamente procurou oferecer seus serviços como mercenário no exército do governador daquele lugar. Por sua tolice, ele foi preso como espião melniboneano (era óbvio para o governador que Elric não poderia ser outra coisa) e havia acabado de escapar com a ajuda de subornos e alguns pequenos feitiços.

A perseguição, contudo, foi quase imediata. Cães de grande astúcia foram enviados, e o próprio governador liderou a caçada para além das fronteiras de Pikarayd, para os solitários vales desabitados de um mundo conhecido como Colinas Mortas, onde praticamente não havia vida.

Nos lados íngremes de pequenas montanhas, cujas encostas consistiam de uma ardósia cinza que desmoronava fazendo um barulho que podia ser ouvido a mais de um quilômetro de distância, o homem de rosto pálido vagou. Ao longo dos vales quase sem grama e cujos leitos dos rios não viam água há muitos anos, através de cavernas sem uma estalactite sequer, sobre platôs dos quais se erguiam formações de pedras erigidas por um povo esquecido, ele tentou escapar de seus perseguidores, e subitamente pareceu-lhe que havia deixado o mundo que conhecia para sempre, que tinha cruzado uma fronteira sobrenatural e chegado a um daqueles lugares sombrios a respeito dos quais tinha lido nas lendas do seu povo, onde uma vez Ordem e Caos lutaram entre si até um impasse, deixando o campo de batalha vazio de vida e de possibilidade dela.

E, finalmente, forçou tanto seu cavalo que seu coração explodiu; ele abandonou seu cadáver e continuou a pé, ofegante, para o mar, até esta praia estreita, incapaz de seguir adiante e temendo retornar, com receio de que seus inimigos estariam preparando uma emboscada para ele.

Ele daria tudo por um barco agora. Não tardaria até que os cães descobrissem seu cheiro e levassem seus mestres até a praia. Ele deu de ombros. Melhor morrer aqui sozinho, talvez, abatido por aqueles que nem sequer sabiam seu nome. Seu único arrependimento seria que Cymoril iria se perguntar por que ele não havia retornado ao final de um ano.

Estava sem comida e lhe restava apenas um pouco das poções que o vinham mantendo suprido de vitalidade. Sem energia renovada, não poderia nem ao menos tentar conjurar um feitiço que pudesse lhe proporcionar algum meio de cruzar o mar e, talvez, chegar à Ilha das Cidades Púrpuras, onde as pessoas eram menos hostis com melniboneanos.

Fazia apenas um mês que tinha deixado para trás sua corte e sua futura rainha, deixando Yyrkoon sentar-se no trono de Melniboné até o seu retorno. Ele pensou que poderia aprender mais sobre o povo humano dos Reinos Jovens misturando-se com eles, mas eles o rejeitaram ou por um completo ódio ou com uma cautelosa e falsa humildade. Em nenhum lugar encontrou alguém pronto a acreditar que um melniboneano (e eles não sabiam que ele era o imperador) estaria disposto a arriscar sua sorte com os seres humanos que outrora tinham sido escravos daquela cruel e antiga raça. E agora, enquanto ele estava junto a um mar desolado, se sentindo sem saída e derrotado, percebeu que estava sozinho em um universo malévolo, privado de amigos e propósito, um inútil e doentio anacronismo, um tolo humilhado por suas próprias insuficiências de caráter, por sua profunda incapacidade de acreditar inteiramente na retidão ou na iniquidade de nada. Ele não tinha fé em sua raça, em seu direito de nascença, em deuses ou homens e, acima de tudo, não tinha fé em si mesmo.

Seu ritmo diminuiu; a mão caiu sobre o punho de sua espada rúnica Stormbringer, a lâmina que recentemente havia derrotado sua irmã gêmea, Mournblade, na câmara dentro de um mundo de limbo sem sol. Stormbringer, aparentemente semissenciente, era agora sua única companheira, sua única confidente, e tornou-se seu hábito neurótico falar com a espada como alguém que conversa com seu cavalo, ou como um prisioneiro que compartilha seus pensamentos com uma barata em sua cela.

– Bem, Stormbringer, vamos caminhar para o mar e acabar com tudo agora? – sua voz estava morta, apenas um sussurro. – Pelo menos, teremos o prazer de frustrar aqueles que nos seguem.

Ele fez um gesto de indiferença em direção ao mar, mas, para seu cérebro fatigado, parecia que a espada murmurava, agitando-se em sua cintura, puxando-o para trás. O albino riu.

– Você existe para viver e para tirar vidas. Eu existo, então, para morrer e trazer para aqueles que eu amo e para os que odeio a misericórdia da morte? Às vezes eu acho que sim. Um padrão triste, se esse deve ser o padrão. No entanto, deve haver mais do que isso...

Ele virou as costas para o mar, olhando para o alto, para as nuvens monstruosas que se formavam acima de sua cabeça, deixando a leve chuva cair sobre seu rosto, ouvindo a música complexa e melancólica do mar quando as ondas atingiam as pedras e a areia. A chuva fez pouco para refrescá-lo. Ele não tinha dormido nada por duas noites seguidas e conseguiu dormir muito pouco nas noites anteriores. Ele deve ter cavalgado por quase uma semana antes de seu cavalo tombar morto.

Na base de um penhasco de granito úmido que se erguia cerca de dez metros acima de sua cabeça, ele encontrou uma depressão no solo na qual poderia se agachar e se proteger do vento e da chuva. Cobrindo-se bem com sua capa de couro pesada, acomodou-se no buraco e imediatamente caiu no sono. Deixe que eles o encontrem enquanto dorme. Ele queria morrer sem aviso.

Uma luz incômoda e cinza atingiu seus olhos quando ele mexeu-se. Esticou o pescoço, segurando um gemido na rigidez de seus músculos, abriu os olhos e piscou. Era de manhã, talvez até de tarde, pois o sol estava invisível e uma névoa fria cobria a praia. Através da névoa, ainda podia ver as nuvens mais escuras acima, aumentando a sensação de ele estar dentro de uma caverna enorme. O som abafado do mar continuava a espirrar e assobiar, embora parecesse mais calmo do que na noite anterior, e agora não havia som de tempestade. O ar estava muito frio.

Elric começou a se levantar, apoiando-se sobre sua espada, ouvindo com atenção. Mas não havia nenhum sinal de que seus inimigos estavam por perto. Sem dúvida, eles tinham desistido da perseguição talvez depois de encontrar seu cavalo morto.

Ele enfiou a mão na bolsa em seu cinto e tirou dela um pedaço de bacon defumado e um frasco com um líquido amarelado. Tomou um gole do frasco, recolocou a rolha e o devolveu para a bolsa enquanto mastigava a carne. Ele estava com sede. Arrastou-se mais para cima da praia e encontrou uma poça de água da chuva não muito contaminada com sal. Bebeu seu conteúdo, olhando ao redor. A névoa estava bastante espessa e, se ele se distanciasse muito da praia, sabia que imediatamente estaria perdido. Mas isso importava? Ele não tinha para onde ir. Aqueles que o haviam perseguido sabiam disso também. Sem um cavalo, ele não poderia voltar para Pikarayd, a cidade mais a leste dos Reinos Jovens. Sem um barco, não poderia se aventurar pelo mar e tentar navegar de volta para a Ilha das Cidades Púrpuras. Ele não se lembrava de nenhum mapa que mostrasse um mar a leste e não tinha ideia de quão longe estava de Pikarayd. Decidiu que sua única esperança de sobrevivência era ir para o norte, seguindo a costa na confiança de que mais cedo ou mais tarde chegaria a um porto ou a uma vila de pescadores, onde poderia trocar seus poucos pertences restantes por uma passagem em um barco. No entanto, essa esperança era pequena, pois sua comida e suas poções não durariam mais de um dia ou dois.

Ele respirou fundo para se preparar para a marcha e depois se arrependeu; a névoa cortava sua garganta e seus pulmões, como milhares de pequenas facas. Tossiu e cuspiu na areia.

Ouviu alguma coisa, algo diferente dos sussurros temperamentais do mar: um rangido regular, como de um homem andando com roupas de couro. Sua mão direita foi para o quadril esquerdo e para a espada que repousava lá. Deu uma volta, olhando em todas as direções, procurando a fonte do ruído, mas a névoa o distorcia. Poderia estar vindo de qualquer lugar.

Elric rastejou de volta para a rocha onde tinha se abrigado. Encostou-se nela de modo que nenhum espadachim pudesse apanhá-lo de surpresa por trás. Ele esperou.

O rangido veio novamente, mas agora com outros sons. Ouviu um tilintar; um respingo; talvez uma voz, uma pisada sobre madeira; e imaginou que ou estava experimentando uma alucinação como um efeito colateral da droga que tinha acabado de tomar, ou que ouvira um navio vindo em direção à praia e lançando âncora.

Sentiu-se aliviado e quase riu de si mesmo por acreditar tão prontamente que esta praia estivesse desabitada. Tinha pensado que as falésias desoladas se estendiam por quilômetros, talvez centenas de quilômetros, em todas as direções. A suposição poderia puramente ter sido o resultado subjetivo de sua depressão e seu cansaço. Ocorreu-lhe que poderia facilmente ter descoberto uma terra não mostrada em mapas, mas com uma cultura sofisticada, com barcos a vela, por exemplo, e portos para eles. No entanto, ele não saiu de seu esconderijo.

Em vez disso, recuou ainda mais para trás das rochas, perscrutando a névoa em direção ao mar. Percebeu uma sombra que não estava lá na noite anterior. Uma sombra enorme e escura que só poderia ser de um navio. Ele distinguiu nas sombras indícios de cordas, ouviu homens grunhindo, ouviu o rangido e a grosa de uma verga de um mastro. Uma vela estava sendo enrolada.

Elric esperou pelo menos uma hora, na expectativa de que a tripulação do navio fosse desembarcar. Eles não teriam outro motivo para entrar nesta baía traiçoeira. Mas um silêncio desceu, como se todos no navio dormissem.

Cautelosamente, Elric saiu de trás da pedra e caminhou até a beira do mar. Agora ele podia ver o navio um pouco mais claramente. A luz avermelhada do sol estava por trás dele, ofuscada pela névoa. Era um navio de bom tamanho e construído todo com a mesma madeira escura. Sua construção tinha um estilo barroco e desconhecido, com plataformas altas na frente e atrás e sem evidências de aberturas para remos. Era algo incomum, seja em um navio construído em Melniboné ou nos Reinos Jovens, e isso provava sua teoria de que ele havia encontrado uma civilização por algum motivo separada do resto do mundo, assim como Elwher e os Reinos Não Mapeados eram separados pelas vastas extensões do Deserto Suspirante e do Deserto Suplicante. Ele não viu nenhum movimento a bordo, não ouviu nenhum dos sons que se poderia normalmente esperar ouvir num navio, mesmo com grande parte da tripulação descansando. A névoa se movia em círculos e mais da luz vermelha se espalhava iluminando o navio, revelando as grandes rodas dos lemes, tanto na proa quanto na popa, o mastro esguio com sua vela enrolada, as geometrias complicadas de suas amuradas e sua figura de proa, a grande proa curva que dava ao navio uma impressão de poder e força e que fez Elric pensar que poderia ser um navio de guerra, em vez de um navio mercante. Mas quem iria até lá para lutar em águas como aquelas?

Ele pôs de lado sua cautela e colocou as mãos sobre a boca, gritando:

– Ei, vocês no navio!

O silêncio em resposta pareceu-lhe significar uma hesitação peculiar como se as pessoas a bordo se perguntassem se deviam responder.

– Ei, vocês no navio!

Em seguida, uma figura apareceu na amurada do navio e, inclinando-se, olhou casualmente na direção dele. A figura tinha uma armadura tão escura e com desenho tão estranho quanto o do navio; seu capacete ocultava a maior parte do rosto e a principal característica que Elric pôde distinguir era uma barba dourada espessa e olhos azuis penetrantes.

– Salve, você na praia – disse o homem de armadura. Seu sotaque era desconhecido para Elric, e seu tom tão casual quanto seu jeito. Elric pensou tê-lo visto sorrir. – O que você procura aqui?

– Ajuda – disse Elric. – Eu estou preso aqui. Meu cavalo está morto. Estou perdido.

– Perdido? Aha! – a voz do homem ecoou na névoa. – Perdido. E você gostaria de vir a bordo?

– Eu posso pagar alguma coisa. E posso também dar os meus serviços em troca de uma passagem, seja para seu próximo ponto de parada ou para alguma área próxima aos Reinos Jovens onde há mapas disponíveis para que eu possa continuar seguindo meu próprio caminho...

– Bem – disse o outro, lentamente. – Talvez tenha trabalho para alguém que tenha uma espada.

– Eu tenho uma espada – disse Elric.

– Estou vendo. Uma bela e grande espada de batalha.

– Então posso ir a bordo?

– Nós temos de discutir sobre isso aqui primeiro. Se tiver a bondade de esperar um pouco...

– É claro – disse Elric. Ele estava perplexo com a maneira do homem, mas a perspectiva de calor e comida a bordo do navio era animadora. Esperou pacientemente até que o guerreiro de barba loira voltasse à amurada.

– O seu nome, senhor? – perguntou o guerreiro.

– Sou Elric, de Melniboné.

O guerreiro parecia estar consultando um pergaminho, correndo o dedo por uma lista até que concordou com a cabeça, satisfeito, e colocou a lista em seu cinto com uma fivela bem grande.

– Bem – disse ele –, houve uma boa razão em esperar aqui, afinal de contas. Achei difícil de acreditar.

– Como foi a discussão e por que você esperou?

– Por você – disse o guerreiro, estendendo uma escada de corda na lateral do barco até ela tocar no mar. – Você vai embarcar agora, Elric de Melniboné?

CAPÍTULO 2

O capitão cego

Elric foi surpreendido ao perceber como a água estava rasa e se perguntou por que meios um grande navio como aquele poderia se aproximar tanto da costa. Afundado até o ombro no mar, ele estendeu a mão para alcançar a escada.

Teve grande dificuldade para se levantar da água e ainda atrapalhou-se com o balanço do navio e o peso de sua espada rúnica, mas enfim conseguiu escalar desajeitadamente até chegar ao convés, com a água escorrendo de suas roupas para o assoalho de madeira e seu corpo tremendo de frio. Ele olhou em volta. A névoa era brilhante e avermelhada sobre as vergas escuras e o cordame do navio, e branca quando se espalhava sobre os cobertos e os lados das duas grandes cabines na frente e atrás do mastro. E essa névoa não era da mesma natureza que a névoa além do navio. Elric, por um momento, teve uma noção fantasiosa de que a névoa viajava permanentemente por onde quer que o navio viajasse. Ele sorriu para si mesmo, atribuindo a razão dessa sensação onírica de sua experiência à falta de comida e ao sono. Quando o navio navegar por águas mais ensolaradas, ele então poderá ver que se trata apenas de uma embarcação comum.

O guerreiro loiro segurou o braço de Elric. O homem era tão alto quanto ele e com um físico bastante surpreendente. Dentro de seu elmo ele sorriu, dizendo:

– Vamos para baixo.

Eles foram para a cabine adiante do mastro, e o guerreiro abriu uma porta de correr, ficando de lado para deixar Elric entrar primeiro. Elric abaixou a cabeça e entrou para o calor da cabine. Uma lâmpada de vidro brilhava, pendurada em quatro correntes de prata presas ao teto, revelando várias figuras mais volumosas, totalmente vestidas com uma variedade de armaduras, sentadas sobre uma mesa quadrada e resistente. Todos os rostos voltaram-se para encarar Elric quando ele entrou, seguido pelo guerreiro loiro, que disse:

– Este é ele.

Um dos ocupantes da cabine, que estava sentado no canto mais distante e cujas feições estavam completamente escondidas pela sombra, assentiu.

– Sim – disse ele. – É ele.

– Você me conhece, senhor? – disse Elric, sentando-se na ponta do banco e retirando a capa de couro encharcada. O guerreiro mais próximo dele passou-lhe um copo de metal com vinho quente e Elric aceitou com gratidão, bebeu o líquido amargo, maravilhado com a rapidez com que dispersou o frio dentro dele.

– De certa forma – disse o homem nas sombras. Sua voz era sarcástica e ao mesmo tempo tinha um tom de melancolia, e Elric não se sentiu ofendido, pois a amargura na voz parecia direcionada mais para si próprio do que para quem ele se dirigia.

O guerreiro loiro sentou-se no lado oposto a Elric.

– Eu sou Brut – disse ele – outrora de Lashmar, onde minha família ainda possui terras, mas já faz quase um ano que eu estive lá.

– Dos Reinos Jovens, então? – disse Elric.

– Sim. Outrora.

– Este navio não viaja por nenhum lugar próximo dessas nações? – Elric perguntou.

– Eu creio que não – disse Brut. – Não faz tanto tempo, penso eu, que eu mesmo cheguei a bordo. Estava procurando por Tanelorn, mas em vez disso encontrei esta embarcação.

– Tanelorn? – Elric sorriu. – Quantos não devem procurar aquele lugar mítico! Você já ouviu falar de alguém chamado Rackhir, outrora

Sacerdote Guerreiro de Phum? Nós passamos por algumas aventuras juntos há pouco tempo atrás. Ele se foi para procurar Tanelorn.

– Eu não o conheço – disse Brut de Lashmar.

– E essas águas – disse Elric – ficam muito longe dos Reinos Jovens?

– Muito longe – disse o homem nas sombras.

– Você é de Elwher, por acaso? – perguntou Elric. – Ou de algum outro lugar que nós no oeste chamamos de Reinos Não Mapeados?

– A maioria de nossas terras não está em seus mapas – disse o homem nas sombras. E ele riu. Novamente Elric não se sentiu atingido. E não estava particularmente incomodado pelos mistérios insinuados pelo homem nas sombras. Soldados mercenários (como ele considerava que esses homens eram) gostavam de suas piadas privadas e autorreferências; geralmente era tudo o que os unia, com exceção do desejo comum de alugar suas espadas a quem quer que pudesse pagar.

Lá fora, a âncora se contorceu e o navio se agitou. Elric ouviu a verga sendo baixada e também o farfalhar da vela sendo desfraldada. Indagou-se como eles esperavam deixar a baía com tão pouco vento disponível. Ele notou que os rostos dos outros guerreiros (até onde os seus rostos eram visíveis) haviam assumido um olhar bastante determinado enquanto o navio começava a se mover. Olhou de um rosto sinistro e assombrado para outro e se perguntou se seu próprio semblante tinha a mesma expressão.

– Para onde vamos navegar? – questionou.

Brut encolheu os ombros:

– Só sei que nós tivemos que parar para esperar por você, Elric de Melniboné.

– Vocês sabiam que eu estaria aqui?

O homem nas sombras serviu-se de mais vinho quente do jarro colocado em uma reentrância no centro da mesa.

– Você é o último que precisamos – disse ele. – Eu fui o primeiro trazido a bordo. Até agora não me arrependi da minha decisão de fazer a viagem.

– O seu nome, senhor? – Elric decidiu que não ficaria mais naquela situação de desvantagem.

– Oh, nomes? Nomes? Eu tenho tantos. O meu preferido é Erekosë. Mas já fui chamado de Urlik Skarsol e John Daker e Ilian de Garathorm, até onde me lembro. Alguns me fariam acreditar que eu fui Elric Assassino de Mulheres...

– Assassino de Mulheres? Um apelido desagradável. Quem é este outro Elric?

– Isso eu não posso responder inteiramente – disse Erekosë. – Mas eu compartilho um nome, ao que parece, com mais de um a bordo deste navio. Eu, como Brut, buscava por Tanelorn e em vez disso vim parar aqui.

– Nós temos isso em comum – disse outro, um guerreiro de pele negra, o mais alto do grupo. Suas feições estranhamente reforçadas por uma cicatriz parecendo um V invertido desde a testa, passando sobre os olhos, descendo pelas bochechas até a mandíbula. – Eu estava em uma terra chamada Ghaja-Ki, um lugar desagradável e pantanoso, repleto de vida pervertida e doentia. Ouvi falar que lá existe uma cidade e pensei que pudesse ser Tanelorn. Não era. E era habitada por uma raça hermafrodita de pele azul que estava determinada a me curar do que eles consideravam ser malformações de minha sexualidade. Esta cicatriz que você vê foi trabalho deles. A dor da operação que me fizeram deu-me forças para escapar deles e eu corri nu pelos pântanos, mal podendo andar, tropeçando por quilômetros até que o pântano se tornou um lago que alimentava um grande rio sobre o qual pendiam nuvens negras de insetos que voaram sobre mim avidamente. Este navio apareceu e eu fiquei mais do que feliz em buscar refúgio aqui. Eu sou Otto Blendker, outrora um estudioso de Brunse, agora uma espada mercenária pelos meus pecados.

– Esta Brunse... fica próxima de Elwher? – disse Elric. Ele nunca tinha ouvido falar desse lugar, nem em um nome tão estranho como esse, nos Reinos Jovens.

O negro sacudiu a cabeça.

– Não sei nada sobre Elwher.

– Então, o mundo é um lugar consideravelmente maior do que eu imaginava – disse Elric.

– Realmente é – disse Erekosë. – O que você diria se eu lhe apresentasse a teoria de que o mar em que navegamos se estende por mais de um mundo?

– Eu estaria inclinado a acreditar em você. – Elric sorriu. – Já estudei essas teorias. E mais, já vivi aventuras em mundos diferentes do meu próprio.

– É um alívio ouvir isso – disse Erekosë. – Nem todos a bordo deste navio estão dispostos a aceitar a minha teoria.

– Eu estou mais perto de aceitá-la – disse Otto Blendker. – Apesar de eu achar que é uma ideia aterrorizante.

– E ela é – concordou Erekosë. – Mais assustadora do que você pode imaginar, amigo Otto.

Elric se inclinou sobre a mesa e serviu-se de mais uma caneca de vinho. Suas roupas já estavam secando e fisicamente ele já recuperava uma sensação de bem-estar.

– Ficarei feliz em deixar esta costa enevoada para trás.

– Já deixamos a costa para trás – disse Brut. – Mas quanto à névoa, ela está sempre nos acompanhando. Ela parece seguir o navio... Ou então o navio é que cria a névoa por onde quer que viaje. É raro avistarmos alguma terra e, quando isso acontece, como vimos hoje, ela é geralmente obscurecida, como um reflexo em um escudo embaçado.

– Nós navegamos num mar sobrenatural – disse outro, estendendo uma mão enluvada para o jarro. Elric passou-o para ele. – Em Hasghan, de onde eu venho, temos uma lenda de um Mar Enfeitiçado. Se um marinheiro se encontrar navegando nessas águas, ele pode nunca mais retornar e ficará perdido até a eternidade.

– Sua lenda contém pelo menos um pouco de verdade, eu temo dizer, Terndrik de Hasghan – disse Brut.

– Quantos guerreiros estão a bordo? – perguntou Elric.

– Dezesseis, com exceção dos Quatro – disse Erekosë. – Vinte, ao todo. Cerca de dez são parte da tripulação e tem ainda o capitão. Você vai conhecê-lo em breve, sem dúvida.

– Os Quatro? Quem são eles?

Erekosë riu.

– Você e eu somos dois deles. Os outros dois ocupam a cabine da popa. E se você quiser saber por que somos chamados de Quatro, terá de perguntar ao capitão, embora eu deva avisá-lo que suas respostas raramente são satisfatórias.

Elric percebeu que estava sendo levemente pressionado para um lado.

– O navio tem uma boa velocidade – disse laconicamente – considerando como estamos pobres de vento.

– Excelente velocidade – concordou Erekosë. Ele se levantou do seu canto, um homem de ombros largos com um rosto imutável de quem carrega uma experiência considerável. Era um homem de feições belas e tinha certamente visto muitos conflitos, pois tanto as mãos quanto seu rosto eram fortemente marcados, apesar de não estarem desfigurados. Seus olhos, embora profundos e escuros, não pareciam de nenhuma cor em particular e ainda assim eram familiares a Elric. Ele sentiu que talvez já tinha visto aqueles olhos alguma vez em um sonho.

– Já nos encontramos antes? – Elric perguntou a ele.

– Oh, possivelmente... ou iremos nos encontrar. O que isso importa? Nossos destinos são os mesmos. Nós compartilhamos um futuro idêntico. E, possivelmente, compartilhamos mais do que isso.

– Mais? Eu mal pude compreender a primeira parte do que você tentou me dizer.

– Então é melhor assim – disse Erekosë, esgueirando-se por seus camaradas até emergir do outro lado da mesa. Ele pousou sua mão surpreendentemente gentil no ombro de Elric. – Vem, temos de tentar uma audiência com o capitão. Ele manifestou o desejo de vê-lo logo depois que você veio a bordo.

Elric concordou com a cabeça e levantou-se.

– Este capitão... Qual é o nome dele?

– Ele não tem nenhum nome que irá nos revelar – disse Erekosë. Chegaram juntos ao convés. A névoa estava mais grossa e com a mesma brancura mortal, mas não estava mais tingida pelos raios do sol. Era difícil enxergar onde terminava o navio, mas evidentemente eles estavam se movendo com rapidez, embora não houvesse nenhum indício de vento. No entanto, estava mais quente do que Elric imaginava. Ele seguiu Erekosë adiante até a cabine que ficava abaixo do convés onde estava um dos dois lemes do navio, cuidado por um homem alto que estava tão imóvel que se parecia com uma estátua. O timoneiro ruivo não olhava ao redor ou para baixo enquanto eles avançaram em direção à cabine, mas Elric viu seu rosto de relance.

A porta parecia construída de algum tipo de metal liso com um brilho parecido com a pelagem de um animal. Era marrom-avermelhada e a coisa mais colorida que Elric tinha visto até agora no navio. Erekosë bateu suavemente na porta.

– Capitão – ele disse. – Elric está aqui.

– Entre – disse uma voz melodiosa e ao mesmo tempo distante.

A porta se abriu. Uma luz rosada espalhou-se de dentro da cabine, cegando Elric enquanto ele entrava. Quando seus olhos se adaptadaram, ele pôde ver um homem alto vestido de branco sobre um tapete ricamente colorido no meio da cabine. Elric ouviu a porta fechar e percebeu que Erekosë não o tinha acompanhado lá para dentro.

– Você está revigorado, Elric? – disse o capitão.

– Estou, senhor, graças ao seu vinho.

As feições do capitão não eram mais humanas do que as de Elric. Elas eram ao mesmo tempo mais finas e mais poderosas do que as dos melniboneanos, mas ainda tinham uma leve semelhança quanto aos olhos, que estavam inclinados a se afilar, assim como o rosto, até o queixo. O cabelo comprido do capitão caía sobre seus ombros em ondas vermelho-douradas e era mantido para trás por um colar de jade azul. Seu corpo estava coberto por uma túnica e calças de couro de búfalo marrom amarelado, sandálias prateadas e um cordão prateado amarrado em sua panturrilha. Com exceção de sua roupa, ele era gêmeo do timoneiro que Elric havia visto recentemente.

– Você pode me servir mais vinho?

O capitão aproximou-se de um baú do outro lado da cabine.

– Obrigado – disse Elric. E agora ele percebeu por que os olhos não se concentraram nele. O capitão era cego.

Apesar de tudo, seus movimentos eram ágeis e seguros, e era óbvio que ele não podia ver. Ele serviu o vinho de uma jarra de prata em uma taça de prata e começou a andar em direção a Elric, segurando o copo diante dele. Elric se adiantou e aceitou a taça.

– Sou grato por sua decisão de se juntar a nós – disse o capitão – Estou muito aliviado, senhor.

– Você é cortês – disse Elric. – Embora eu deva acrescentar que a minha decisão não foi difícil de tomar. Eu não tinha outro lugar para onde ir.

– Eu entendo. É por isso que nos aproximamos da praia naquele momento e naquele local. Você vai descobrir que todos os seus companheiros estavam em uma posição semelhante antes de eles, também, virem a bordo.

– Você parece ter um conhecimento considerável dos movimentos de muitos homens – disse Elric. Ele segurava o vinho intocado em sua mão esquerda.

– Muitos – concordou o capitão –, em muitos mundos. Eu percebo que você é uma pessoa de cultura, senhor, então vou explicar-lhe sobre algo da natureza do mar pelo qual meu navio navega.

– Sim?

– Ele navega entre os mundos, na maioria das vezes entre os planos de uma variedade de aspectos do mesmo mundo, para ser um pouco mais exato. – O capitão hesitou, desviando seu olhar cego de Elric. – Por favor, saiba que eu não mistifico você deliberadamente. Há algumas coisas que não compreendo e outras que não posso revelar completamente. É uma crença que eu tenho e espero que você possa respeitá-la.

– Eu não tenho nenhuma razão para fazer o contrário – respondeu o albino. E ele tomou um gole de vinho.

– Eu me encontro em boa companhia – disse o capitão. – Espero que você continue a pensar que vale a pena honrar aquilo em que acredito quando chegarmos ao nosso destino.

– E que destino é esse, capitão?

– Uma ilha pertencente a essas águas.

– Isso deve ser uma raridade.

– Na verdade é, e enquanto continuava desconhecida, continuaria sem ser habitada por aqueles que devemos tratar como inimigos. Agora que eles a encontraram e descobriram seu poder, estamos em grande perigo.

– Nós? Você quer dizer, a sua raça ou aqueles a bordo do seu navio?

O capitão sorriu.

– Eu não tenho raça, só tenho a mim mesmo. Eu falo, suponho, de toda a humanidade.

– Estes inimigos não são humanos, então?

– Não. Eles estão intimamente envolvidos nos assuntos humanos, mas este fato não incutiu neles qualquer lealdade a nós. Eu uso "humanidade", é claro, em seu sentido mais amplo, para incluir a mim mesmo e a você também.

– Eu entendo – disse Elric. – Como este povo é chamado?

– De muitas coisas – disse o capitão. – Perdoe-me, mas eu não posso continuar nossa conversa por mais tempo agora. Se você se preparar para a batalha, eu lhe asseguro que vou revelar mais a você assim que chegar a hora certa.

Somente quando Elric saiu pela porta marrom-avermelhada, observando Erekosë avançar até o convés através da névoa, o albino se indagou se o capitão o tinha deixado encantado ao ponto de que ele esqueceria todo o bom senso. Não obstante, o cego o impressionou e ele não tinha, afinal, nada melhor para fazer do que navegar para a ilha. Ele deu de ombros. Poderia alterar sua decisão a qualquer momento, se descobrisse que aqueles na ilha não eram, a seu modo de ver, os inimigos.

– Você está mais mistificado ou menos, Elric? – disse Erekosë, sorrindo.

– Mais mistificado em alguns aspectos, menos em outros – Elric disse a ele. – E, por alguma razão, eu não me importo.

– Então você compartilha o sentimento de todo o grupo – Erekosë disse a ele.

Foi só quando Erekosë levou-o à cabine da popa que Elric percebeu que não havia perguntado ao capitão o que os Quatro significavam.

CAPÍTULO 3

Alguma menção aos Três Que São Um

Exceto pelo fato de que estava na direção oposta, a outra cabine lembrava a primeira em quase todos os detalhes. Aqui também estavam sentados vários homens, todos soldados experientes e mercenários, por suas feições e suas roupas. Dois sentaram-se juntos no centro do lado da mesa a estibordo. Um estava com a cabeça descoberta, era branco e com uma expressão conturbada. O outro tinha feições que se assemelhavam às do próprio Elric e parecia estar usando uma luva de prata na mão esquerda, enquanto a mão direita estava sem nada; sua armadura era delicada e estranha. Olhou para Elric enquanto ele entrava e houve uma expressão de reconhecimento em seu único olho bom (o outro estava coberto por um tapa-olho).

– Elric de Melniboné! – exclamou. – Minhas teorias agora parecem fazer sentido! – ele virou-se para o companheiro. – Veja, Hawkmoon, este é aquele de quem eu lhe falei.

– Você me conhece, senhor? – Elric estava perplexo.

– Você tem de me reconhecer, Elric. Na Torre de Voilodion Ghagnasdiak... Com Erekosë! Embora um Erekosë diferente. Eu sou Corum.

– Não conheço nenhuma torre com esse nome, e esta é a primeira vez que vi Erekosë. Você me conhece e sabe o meu nome, mas eu não o conheço. Eu acho isso desconcertante, senhor.

– Eu também nunca havia encontrado o príncipe Corum antes de ele vir a bordo – disse Erekosë –, mas ele insiste que lutamos juntos uma vez. Estou inclinado a acreditar nele. O tempo em diferentes planos nem sempre ocorre simultaneamente. O príncipe Corum poderia muito bem existir no que nós chamaríamos de futuro.

– Eu pensei que iria encontrar algum alívio de tais paradoxos aqui – disse Hawkmoon, passando a mão no rosto. Ele deu um sorriso desolado. – Mas parece que não há nenhum alívio neste presente momento da história dos planos. Tudo está em um fluxo, e até mesmo as nossas identidades, ao que parece, estão propensas a se alterar a qualquer momento.

– Éramos Três – disse Corum. – Você não se lembra, Elric? Os Três Que São Um?

Elric balançou a cabeça.

Corum encolheu os ombros, dizendo baixinho para si mesmo:

– Bem, agora somos Quatro. O capitão disse alguma coisa sobre uma ilha que supostamente iremos invadir?

– Ele disse – falou Elric. – Você sabe quem são esses inimigos?

– Sabemos tanto quanto você, Elric – disse Hawkmoon. – Eu procuro um lugar chamado Tanelorn e duas crianças. Talvez eu encontre o Bastão Rúnico também. Disto não estou inteiramente certo.

– Nós o achamos uma vez – disse Corum. – Nós três. Na Torre de Voilodion Ghagnasdiak. Foi de grande ajuda para nós.

– Como pode ser para mim – Hawkmoon disse a ele. – Eu o manipulei uma vez.

– Temos muito em comum – Erekosë apontou. – Como eu lhe disse, Elric. Talvez nós compartilhemos mestres em comum, também?

Elric encolheu os ombros.

– Eu não sirvo a nenhum mestre além de mim mesmo. – E ele se perguntou por que todos eles sorriam da mesma maneira estranha.

Erekosë disse calmamente:

– Em tais aventuras como esta, estamos inclinados a esquecer muitas coisas, como quem esquece um sonho ao acordar.

– Este é um sonho – disse Hawkmoon. – Ultimamente tenho tido muitos sonhos.

– Tudo faz parte de um sonho, se você prefere ver dessa forma – disse Corum. – Toda a existência.

Elric não estava interessado em tal filosofia.

– Sonho ou realidade, a experiência é a mesma, não é?

– Muito bem – disse Erekosë com um sorriso pálido.

Eles conversaram por mais uma ou duas horas até que Corum se espreguiçou e bocejou, demonstrando estar com sono. Os outros concordaram que todos estavam cansados e então deixaram a cabine e desceram para onde havia beliches para todos os guerreiros. Ao se esticar em um dos beliches, Elric disse a Brut de Lashmar, que subiu no beliche de cima:

– Seria bom saber quando essa luta começa.

Brut olhou para baixo, para o albino de bruços.

– Eu acho que vai ser em breve – disse ele.

Elric estava sozinho no convés, inclinando-se sobre a amurada e tentando enxergar o mar, mas o mar, como o resto do mundo, estava escondido por uma névoa branca. Elric se indagava se havia mesmo água fluindo sob a quilha do navio. Ele olhou para onde a vela estava apertada e inflada no mastro, preenchida por um vento quente e poderoso. Estava claro, mas novamente não era possível dizer a hora do dia. Intrigado com os comentários de Corum a respeito de um encontro anterior, Elric se perguntou se haveria outros sonhos em sua vida, como esses sonhos reais que ele esquecia completamente ao acordar. Mas a inutilidade de tal especulação tornou-se rapidamente evidente, e ele voltou sua atenção para questões mais imediatas, indagando sobre a origem do capitão e a de seu estranho navio em um oceano desconhecido.

– O capitão – ouviu-se a voz de Hawkmoon, e Elric virou-se para dar bom-dia para o homem alto, de cabelos loiros, que tinha uma estranha cicatriz no centro da testa – pede que nós quatro o visitemos em sua cabine.

Os outros dois emergiram da névoa e juntos foram até a proa, batendo na porta marrom-avermelhada e sendo imediatamente admitidos na presença do capitão cego, que tinha quatro copos de prata com vinho já servido para eles.

– Por favor, bebam, meus amigos.

Foi o que fizeram ali de pé, com os copos nas mãos. Quatro espadachins altos e assombrados pelo destino, cada um pertencente a uma raça totalmente diferente. Mesmo assim, cada um deles tinha em si uma certa marca que ficou impressa neles, como se fossem de uma mesma espécie. Elric havia notado, pois ele era um deles, e tentou lembrar os detalhes do que Corum lhe dissera na noite anterior.

– Estamos chegando ao nosso destino – disse o capitão. – Não vai demorar muito até que desembarquemos. Eu não acredito que os nossos inimigos estejam nos esperando. No entanto, vai ser uma luta dura contra aqueles dois.

– Dois? – disse Hawkmoon. – Apenas dois?

– Apenas dois. – o capitão sorriu. – Um irmão e uma irmã. Feiticeiros de outro universo completamente diferente do nosso. Devido às recentes perturbações no tecido de nossos mundos – das quais você conhece alguma coisa, Hawkmoon, e você, também, Corum – certas criaturas foram libertadas. De outra forma, não teriam o poder que agora possuem. E em razão desse grande poder, os dois anseiam por mais, por todo o poder que existe em nosso universo. Esses dois são amorais em uma proporção que os Senhores da Ordem ou do Caos não são. Eles não lutam por influência sobre a Terra, como aqueles deuses costumam fazer; o único desejo deles é o de converter a energia essencial do nosso universo para seu uso próprio. Eu acredito que eles alimentem alguma ambição em seu universo particular, que seria consumada se pudessem realizar seus desejos. Atualmente, apesar das condições muito favoráveis a eles, ainda não conseguiram atingir sua plena força, mas não está longe o tempo em que possam conseguir. Agak e Gagak é como são chamados na língua humana e estão fora do alcance do poder de qualquer um dos nossos deuses, por isso um grupo mais poderoso convocou vocês. O Campeão Eterno em quatro de suas encarnações (e quatro é o número máximo que podemos arriscar sem precipitar novas perturbações indesejáveis entre os planos da Terra): Erekosë, Elric, Corum e Hawkmoon. Cada um de vocês vai comandar outros quatro, cujos destinos estão unidos com os destinos de vocês e que são grandes lutadores – embora não compartilhem seus destinos em todos os sentidos. Cada um de vocês pode escolher os quatro com quem desejam lutar. Eu creio que vocês vão achar que é uma decisão fácil de tomar. Nós avistaremos terra em pouco tempo.

– Você vai nos liderar? – disse Hawkmoon.

– Eu não posso. Posso apenas levá-los para a ilha e esperar por aqueles que sobreviverem. Se alguém sobreviver.

Elric franziu a testa.

– Esta batalha não é minha, eu acho.

– Ela é de vocês – disse o capitão sobriamente. – E é minha. Eu iria desembarcar com vocês se isso me fosse permitido, mas não é.

– Por quê? – perguntou Corum.

– Você vai descobrir isso um dia. Eu não tenho coragem de dizer o que é.

Erekosë esfregou o queixo.

– Bem, uma vez que é meu destino lutar, uma vez que eu, como Hawkmoon, continuo a procurar Tanelorn, e uma vez que eu penso que há alguma chance de cumprir minha ambição se eu for bem-sucedido, concordo em lutar contra estes dois, Agak e Gagak.

Hawkmoon assentiu.

– Eu vou com Erekosë, por razões semelhantes.

– Eu também – disse Corum.

– Há não muito tempo – disse Elric –, eu contava comigo mesmo, sem companheiros. Agora tenho muitos. Apenas por essa razão irei lutar contra eles.

– É talvez a melhor das razões – disse Erekosë em aprovação.

– Não há recompensa para este trabalho, exceto minha garantia de que seu sucesso vai poupar o mundo de muita penúria – disse o capitão. – E para você, Elric, há menos recompensas do que o resto pode esperar.

– Talvez não – disse Elric.

O capitão fez um gesto em direção ao jarro de vinho.

– Mais vinho, meus amigos?

Todos aceitaram, enquanto o capitão continuou, seu rosto cego fitando o teto da cabine.

– Sobre esta ilha há uma ruína. Talvez um dia a cidade tenha sido chamada Tanelorn – e no centro da ruína está uma construção inteira. É esta construção que Agak e sua irmã habitam. É ali que vocês devem atacar. Vocês irão reconhecê-la imediatamente, eu espero.

– E nós temos de matar os dois? – disse Erekosë.

– Se vocês puderem. Eles têm servos que os ajudam, que devem ser mortos também. E depois a construção deve ser queimada, isso é importante – o capitão fez uma pausa. – Queimada. Ela não deve ser destruída de nenhuma outra maneira.

Elric deu um sorriso seco.

– Existem outras maneiras de se destruir uma construção, senhor capitão.

O capitão devolveu o sorriso e fez uma ligeira reverência concordando.

– Sim, é verdade. No entanto, é importante lembrar o que eu disse.

– Você sabe como esses dois se parecem? Agak e Gagak? – perguntou Corum.

– Não. É possível que eles se assemelhem a criaturas de nossos próprios mundos; mas é possível também que não se pareçam. Poucos já os viram antes. Só muito recentemente é que eles passaram a ser capazes de se materializar.

– E como eles podem ser subjugados? – perguntou Hawkmoon.

– Pela coragem e pela ingenuidade – disse o capitão.

– Você não está sendo muito explícito, senhor – disse Elric.

– Estou sendo tão explícito quanto posso ser. Agora, meus amigos, sugiro que vocês descansem e preparem suas forças.

Quando eles voltaram para suas cabines, Erekosë suspirou.

– Estamos condenados – disse ele. – Temos pouco livre arbítrio, já que todos nos iludimos do contrário. Se morrermos ou sobrevivermos a este empreendimento, não fará muita diferença no esquema geral das coisas.

– Eu acho que você está sendo muito pessimista, amigo – disse Hawkmoon.

A névoa esgueirava-se por entre os mastros, contorcendo-se, inundando o convés. Ela formava redemoinhos ao redor das faces dos outros três homens enquanto Elric olhava para eles.

– Ou talvez esteja sendo realista – disse Corum.

A névoa concentrou-se e ficou mais grossa sobre a área do convés, cobrindo cada homem como uma mortalha. As madeiras do navio rangiam e, aos ouvidos de Elric, assumiam o som do gralhar de um corvo. Estava mais frio agora. Em silêncio, eles foram para suas cabines para testar os ganchos e fivelas de suas armaduras, para polir e afiar suas armas e tentar dormir.

– Oh, eu não tenho nenhuma simpatia por feitiçaria – disse Brut de Lashmar, coçando sua barba dourada –, pois foi a feitiçaria que resultou na minha vergonha.

Elric havia lhe contado tudo o que o capitão havia dito e que havia pedido para Brut ser um dos quatro a lutar com ele quando desembarcassem.

– É tudo feitiçaria, aqui – disse Otto Blendker. E ele sorriu palidamente enquanto dava a mão para Elric. – Eu vou lutar ao seu lado, Elric.

Sua armadura verde-mar brilhava timidamente à luz da lanterna. Seu elmo, empurrado para trás da cabeça, revelava um rosto quase tão branco quanto o de Elric, embora os olhos fossem profundos e quase pretos.

– Também eu – disse Hown Domador de Serpentes. – Embora tema que seja pouco útil em terra seca.

O último a subir, ao olhar de Elric, era um guerreiro que havia falado pouco durante as conversas anteriores. Sua voz era profunda e hesitante. Ele usava um manto de batalha liso feito de ferro, e o cabelo vermelho abaixo dele estava trançado. No final de cada trança, havia um pequeno osso que sacudia sobre os ombros de sua cota de malha enquanto ele se movia. Este era Ashnar, o Lince, cujos olhos eram raramente menos que ferozes.

– Falta-me a eloquência ou as boas maneiras de seus outros cavalheiros – disse Ashnar. – E eu não tenho nenhuma familiaridade com feitiçaria ou aquelas outras coisas de que você fala, mas sou um bom soldado e minha alegria é lutar. Obederecei às suas ordens, Elric, se você me aceitar.

– De boa vontade – disse Elric.

– Não há disputa, ao que parece – disse Erekosë para os outros quatro que haviam se oferecido para se juntar a ele. – Tudo isso é, sem dúvida, predestinado. Nossos destinos já haviam sido ligados desde o primeiro instante.

– Essa filosofia pode levar a um fatalismo doentio – disse Terndrik de Hasghan. – Melhor acreditar que nossos destinos pertencem apenas a nós próprios, mesmo que as evidências digam o contrário.

– Você pode pensar como quiser – disse Erekosë. – Eu já vivi muitas vidas, embora todas, exceto uma, são lembradas, mesmo que vagamente. – Ele encolheu os ombros. – Talvez eu esteja me iludindo, suponho, esperando pelo momento em que encontrarei Tanelorn e talvez volte a me reunir com aquele a quem eu procuro. É essa ambição que me dá energia, Terndrik.

Elric sorriu.

– Eu luto, creio eu, porque aprecio a camaradagem da batalha. Isso, por si só, é uma condição de alguém que se encontra em um estado de melancolia, não é?

– Sim – Erekosë virou o rosto em direção ao chão. – Bem, nós temos de tentar descansar agora.

CAPÍTULO 4

Sobre dor, violência e perda

Os contornos da costa eram pouco visíveis. Eles arrastavam-se pela água e pela névoa branca, suas espadas suspensas acima de suas cabeças. As espadas eram suas únicas armas. Cada um dos Quatro possuía uma lâmina de tamanho e desenho incomum, mas nenhum tinha uma espada que, ocasionalmente, murmurava como a Stormbringer de Elric. Olhando para trás, Elric viu o capitão de pé junto à amurada, seu rosto cego voltado para a ilha, seus lábios pálidos movendo-se como se ele falasse consigo próprio. Agora a água estava na altura da cintura, e a areia sob os pés de Elric endureceu e se tornou uma pedra lisa. Ele andava na água com dificuldade, cauteloso e pronto para um ataque daqueles que defendem a ilha. A névoa estava mais fina, e não havia sinais evidentes de alguém defendendo a praia.

Cada homem tinha uma tocha em sua cinta, com uma ponta feita de tecido embebido em óleo para que não houvesse o risco de estar molhada quando chegasse a hora de acendê-la. Da mesma forma, cada um estava equipado com um acendedor num pequeno braseiro em uma bolsa presa ao cinto, de modo que as tochas pudessem ser acesas instantaneamente.

– Só o fogo irá destruir esse inimigo para sempre – o capitão disse novamente quando lhes entregou as tochas e os braseiros.

Quando a névoa clareou, revelou uma paisagem de sombras densas. As sombras se espalhavam sobre rochas vermelhas e vegetação amarelada.

Eram sombras de todas as formas e dimensões, que se assemelhavam a objetos de todos os tipos. Elas pareciam ter sido arremessadas pelo enorme sol cor de sangue que se mantinha estático acima da ilha, mas o que era perturbador nelas era que não pareciam ter uma fonte, como se os objetos que elas representavam fossem invisíveis ou existissem em outro lugar que não a ilha. O céu também parecia repleto dessas sombras, mas, ao passo que as sombras na ilha estavam imóveis, aquelas no céu se moviam às vezes, talvez acompanhando o movimento das nuvens. E durante o tempo todo o sol vermelho esparramava sua luz sangrenta e tocava os vinte homens com seu brilho indesejável.

Em certos momentos, à medida que avançavam cautelosamente para o interior da ilha, uma luz bruxuleante peculiar fazia que os contornos do lugar ficassem instáveis durante alguns segundos antes de recuperarem o foco. Elric desconfiava de seus olhos e não disse nada até que Hown Domador de Serpentes comentou:

– Eu raramente desço até a praia, é verdade, mas acho que a qualidade desta terra é mais estranha do que qualquer outra que conheci. Ela brilha e se distorce.

Várias vozes concordaram com ele.

– E de onde vêm todas essas sombras? – Ashnar, o Lince, olhou ao redor com um respeito supersticioso. – Por que não podemos procurar o que faz essas sombras aparecerem?

– Pode ser – disse Corum – que estas sombras sejam projetadas por objetos existentes em outras dimensões da Terra. Se todas as dimensões se encontram aqui, como já foi sugerido, essa poderia ser uma explicação razoável. – Ele colocou a mão de prata em seu tapa-olho. – Este não é o exemplo mais estranho que eu já testemunhei de tal conjunção.

– É mesmo? – Otto Blendker bufou. – Então oro para que ninguém me dê uma explicação improvável, por favor!

Eles espremeram-se pelas sombras e pela luz sinistra, até que chegaram aos arredores das ruínas.

Estas ruínas, pensou Elric, tinham algo em comum com a cidade em ruínas de Ameeron, que ele havia visitado durante sua busca pela

Espada Negra. Mas estas eram bem mais vastas, uma coleção de cidades menores, cada uma com um estilo arquitetônico radicalmente diferente.

– Talvez esta seja Tanelorn – disse Corum, que havia visitado o lugar – ou, em vez disso, todas as versões de Tanelorn que já existiram. Pois Tanelorn existe em muitas formas, cada forma dependendo dos desejos daqueles que mais querem encontrá-la.

– Esta não é a Tanelorn que eu esperava encontrar – disse Hawkmoon amargamente.

– Nem eu – acrescentou Erekosë friamente.

– Talvez não seja Tanelorn – disse Elric.

– Talvez este seja um cemitério – disse Corum, distante. – Um cemitério contendo todas as versões esquecidas desta estranha cidade.

Eles começaram a escalar sobre as ruínas, com os braços fazendo barulho do metal de suas armaduras, enquanto se moviam em direção ao centro do lugar. Elric poderia dizer pelas expressões introspectivas nos rostos de muitos dos seus companheiros que eles, assim como ele, estavam se perguntando se isso não era um sonho. Por que eles deviam se encontrar nesta situação peculiar, inquestionavelmente arriscando suas vidas, talvez suas almas, em uma luta com a qual nenhum deles se identificava?

Erekosë aproximou-se de Elric enquanto marchavam.

– Você notou – disse ele – que as sombras agora representam alguma coisa?

Elric assentiu.

– Você pode dizer, a partir das ruínas, como alguns dos edifícios se pareciam quando estavam de pé. As sombras são daquelas construções... os edifícios originais antes de se tornarem ruínas.

– Certamente – disse Erekosë. Juntos, eles estremeceram.

Finalmente eles aproximaram-se do que provavelmente era o centro do lugar, onde havia um edifício que não ficou arruinado. Ele estava em um espaço aberto, com uma forma toda em curvas, feixes de metal e tubos brilhantes.

– Parece mais uma máquina do que um edifício – disse Hawkmoon.

– E mais um instrumento musical do que uma máquina – refletiu Corum.

O grupo fez uma parada e cada subgrupo de quatro se reuniu com seu líder. Não havia dúvida de que eles haviam chegado à sua meta.

Agora que Elric olhou atentamente para o prédio, podia ver que eram na verdade dois edifícios, ambos absolutamente idênticos e unidos em vários pontos por sistemas de tubos que poderiam ser os corredores de comunicação entre eles, embora fosse difícil imaginar que tipo de ser poderia utilizá-los.

– Dois edifícios – disse Erekosë. – Nós não estávamos preparados para isso. Vamos nos separar e invadir os dois?

Instintivamente, Elric sentiu que essa ação seria imprudente. Ele balançou a cabeça.

– Eu acho que nós deveríamos ir todos juntos para dentro de um deles, ou então ficaremos enfraquecidos.

– Eu concordo – disse Hawkmoon, e o resto assentiu.

Assim, eles marcharam corajosamente em direção ao edifício mais próximo, a um ponto perto do chão onde uma abertura escura de proporções irregulares poderia ser discernida. Ainda não havia nenhum sinal dos defensores. Os edifícios pulsavam e brilhavam e, ocasionalmente, sussurravam, mas isso era tudo.

Elric e seu grupo foram os primeiros a entrar, encontrando-se em uma passagem quente e úmida que se curvava para a direita. Eles foram seguidos pelos outros, todos cautelosamente olhando em frente, como se esperando ser atacados. Mas nenhum ataque aconteceu.

Com Elric à frente, eles continuaram adiante por alguns momentos até que a passagem começou a tremer violentamente, fazendo Hown Domador de Serpentes cair no chão, praguejando. Quando o homem na armadura verde-mar se ergueu, uma voz alta e irritável começou a ecoar pelo corredor, aparentemente vinda de uma grande distância. – Quem? Quem? Quem? – gritou a voz. – Quem? Quem? Quem me invade?

O tremor diminuiu um pouco até se tornar bem leve, mas constante. A voz tornou-se um murmúrio inconstante.

– O que me ataca? O quê?

Os vinte homens se entreolharam em perplexidade. Até que Elric deu de ombros, levou o grupo adiante e logo a passagem alargou-se em um salão cujas paredes, teto e chão estavam úmidos com um líquido pegajoso e cujo ar era difícil respirar. E naquele momento, de alguma forma atravessando pelas paredes da sala, surgiram os primeiros defensores, feras horríveis que deviam ser os servos dos misteriosos irmão e irmã Agak e Gagak.

– Ataquem – gritou a voz distante. – Destruam essas coisas!

Apesar de as feras serem de uma espécie primitiva, havia um grande número delas rastejando na direção dos vinte homens, que rapidamente formaram quatro unidades de combate para se defender. As criaturas emitiam sons bizarros enquanto se aproximavam cada vez mais, e os ossos expostos em suas bocas que lhes serviam de dentes tentavam morder Elric e seus companheiros. Ele girou sua espada, que não encontrou quase nenhuma resistência ao cortar várias das criaturas em um mesmo golpe. Mas agora o ar estava mais espesso do que nunca e um fedor ameaçou dominá-los quando o fluido expelido pelas criaturas mortas encharcou o chão.

– Passem no meio deles – Elric instruíu os demais –, abrindo passagem com suas espadas. Temos de chegar até o outro lado. – ele indicou com a mão esquerda.

E assim, eles avançaram, cortando centenas de bestas primitivas e, com isso, empesteando o ar respirável.

– As criaturas não são difíceis de combater – Hown Domador de Serpentes deu um grito engasgado –, mas cada um que matamos nos rouba um pouco das nossas próprias chances de sobreviver.

Elric estava ciente da ironia.

– Astuciosamente planejado por nossos inimigos, sem dúvida. – ele tossiu e cortou novamente com sua espada mais uma dúzia de animais que se jogavam em direção a ele. As criaturas eram destemidas, mas também eram estúpidas. Não pareciam nada empenhadas em atacar com alguma estratégia.

Finalmente Elric chegou à passagem seguinte, onde o ar era um pouco mais puro. Sugou com gratidão a atmosfera doce e acenou para seus companheiros o seguirem.

Brandindo suas espadas, eles aos poucos se aproximaram da passagem, seguidos apenas por algumas das feras. As criaturas pareciam relutantes em entrar na passagem e Elric suspeitou que, em algum lugar dentro dela, havia um perigo que até mesmo elas temiam. Não havia nada a fazer, contudo, a não ser seguir adiante, e ele estava grato por todos os vinte guerreiros terem sobrevivido a esta provação inicial.

Ofegantes, eles descansaram por um momento, inclinando-se contra as paredes da passagem que tremia, ouvindo aquela voz distante, agora abafada e indistinta.

– Não gosto nem um pouco deste lugar – rosnou Brut de Lashmar, inspecionando um rasgo em sua capa, onde uma criatura tinha se agarrado nele. – Uma feitiçaria superior o controla.

– É a única coisa que sabíamos – Ashnar, o Lince, lembrou-os, e Ashnar estava claramente com dificuldade em controlar o seu terror. Os ossos em suas tranças chacoalhavam com o tremor das paredes e o gigante bárbaro parecia quase patético enquanto se preparava para seguir adiante.

– Eles são covardes, esses feiticeiros – disse Otto Blendker. – Eles não se mostram. – ele ergueu a voz. – Será que têm um aspecto tão repugnante que não querem que os vejamos?

O desafio não surtiu efeito. Enquanto eles avançavam através das passagens, não houve nenhum sinal de Agak ou de sua irmã Gagak. O ambiente alternava momentos de escuridão com momentos de um forte clarão. Às vezes, a passagem se estreitava de modo que era difícil espremer seus corpos através dela. Por vezes, ela se abria praticamente formando um largo corredor. Na maior parte do tempo parecia que estavam subindo cada vez mais para o interior do prédio.

Elric tentou adivinhar a natureza dos habitantes do edifício. Não havia degraus no prédio, nenhum tipo de artefato que ele podia reconhecer. Por nenhuma razão em particular, ele começou a imaginar Agak e Gagak em uma forma reptiliana, pois répteis iriam preferir passagens que se inclinassem para cima suavemente e certamente teriam pouca necessidade de um mobiliário convencional. Poderia ser possível que eles fossem capazes de mudar a sua forma à vontade, assumindo forma humana quando fosse conveniente. Ele estava ficando impaciente para enfrentar esses feiticeiros.

Ashnar, o Lince, tinha outras razões – ou pelo menos foi o que ele disse – para a sua própria falta de paciência.

– Disseram que haveria um tesouro aqui – ele murmurou. – Pensei que colocaria minha vida em risco por uma recompensa justa, mas não há nada aqui de valor. – ele colocou uma mão cheia de calos contra o material úmido da parede. – Nem mesmo pedras ou tijolos. Do que estas paredes são feitas, Elric?

Elric balançou a cabeça.

– Isso tem me intrigado também, Ashnar.

Então Elric viu olhos grandes e ferozes espreitando pela escuridão à frente. Ele ouviu um barulho, um estrondo, e os olhos foram ficando cada vez maiores. Viu uma boca vermelha, presas amarelas, pele laranja. Então, um rosnado repentino, e a besta saltou sobre ele, mesmo tendo levantado a Stormbringer para defender-se, gritou um aviso para os outros. A criatura era um babuíno, mas enorme, e havia pelo menos uma dúzia de outros na retaguarda dele. Elric jogou seu corpo para frente, atrás de sua espada, atingindo a fera em sua virilha. Garras se esticaram e cravaram em seus ombros e na cintura. Ele gemeu quando sentiu que pelo menos um conjunto de garras lhe arrancou sangue. Seus braços estavam presos e ele não conseguia puxar Stormbringer. Tudo o que podia fazer era torcer a espada na ferida que ele já tinha feito. Com todas as suas forças, ele virou o punho. O grande macaco gritou, com os olhos cheios de sangue, e mostrou os dentes amarelos quando o focinho disparou em direção à garganta de Elric. Os dentes aproximaram-se de seu pescoço, a respiração fétida ameaçou sufocá-lo. Mais uma vez ele torceu a lâmina. Mais uma vez o animal urrou de dor.

As presas estavam pressionando o metal do gorjal de Elric, a única coisa que o protegia da morte imediata. Ele esforçava-se para livrar pelo menos um braço, torcendo a espada pela terceira vez, depois puxando-a para o lado a fim de alargar a ferida na virilha. Os grunhidos e gemidos do babuíno ficaram mais intensos e os dentes apertavam ainda mais seu pescoço, mas agora, misturado com os ruídos do primata, ele começou a ouvir um murmúrio e sentiu Stormbringer pulsar em sua mão. Ele sabia que a espada estava sugando energia vital do macaco enquanto tentava matá-lo. Um pouco daquela energia começou a fluir para o seu corpo.

Desesperadamente, Elric aplicou toda a força restante para arrastar a espada através do corpo do macaco, e abrir bem sua barriga, fazendo o sangue e as entranhas da criatura se esparramarem sobre ele, até que ele finalmente se livrou e cambaleou para trás, arrancando a espada no mesmo movimento. O macaco também cambaleou, com um olhar estupefato por sua própria ferida horrível, antes de cair no chão da passagem.

Elric se virou, pronto para dar auxílio ao seu companheiro mais próximo, mas só teve tempo de ver Terndrik de Hasghan morrer nas garras de um símio ainda maior, com a cabeça arrancada dos ombros com uma mordida, o sangue vermelho espirrando.

No mesmo instante, Elric levou Stormbringer diretamente ao peito do assassino de Terndrik, atingindo o macaco bem no coração. Fera e vítima humana caíram juntas. Dois outros foram mortos e vários ficaram feridos, mas os guerreiros que resistiram continuavam a lutar, espadas e armaduras manchadas de vermelho. A passagem estreita fedia com o cheiro de suor e sangue dos primatas. Elric avançou novamente para seus atacantes, cortando o crânio de um macaco que lutava com Hown Domador de Serpentes, que havia perdido sua espada. Hown lançou um olhar de agradecimento a Elric enquanto ao mesmo tempo se abaixou para recuperar a espada e, juntos, avançarem sobre o maior de todos os babuínos. Esta criatura era muito mais alta do que Elric e estava cercando Erekosë contra uma parede, com a espada dele atravessando o ombro do monstro.

Um em cada lado, Hown e Elric esfaquearam o babuíno, que rosnou e gritou, tentando se desvencilhar dos novos atacantes, a lâmina de Erekosë ainda presa em seu ombro. Ele investiu contra eles, que o esfaquearam novamente, conseguindo atingir o monstro no coração e em um pulmão, fazendo que a criatura vomitasse sangue de sua boca. Ela caiu de joelhos, com os olhos apagando-se, até que finalmente tombou sem vida.

E agora fez-se silêncio na passagem, e a morte espalhava-se ao redor deles.

Terndrik de Hasghan estava morto. Dois do grupo de Corum estavam mortos. Todos os homens de Erekosë sobreviveram, mas estavam muito feridos. Um dos homens de Hawkmoon estava morto, mas os três restantes saíram praticamente ilesos. Brut de Lashmar foi mordido, mas não havia ferimentos graves e Ashnar, o Lince, estava descabelado, mas também sem ferimentos. Ashnar acabou com dois dos babuínos durante a luta. Mas agora os olhos do bárbaro denunciavam seu abatimento, enquanto ele se apoiava, ofegante, contra a parede.

– Começo a suspeitar que este empreendimento não está sendo nada vantajoso – disse ele com um meio-sorriso. Ele se recompôs, pisando sobre o cadáver de um babuíno para se juntar a Elric. – Quanto menos tempo demorarmos, melhor. O que acha, Elric?

– Eu concordo – Elric devolveu o sorriso. – Vamos lá – e abriu caminho através da passagem até chegarem a uma câmara cujas paredes emitiam uma luz rosada. Mal havia entrado no lugar, ele sentiu algo segurar seu tornozelo e olhou com horror para ver uma serpente fina e comprida enrolando-se em sua perna. Era tarde demais para usar sua espada; em vez disso, ele apanhou o réptil por trás da cabeça e afastou-o parcialmente de sua perna antes de arrancar-lhe a cabeça. Os outros começaram a bater os pés e gritar avisos uns aos outros. As cobras não pareciam ser venenosas, mas havia milhares delas; parecia que brotavam do próprio chão. Tinham cor de carne e não tinham olhos, semelhantes mais a vermes do que a répteis comuns, mas eram bastante fortes.

Hown Domador de Serpentes cantou uma canção estranha, com muitas notas sibilantes, e isso parecia ter um efeito calmante sobre as criaturas. Uma a uma, a princípio, e depois aos montes, caíram ao chão, aparentemente dormindo. Hown sorriu com o seu sucesso.

Elric disse:

– Agora eu entendo de onde vem seu sobrenome.

– Eu não tinha certeza de que a música iria funcionar com elas – disse Hown – porque são diferentes de qualquer serpente que eu já vi nos mares do meu mundo.

Eles andavam tentando se desviar dos montes de serpentes adormecidas. Perceberam que a próxima passagem aproximava-se rapidamente. Às vezes, eles tinham de usar as mãos para se equilibrar enquanto pisavam no material peculiar e escorregadio sobre o piso.

Era muito mais quente naquela passagem, e estavam todos suando, parando várias vezes para descansar e remover o suor do rosto. A passagem parecia não ter fim, fazendo curvas ocasionalmente, mas nunca se nivelando por mais de alguns metros. Às vezes ela se estreitava até ficar pouco maior que um tubo através do qual eles tinham que se contorcer, e outras vezes o teto desaparecia na escuridão sobre suas cabeças. Elric há muito havia desistido de tentar comparar a posição em que estavam com o que tinha visto do lado de fora do castelo. De vez em quando, pequenas criaturas disformes avançavam na direção deles em cardumes, aparentemente com a intenção de atacá-los, mas no máximo provocavam alguma irritação, e logo foram ignoradas pelo grupo, que continuou sua escalada.

Por um tempo, pararam de ouvir a voz estranha que os havia recebido quando entraram, mas agora ela começou a sussurrar de novo, num tom mais urgente do que antes.

– Onde? Onde? Oh, a dor!

Eles fizeram uma pausa, tentando localizar a fonte da voz, mas ela parecia vir simultaneamente de todos os lugares.

Com expressão severa eles continuaram, atormentados por milhares de pequenas criaturas que mordiam a carne exposta deles, como se fossem uma infestação de mosquitos, mas essas criaturas não eram insetos. Elric nunca tinha visto algo assim antes. Eram disformes, primitivas, e quase sem cor. Batiam no rosto dele enquanto se movia, como se fossem o vento. Quase sem enxergar, engasgado, suando, ele sentiu sua força abandoná-lo. O ar estava tão espesso agora, tão quente, tão salgado, como se ele estivesse movendo-se através de um líquido. Os outros foram tão afetados quanto ele; alguns cambaleavam e dois homens caíram, sendo levantados novamente por companheiros quase tão exaustos. Elric estava tentado retirar sua armadura, mas sabia que aquilo deixaria mais de sua carne à mercê das pequenas criaturas voadoras.

Eles ainda subiam pela passagem e mais das criaturas-serpentes que tinham visto antes começaram a se contorcer em torno de seus pés, atrapalhando-os ainda mais, mesmo com Hown cantando sua canção até ficar rouco.

– Não vamos conseguir sobreviver por muito mais tempo assim – disse Ashnar, o Lince, movendo-se para perto de Elric. – Não estaremos em condições de enfrentar o feiticeiro, se encontrarmos ele ou sua irmã.

Elric assentiu com decepção.

– É o que eu penso também, mas o que mais podemos fazer, Ashnar?

– Nada – disse Ashnar em voz baixa. – Nada.

– Onde? Onde? Onde? – a voz murmurava ao redor deles. Muitos do grupo estavam ficando irritados.

CAPÍTULO 5

O significado das sombras

Eles chegaram ao topo da passagem. A voz queixosa estava muito mais alta agora, e também mais trêmula. Eles viram uma arcada e além dela uma câmara iluminada.

– Os aposentos de Agak, sem dúvida – disse Ashnar, segurando mais forte sua espada.

– Possivelmente – disse Elric. Ele sentia-se separado do seu corpo. Talvez fosse o calor e a exaustão, ou seu crescente sentimento de inquietação, mas algo o fez se retrair e hesitar antes de entrar na câmara.

O lugar era octogonal e cada um dos seus oito lados era de uma cor diferente, e cada cor mudava constantemente. Ocasionalmente, as paredes se tornavam semitransparentes, revelando uma visão completa da cidade em ruínas (ou um ajuntamento de cidades) bem embaixo, e também uma vista para a edificação dupla.

Foi um grande poço no centro da câmara que atraiu a atenção deles. Parecia fundo e estava cheio de um material viscoso e mal-cheiroso. Ele borbulhava. Figuras formavam-se nele. Grotescas e estranhas, belas e familiares, as formas pareciam sempre à beira de tomar um contorno permanente antes de se misturarem novamente ao material do poço. A voz estava ainda mais alta e agora não havia dúvida que vinha do poço.

– O QUÊ? O QUÊ? QUEM INVADE?

Elric se forçou a ir para mais perto do poço e por um momento viu seu próprio rosto olhando para ele antes de a imagem se diluir.

– QUEM INVADE? AH! ESTOU TÃO FRACO!

Elric falou para o poço.

– Somos aqueles que você pretendia destruir – disse ele. – Somos aqueles de quem você queria se alimentar.

– AH! AGAK! AGAK! EU ESTOU DOENTE! ONDE VOCÊ ESTÁ?

Ashnar e Brut juntaram-se a Elric. Os rostos dos guerreiros tinham uma expressão de repugnância.

– Agak – rosnou Ashnar, o Lince, seus olhos estavam estreitando-se. – Finalmente algum sinal de que o feiticeiro está aqui!

Os outros estavam amontoados mais atrás, para ficar o mais longe possível do poço, mas todos olhavam fascinados a variedade das formas que surgiam e se desintegravam no líquido viscoso.

– ESTOU ENFRAQUECENDO... MINHA ENERGIA PRECISA SER REABASTECIDA... TEMOS DE COMEÇAR AGORA, AGAK... DEMOROU TANTO TEMPO PARA CHEGARMOS A ESTE LUGAR. PENSEI QUE EU IRIA DESCANSAR. MAS HÁ DOENÇA AQUI. ELA PREENCHE MEU CORPO, AGAK. ACORDE, AGAK. ACORDE!

– Será que é algum servo de Agak encarregado da defesa da câmara? – sugeriu Hown Domador de Serpentes, em voz baixa.

Mas Elric continuava a olhar para dentro do poço, quando começou a compreender a verdade.

– Agak irá despertar? – Brut disse. – Será que está vindo? – ele olhou nervosamente ao redor.

– Agak! – chamou Ashnar, o Lince. – Covarde!

– Agak! – gritaram os outros guerreiros, brandindo suas espadas.

Mas Elric não disse nada. E observou também que Hawkmoon, Corum e Erekosë ficaram todos em silêncio. Percebeu que eles deviam ter concluído a mesma coisa que ele.

Olhou para os companheiros. Nos olhos de Erekosë viu uma agonia, uma compaixão tanto por si próprio como para com seus companheiros.

– Nós somos os Quatro Que São Um – disse Erekosë. Sua voz estremeceu.

Elric foi tomado por um estranho impulso, um impulso que o revoltou e o aterrorizou.

– Não... – ele tentou embainhar Stormbringer, mas a espada se recusou a entrar em sua bainha.

– AGAK! DEPRESSA! – disse a voz no poço.

– Se não acabarmos com essa coisa – disse Erekosë – eles devorarão todos os nossos mundos. Nada continuará a existir.

Elric colocou sua mão livre na cabeça. Equilibrou-se na borda daquele poço assustador. E murmurou.

– Nós temos que fazer isso, então – a voz de Corum era um eco.

– Eu não vou – disse Elric. – Eu sou eu mesmo.

– E eu também! – disse Hawkmoon.

Mas Corum Jhaelen Irsei disse:

– É a única maneira para nós, para a coisa única que somos. Vocês não percebem? Nós somos as únicas criaturas de nossos mundos que possuem os meios de assassinar os feiticeiros... da única forma que eles podem ser mortos!

Elric olhou para Corum, Hawkmoon, Erekosë e, novamente, viu algo de si mesmo em todos eles.

– Nós somos os Quatro Que São Um – disse Erekosë. – A nossa força unida é maior que a soma de todas elas. Temos de ficar juntos, irmãos. Temos de vencer aqui antes que possamos querer vencer Agak.

– Não... – Elric afastou-se e ficou em pé em um canto do poço borbulhante e venenoso de onde vinha a voz que ainda murmurava e reclamava, onde as formas ainda surgiam, se transformavam e desapareciam. E em cada um dos outros três cantos estava um de seus companheiros. Todos tinham um olhar fatalista.

Os guerreiros que haviam acompanhado os Quatro recuaram para as paredes. Otto Blendker e Brut de Lashmar ficaram perto da porta, atentos para qualquer coisa que pudesse entrar na câmara. Ashnar, o Lince, tocou a tocha em seu cinto, um olhar de puro horror em suas feições duras.

Elric sentiu seu braço se erguer, sendo levantado pela sua espada, e viu que seus três companheiros também levantaram as suas. Elas estenderam-se sobre o poço e suas pontas tocaram-se exatamente no centro.

Elric gritou quando algo entrou em seu ser. Novamente ele tentou se libertar, mas o poder era muito forte. Outras vozes falaram em sua cabeça.

– Eu compreendo... – era um murmúrio distante de Corum. – É a única maneira.

– Oh, não, não... – agora era Hawkmoon, mas as palavras saíram da boca de Elric.

– AGAK – gritou o poço. As coisas ficaram mais agitadas, mais sobressaltadas. – AGAK! DEPRESSA! ACORDE!

O corpo de Elric começou a tremer, mas sua mão se manteve firme sobre a espada. Os átomos de seu corpo se despedaçaram e depois se uniram novamente em uma única entidade que viajou pela lâmina da espada em direção ao vértice. E Elric ainda era Elric, gritando de terror, suspirando com o êxtase do que acontecia.

Elric ainda era Elric quando se afastou do poço e olhou para si mesmo por um único momento, vendo-se totalmente agrupado com seus três outros eus.

Um ser pairou sobre o poço. Em cada lado de sua cabeça havia um rosto e cada rosto pertencia a um dos companheiros. Serenos e terríveis, os olhos não piscavam. A criatura tinha oito braços e os braços estavam imóveis; ela agachou-se sobre o poço em oito pernas, sua armadura e seus equipamentos eram de todas as cores, misturadas e, ao mesmo tempo, separadas.

A criatura agarrou uma enorme espada com todas as oito mãos e tanto ela como a espada brilhavam com uma medonha luz dourada.

Assim Elric se reuniu com este corpo e tornou-se uma coisa diferente: ele próprio e três outros e algo mais que era a soma dessa união.

Os Quatro Que Eram Um viraram sua espada monstruosa para que a ponta fosse dirigida para a coisa freneticamente fervente no poço abaixo, que temia a espada. Ela choramingava:

– AGAK, AGAK...

O ser de quem Elric era uma parte reuniu sua grande força e fincou a espada para baixo.

Ondas amorfas apareceram na superfície do poço. Toda a sua cor se alterou de um amarelo doentio para um verde pálido.

– Agak, estou morrendo...

Inexoravelmente a espada desceu. Ela tocou a superfície.

O conteúdo do poço se movia para trás e para frente; tentando se esparramar pelos lados e para o chão. A espada perfurou profundamente, e os Quatro Que Eram Um sentiram uma nova força fluir pela lâmina. Um gemido... e lentamente o poço se acalmou. Ficou em silêncio, imóvel. E ficou cinza.

Em seguida, os Quatro Que Eram Um desceram para dentro do poço até serem engolidos.

A coisa podia ver claramente agora. Testou seu corpo. Controlava cada membro, cada função. Ela havia triunfado; conseguiu revitalizar o poço. Por meio de seu único olho octogonal, olhou em todas as direções ao mesmo tempo sobre as grandes ruínas da cidade; em seguida, concentrou toda a sua atenção sobre o gêmeo.

Agak acordou tarde demais, mas enfim estava acordando, despertado pelos gritos agonizantes de sua irmã Gagak, cujo corpo os mortais haviam a princípio invadido e cuja inteligência eles superaram, de cujo olho eles agora usavam e de cujos poderes eles logo tentariam utilizar.

Agak não precisava virar a cabeça para olhar para o ser que ele ainda via como sua irmã. Como a dela, a inteligência dele era contida dentro do olho enorme de oito lados.

– Você me chamou, irmã?

– Eu falei seu nome, só isso, irmão. – havia vestígios suficientes da força vital de Gagak nos Quatro Que Eram Um para que ele imitasse a maneira de ela falar.

– Você gritou?

– Um sonho – os Quatro fizeram uma pausa e então falaram novamente:

– Um mal súbito. Sonhei que havia alguma coisa nesta ilha que me fazia mal.

– Isso é possível? Nós não conhecemos o suficiente sobre essas dimensões ou sobre as criaturas que as habitam? Mas nenhuma é tão poderosa quanto Agak e Gagak. Não tema, irmã. Devemos começar o nosso trabalho em breve.

– Não é nada. Agora eu estou acordada.

Agak estava intrigado.

– Você fala de forma estranha.

– O sonho... – respondeu a criatura que tinha entrado no corpo de Gagak e a destruído.

– Temos de começar – disse Agak. – As dimensões dobram-se e a hora chegou. Ah, sinta. Ela nos espera para tomá-la. Tanta energia que vamos conquistar!

– Eu sinto – responderam os Quatro, e a coisa sentia. Sentia seu universo inteiro, dimensão sobre dimensão, girando ao seu redor. Estrelas e planetas e luas através de plano após plano, cheios da energia da qual Agak e Gagak tinham desejado se alimentar. E ainda havia o suficiente de Gagak dentro dos Quatro para fazer da experiência dos Quatro uma ânsia antecipatória que, agora que as dimensões atingiam a conjunção correta, logo estaria satisfeita.

Os Quatro foram tentados a se juntar a Agak e celebrar, embora a coisa soubesse que, se o fizesse, seria como roubar de seu próprio universo cada gota de energia. Estrelas iriam desaparecer, mundos iriam morrer. Até os Senhores da Ordem e do Caos iriam perecer, pois eles eram parte do mesmo universo. No entanto, para possuir tal poder, poderia valer a pena cometer um crime tão devastador. A coisa controlou esse desejo e juntou forças para o ataque antes que Agak ficasse alerta.

– Vamos festejar, irmã?

Os Quatro concluíram que o navio tinha chegado à ilha exatamente no momento adequado. Na verdade, eles quase chegaram tarde demais.

– Irmã? – Agak novamente estava intrigado. – O que...?

Os Quatro sabiam que tinham de se desligar de Agak. Os tubos e fios caíram do corpo dele e foram recolhidos para dentro do corpo de Gagak.

– O que é isso? – o estranho corpo de Agak tremeu por um momento. – Irmã?

Os Quatro se prepararam. Mesmo tendo absorvido as memórias e instintos de Gagak, a coisa ainda não estava confiante de que seria capaz de atacar Agak na forma escolhida por ela. E considerando que a feiticeira possuía o poder de mudar de forma, os Quatro começaram a se transformar, gemendo muito, sentindo uma dor terrível, sugando todos os materiais do seu ser que havia sido roubado, de modo que o que parecia ser um prédio agora se tornou uma carne polposa e disforme. E Agak, atordoado, observava.

– Irmã? Sua sanidade...

O edifício, a criatura que era Gagak, agitou-se violentamente, desmanchando-se, e entrou em erupção. A coisa gritou em agonia.

A coisa chegou à sua forma e gargalhou. Quatro rostos riram sobre uma cabeça gigante. Oito braços se agitaram em triunfo, oito pernas começaram a se mover. E, sobre aquela cabeça, a coisa brandiu uma única espada enorme.

E a coisa correu. Correu sobre Agak enquanto o estranho feiticeiro ainda estava em sua forma imutável. A espada da coisa estava girando e estilhaços de uma sinistra luz dourada caíram para longe dela enquanto se movia, açoitando a paisagem sombria. Os Quatro eram tão grandes quanto Agak. E, neste momento, eram tão fortes quanto.

Mas Agak, percebendo o perigo, começou a sugar. Isso não mais seria um ritual prazeroso partilhado com sua irmã. Ele teria de sugar a energia deste universo se quisesse obter a força para se defender, para ganhar o que precisava para destruir o seu atacante, o assassino de sua irmã. Mundos morriam enquanto Agak sugava.

Mas não era o bastante. Agak tentou ser mais astuto.

– Este é o centro do seu universo. Todas as suas dimensões cruzam-se aqui. Venha, vocês podem compartilhar o poder. Minha irmã está morta. Eu aceito a sua morte. Vocês serão o meu parceiro agora. Com este poder vamos conquistar um universo muito mais rico do que este!

– Não! – disseram os Quatro, ainda avançando.

– Muito bem, mas estejam certos de sua derrota.

Os Quatro giraram sua espada. A espada caiu sobre o olho facetado dentro do qual a inteligência de Agak borbulhava, da mesma forma como a da sua irmã já havia borbulhado. Mas Agak já estava mais forte e recuperou-se imediatamente.

Tentáculos de Agak chicotearam os Quatro, e eles os cortaram enquanto a coisa procurava o corpo dele. E Agak sugava mais energia para dentro de si. Seu corpo, que os mortais tinham confundido com um edifício, começou a brilhar como uma chama ardente e a irradiar um calor inacreditável.

A espada rugiu e resplandeceu de tal forma que a luz negra se misturou com a dourada e fluiu contra a luz escarlate. E o tempo todo os Quatro podiam sentir seu próprio universo encolher e morrer.

– Devolva, Agak! Devolva o que você roubou! – disseram os Quatro.

Planos e ângulos e curvas, fios e tubos, vibraram com o calor intenso e vermelho, e Agak suspirou. O universo lamuriou-se.

– Eu sou mais forte do que você – disse Agak. – Agora – e sugou novamente.

Os Quatro sabiam que a atenção de Agak iria se desviar por apenas um curto período de tempo enquanto ele estivesse se alimentando. E os Quatro sabiam também que teriam de extrair energia a partir de seu próprio universo para conseguirem derrotar Agak. Então, a espada foi levantada.

Ela foi lançada para trás, sua lâmina cortando através de dezenas de milhares de dimensões e extraindo o poder delas. A lâmina girou e urrou. E Agak tomou conhecimento dela. Seu corpo começou a mudar. A espada negra deslocou-se em direção ao grande olho do feiticeiro, em direção ao poço/inteligência de Agak.

Os vários tentáculos de Agak ergueram-se para defender o feiticeiro contra a espada, mas ela cortou-os como se não estivessem lá e atingiu a câmara de oito lados que eram os olhos de Agak. A espada mergulhou para baixo no poço/inteligência de Agak, bem profundamente na sensibilidade do feiticeiro, extraindo a energia de Agak para ela, e depois para o seu mestre, os Quatro Que Eram Um. E algo gritou através do universo e estremeceu através dele. O universo estava morto, no mesmo instante em que Agak morria.

Os Quatro não ousaram esperar para ver se Agak fora completamente derrotado. Eles removeram a espada, de volta através das dimensões, e onde quer que a lâmina tocasse, a energia era restabelecida. A espada deu voltas e mais voltas, dispersando a energia, cantou seu triunfo e sua alegria.

Pequenos pedaços de luz negra e dourada dissiparam-se e foram reabsorvidos.

Por um momento, o universo havia morrido. Agora ele vivia e a energia de Agak foi acrescentada a ele.

Agak também vivia, mas estava congelado. Tentou mudar sua forma. Ainda tinha alguma semelhança com o edifício que Elric tinha visto quando chegou à ilha, só que parte dele se parecia com os Quatro Que Eram Um – uma parte do rosto de Corum aqui, uma perna ali, um fragmento de uma espada acolá – como se Agak acreditasse, ao final, que os Quatro só poderiam ser derrotados se a forma deles fosse assumida, assim como os Quatro assumiram a forma de Gagak.

– Nós esperamos tanto tempo... – Agak suspirou. E morreu.

E os Quatro embainharam sua espada.

Em seguida, um uivo veio das ruínas das muitas cidades e um vento forte zuniu contra o corpo dos Quatro, de modo que eles foram forçados a se ajoelhar em suas oito pernas e abaixar a cabeça de quatro faces diante da tempestade. Então, gradativamente, a coisa reassumiu a forma de Gagak, a feiticeira, e então se deitou dentro do poço/inteligência de Gagak e se ergueu em seguida, pairando por um momento, retirando sua espada do poço. Pouco depois, os quatro seres separaram-se e Elric, Hawkmoon, Erekosë e Corum estavam com as pontas das lâminas se tocando sobre o centro do cérebro morto.

Os quatro homens embainharam suas espadas. Eles olharam por um segundo nos olhos uns dos outros e todos viram terror e espanto. Elric virou-se.

Não conseguia encontrar pensamentos nem emoções que podiam traduzir o que tinha acontecido. Não havia palavras que ele pudesse usar. Continuou olhando em silêncio para Ashnar, o Lince, e perguntou por que ele riu, coçou a barba e arranhou a carne de seu próprio rosto com as unhas, sua espada esquecida no chão da câmara cinzenta.

– Agora eu tenho um corpo novamente. Agora eu tenho um corpo – Ashnar continuava dizendo.

Elric perguntava-se por que Hown Domador de Serpentes estava deitado, todo enrolado como uma bola aos pés de Ashnar, e por que quando Brut de Lashmar emergiu da passagem ele caiu e ficou estendido no chão, o corpo trêmulo e gemendo como se estivesse em um sono perturbado. Otto Blendker entrou na câmara. Sua espada estava na bainha. Seus olhos estavam bem fechados e ele abraçava a si próprio, tremendo.

Elric pensou consigo mesmo: *Tenho de esquecer tudo isso ou minha sanidade vai desaparecer para sempre.*

Ele foi até Brut e ajudou o guerreiro loiro a se colocar de pé.

– O que você viu?

– Mais do que eu merecia, por todos os meus pecados. Fomos presos... presos naquele crânio... – então Brut começou a chorar como uma criança pequena, e Elric levou o guerreiro em seus braços enquanto acariciava sua cabeça sem encontrar palavras ou sons com os quais pudesse confortá-lo.

– Temos de ir – disse Erekosë. Seus olhos estavam vidrados. Ele andava cambaleando.

Assim, arrastando os que haviam desmaiado, conduzindo aqueles que tinham enlouquecido, deixando para trás os que tinham morrido, eles fugiram através das passagens mortas do corpo de Gagak, não mais atormentados pelas coisas que ela tinha criado em sua tentativa de livrar aquele corpo daqueles que ela considerava como uma doença invasora. As passagens e câmaras eram frias e frágeis, e os homens ficaram felizes quando chegaram do lado de fora e viram as ruínas, as sombras sem origem, o sol estático e vermelho.

Otto Blendker foi o único dos guerreiros que parecia ter mantido sua sanidade através da provação, quando eles foram absorvidos para dentro do corpo dos Quatro Que Eram Um. Ele tirou a tocha do cinto e acendeu-a com o pavio. Logo ela se acendeu e os outros acenderam também as suas. Elric marchou para onde os restos mortais de Agak ainda estavam e estremeceu ao reconhecer, em uma monstruosa face de pedra, parte de suas próprias feições. Ele achava que a coisa não poderia queimar, mas ela queimou. Atrás dele, o corpo de Gagak ardia em chamas também. Eles foram rapidamente consumidos e pilares de fogo se projetavam para o céu, com uma fumaça vermelha e branca que por algum tempo obscureceu o disco vermelho do sol.

Os homens observavam os corpos queimarem.

– Eu me pergunto – disse Corum – se o capitão sabia, por que ele nos enviou aqui?

– Ou se ele suspeitava o que iria acontecer... – disse Hawkmoon, num tom de ressentimento.

– Apenas nós... somente aquele ser... podia enfrentar Agak e Gagak em seus próprios termos – disse Erekosë. – Outros meios não teriam sido bem-sucedidos. Nenhuma outra criatura poderia ter as qualidades particulares, o enorme poder necessário para matar esses feiticeiros.

– Assim parece – disse Elric – e ele nada mais disse sobre isso.

– Espero – disse Corum – que vocês esqueçam esta experiência assim como esqueceram... ou vão esquecer... a outra.

Elric olhou para ele de forma dura.

– Também esperamos, irmão – disse ele.

A risada de Erekosë foi irônica.

– Quem poderia lembrar isso? – e ele também não disse mais nada.

Ashnar, o Lince, que tinha parado de rir enquanto observava o fogo, gritou de repente e se separou do grupo principal. Ele correu em direção à coluna bruxuleante e depois desapareceu entre as ruínas e as sombras.

Otto Blendker deu a Elric um olhar questionador, mas Elric balançou a cabeça.

– Por que segui-lo? O que podemos fazer por ele? – olhou para Hown Domador de Serpentes. Particularmente gostava do homem na armadura verde-mar. Ele deu de ombros.

Quando prosseguiram, deixaram o corpo retorcido de Hown Domador de Serpentes onde estava, ajudando apenas Brut de Lashmar através do entulho até a praia.

Logo eles avistaram a névoa branca adiante e sabiam que estavam próximos do mar, embora o navio não estivesse à vista.

Na borda da névoa, Hawkmoon e Erekosë pararam.

– Eu não vou voltar para o navio – disse Hawkmoon. – Sinto que já paguei o suficiente pela minha viagem. Se eu puder encontrar Tanelorn, aqui é onde eu devo procurar.

– Também sinto isso. – Erekosë acenou com a cabeça.

Elric olhou para Corum, que sorriu.

– Eu já encontrei Tanelorn. Vou voltar para o navio na esperança que em breve irá me levar a uma praia mais familiar.

– Essa é a minha esperança – disse Elric. Seu braço ainda apoiava Brut de Lashmar.

Brut sussurrou:

– O que foi isso? O que aconteceu com a gente?

Elric segurou com mais força no ombro do guerreiro.

– Nada – disse ele.

Depois, enquanto Elric tentava levar Brut em meio à névoa, o guerreiro loiro deu um passo atrás.

– Eu vou ficar – disse ele e afastou-se de Elric. – Eu sinto muito.

Elric estava intrigado.

– Brut?

– Eu sinto muito – disse Brut novamente. – Tenho medo de vocês. Tenho medo daquele navio.

Elric fez que iria seguir o guerreiro, mas Corum colocou sua mão de prata dura sobre o ombro dele.

– Camarada, vamos embora deste lugar – seu sorriso era desolador. – É o que está lá atrás que eu temo mais do que o navio.

Eles olharam sobre as ruínas. À distância, podiam ver os restos do fogo e havia duas sombras lá agora, as sombras de Gagak e Agak, da forma como aparecera para eles na primeira vez.

Elric inspirou fundo o ar frio.

– Concordo com o que você diz – disse ele a Corum.

Otto Blendker era o único guerreiro que escolheu voltar para o navio com eles.

– Se essa é Tanelorn, não é, afinal, o lugar que eu procurava – disse ele.

Logo eles estavam novamente com água até a cintura. Viram de novo os contornos do navio escuro; viram o capitão inclinando-se sobre a amurada, o braço levantado como se em saudação a alguém ou alguma coisa na ilha.

– Capitão – chamou Corum –, chegamos a bordo.

– Vocês são bem-vindos – disse o capitão. – Sim, são bem-vindos. – o rosto cego virou-se para eles enquanto Elric estendia a mão para a escada de corda. – Gostariam de navegar por um tempo para lugares silenciosos, lugares tranquilos?

– Acho que sim – disse Elric. Ele fez uma pausa, enquanto subia pela escada de corda, e tocou sua cabeça. – Eu tenho muitas feridas.

Ele chegou à amurada, e com suas próprias mãos frias o capitão ajudou-o.

– Elas vão sarar, Elric.

Elric aproximou-se do mastro. Encostou-se nele e viu a tripulação em silêncio enquanto desfraldava a vela. Corum e Otto Blendker vieram a bordo. Elric escutou o som agudo da âncora sendo recolhida. O navio balançou um pouco.

Otto Blendker olhou para Elric, em seguida para o capitão, depois virou-se e entrou em sua cabine, sem mais nada dizer enquanto fechava a porta.

A vela se inflou, e o navio começou a se mover. O capitão estendeu a mão e encontrou o braço de Elric. Pegou também o braço de Corum e os levou em direção a sua cabine.

– O vinho – disse ele. – Ele vai curar todas as feridas.

Junto à porta da cabine do capitão, Elric parou.

– E se o vinho tiver outras propriedades? – indagou. – Será que ele anuvia a razão de um homem? Foi isso que me fez aceitar a sua missão, capitão?

O capitão encolheu os ombros.

– Qual é o motivo?

O navio foi ganhando velocidade. A névoa branca estava mais espessas, e um vento frio soprou os trapos de pano e de metal que Elric usava. Ele cheirou o ar, pensando por um momento ter sentido cheiro de fumaça trazido com o vento.

Colocou as duas mãos no rosto e tocou a pele. Seu rosto estava frio. Deixou as mãos caírem para os lados e seguiu o capitão para o calor da cabine.

O capitão serviu vinho em taças e jarro de prata. Estendeu a mão para oferecer uma taça para Elric e para Corum. Eles beberam.

Um pouco mais tarde o capitão disse:

– Como você se sente?

Elric disse:

– Eu não sinto nada.

E naquela noite ele sonhou apenas com sombras e, pela manhã, já não conseguia compreender o seu sonho.

2

NAVEGANDO PARA O PRESENTE

CAPÍTULO 1

Algo sobre o destino das almas

Sua mão esbranquiçada de dedos longos sobre a cabeça de um demônio esculpida em madeira (uma das poucas decorações que se podia encontrar em todo o navio), o homem alto estava sozinho no castelo de proa da embarcação, olhando com grandes e oblíquos olhos rubros para a névoa dentro da qual se moviam com uma velocidade e uma certeza que faria qualquer marinheiro mortal se maravilhar.

Havia sons distantes, incongruentes com aqueles sons deste mar inominável e desafinado: sons agudos, agonizantes e terríveis, mas que apesar de tudo permaneciam remotos – novamente o navio seguia-os, como se atraído por eles; ficaram mais altos – dor e desespero estavam lá, e o terror era predominante.

Elric tinha ouvido sons parecidos ecoarem nas ironicamente chamadas "Câmaras de Prazer" de seu primo Yyrkoon nos dias anteriores à sua fuga das responsabilidades de governar tudo o que restava do antigo Império de Melniboné. Estas eram vozes de homens cujas almas estavam sitiadas; homens para quem a morte não significava mera extinção, mas uma continuação da existência, sempre no encalço de algum mestre cruel e sobrenatural. Ele tinha ouvido homens chorarem assim quando sua salvação e seu castigo, Stormbringer – sua grande espada negra de batalha – bebia suas almas.

Ele não saboreou o som: o odiava, virou as costas para longe da fonte e estava prestes a descer a escada para o convés principal quando percebeu que Otto Blendker tinha vindo atrás dele. Agora que Corum havia sido levado por amigos com carruagens que podem andar sobre a superfície da água, Blendker era o último dos que lutaram ao lado de Elric contra os dois feiticeiros Gagak e Agak.

O rosto negro e cheio de cicatrizes de Blendker estava atormentado. O ex-estudioso, que se tornou uma espada de aluguel, tapou os ouvidos com suas enormes palmas das mãos.

– Ah! Pelos Doze Símbolos da Razão, Elric, quem ou o que está fazendo esse barulho horroroso? É como se navegássemos às margens do próprio Inferno!

Príncipe Elric de Melniboné encolheu os ombros.

– Eu estaria disposto a abrir mão de uma resposta e deixar a minha curiosidade insatisfeita, mestre Blendker, se nosso navio mudasse de rumo. Mas da forma como navegamos, estamos indo cada vez mais para perto da fonte desses sons.

Blendker resmungou concordando.

– Eu não tenho nenhum desejo de encontrar o que quer que esteja fazendo esses pobres coitados gritarem assim! Talvez devêssemos informar o capitão.

– Você acha que ele não sabe por onde navega seu próprio barco? – o sorriso de Elric não tinha nada de engraçado.

O homem negro e alto esfregou sua cicatriz em forma de V invertido, que ia desde sua testa até a mandíbula.

– Eu queria saber se ele planeja colocar-nos em batalha novamente.

– Não vou lutar novamente para ele – a mão de Elric se moveu da amurada para o punho de sua espada rúnica. – Tenho meus próprios assuntos para resolver assim que voltar a uma terra real.

Um vento veio do nada. Houve uma súbita ruptura na névoa. Agora Elric podia ver que o navio navegava através de uma água com cor de ferrugem. Luzes peculiares brilhavam naquela água, logo abaixo da superfície. Parecia haver criaturas em movimento nas profundezas do oceano e, por um momento, Elric pensou ter vislumbrado um rosto inchado e branco, não muito diferente de seu próprio – um rosto melniboneano. Impulsivamente, ele se voltou para a amurada, olhando adiante de Blendker enquanto se esforçava para controlar a náusea em sua garganta.

Pela primeira vez desde que tinha vindo a bordo do Navio Sombrio, ele foi capaz de ver claramente toda a extensão do navio. Ali estavam as duas grandes rodas do leme, uma ao lado dele na proa, outra na extremidade do navio na popa, dirigido agora, e como sempre, pelo timoneiro gêmeo do capitão. Havia o grande mastro com a vela negra esticada e, na frente e atrás dele, as duas cabines do convés, uma das quais estava completamente vazia (seus ocupantes foram mortos durante a última parada) e a outra estava ocupada apenas por ele mesmo e Blendker. O olhar de Elric foi atraído de volta para o timoneiro e, não pela primeira vez, o albino se perguntou quanta influência o gêmeo do capitão exercia no curso do Navio Sombrio. O homem parecia incansável e, pelo que Elric sabia, raramente descia para seus aposentos no convés da popa, enquanto que os do capitão ficavam na direção da proa. Uma ou duas vezes Elric ou Blendker tentaram envolver o timoneiro em uma conversa, mas ele parecia ser tão idiota quanto seu irmão era cego.

Esculturas criptográficas, geométricas, cobriam toda a madeira do navio. A maioria de suas partes metálicas, do cadaste à figura da proa, era realçada pelos pedaços de névoa pálida ainda agarrados a elas (e novamente Elric se perguntou se o navio é que na verdade gerava a névoa em torno de si) e, enquanto observava, os desenhos lentamente mudavam para um fogo rosa pálido quando a luz daquela estrela vermelha, que sempre os seguia, permeava a nuvem acima.

Um ruído veio de baixo. O capitão, com seu longo cabelo vermelho dourado agitado por uma brisa que Elric não podia sentir, saiu de sua cabine. A tiara cor de jade do capitão, usada como um diadema, se tornou uma espécie de sombra violeta sob a luz cor-de-rosa, e até mesmo sua calça e túnica cor de couro refletiram os matizes – mesmo as sandálias prateadas com seus laços prateados brilhavam com a tonalidade rosada.

Novamente Elric olhou para aquele misterioso rosto cego, tão inumano como o seu próprio, e ficou perplexo sobre a origem daquele que se permitia ser chamado apenas de "capitão".

Como que por ordem do capitão, a névoa cobriu o navio novamente, como uma mulher que cobre seu corpo com peles. A luz da estrela vermelha diminuiu, mas os gritos distantes continuaram.

Será que o capitão percebeu os gritos agora, pela primeira vez, ou apenas fingiu surpresa? Sua cabeça cega inclinou-se, uma mão tocou sua orelha. Ele murmurou em um tom de satisfação:

– Aha! – a cabeça levantou-se. – Elric?

– Aqui – disse o albino. – Acima de você.

– Estamos quase lá, Elric.

A mão aparentemente frágil encontrou o trilho da escada. O capitão começou a subi-la.

Elric encarou-o no topo da escada.

– Se é uma batalha...

O sorriso do capitão era enigmático, amargo.

– Foi uma luta... ou haverá de ser.

– ... não tomaremos parte dela – concluiu o albino com firmeza.

– Não é uma das batalhas nas quais o meu navio está diretamente envolvido – o cego tranquilizou-o. – Aqueles que você está ouvindo são os derrotados, perdidos em algum futuro que, penso eu, você vai vivenciar perto do final de sua presente encarnação.

Elric fez um gesto com a mão, rejeitando tal ideia.

– Ficarei contente, capitão, se parar com tal mistificação insípida. Estou cansado disso.

– Sinto muito se isso o ofende. Eu respondo, literalmente, de acordo com meus instintos.

O capitão passou por Elric e Otto Blendker para chegar à amurada. Ele parecia estar se desculpando. Não disse nada por um tempo, enquanto ouvia o murmúrio perturbador e confuso vindo da névoa. Então, ele acenou com a cabeça, aparentemente satisfeito.

– Vamos ver terra em breve. Se quer desembarcar e buscar o seu próprio mundo, devo aconselhá-lo a fazê-lo agora. Aqui é o mais próximo do que jamais estaremos do seu plano. – Elric deixou sua raiva se mostrar. Ele amaldiçoou, invocando o nome de Arioque, e colocou uma mão sobre o ombro do cego. – O quê? Você não pode me levar de volta para o meu próprio plano?

– É tarde demais. – o desânimo do capitão era aparentemente verdadeiro. – O navio continuará navegando. Estamos perto do fim de nossa longa viagem.

– Mas como vou encontrar o meu mundo? Eu não tenho nenhuma feitiçaria poderosa o suficiente para me mover entre as esferas! E o auxílio de um demônio me é negado aqui.

– Há uma porta de entrada para o seu mundo – o capitão lhe disse. – É por isso que eu sugiro que você desembarque. Em outros lugares não haverá nenhuma. Sua esfera e esta se conectam diretamente.

– Mas você diz que isso está no meu futuro.

– Pode ter certeza... Você vai voltar para o seu próprio tempo. Aqui você é atemporal. É por isso que sua memória é tão fraca. É por isso que se lembra tão pouco do que lhe aconteceu. Procure pela porta de entrada – ela é vermelha e emerge do mar ao largo da costa da ilha.

– Que ilha?

– Aquela da qual nos aproximamos.

Elric hesitou.

– E para onde você irá, quando eu tiver desembarcado?

– Para Tanelorn – disse o capitão. – Há algo que eu devo fazer lá. Meu irmão e eu temos de completar o nosso destino. Nós transportamos carga, mas também transportamos homens. Muitos vão tentar nos deter agora, pois temem a nossa carga. Podemos perecer, mas ainda assim temos de fazer tudo o que pudermos para chegarmos a Tanelorn.

– Então, o lugar onde lutamos contra Agak e Gagak não era Tanelorn?

– Aquilo não era nada mais do que um sonho despedaçado de Tanelorn, Elric.

O melniboneano sabia que ele não receberia mais informações do capitão.

– Você me oferece uma péssima opção... Navegar com você em perigo e talvez nunca mais ver meu próprio mundo de novo, ou correr o risco de desembarcar naquela ilha que é habitada, pelo que se pode ouvir, por condenados e por aqueles que caçam os condenados!

Os olhos cegos do capitão moveram-se na direção de Elric.

– Eu sei – disse ele em voz baixa. – Mas é, contudo, o melhor que posso lhe oferecer.

Os gritos aterrorizados e suplicantes estavam mais perto agora, mas havia menos deles. Olhando para o lado, Elric pensou ter visto um par de mãos em uma armadura erguendo-se da água. Formou-se uma espuma avermelhada e venenosa, uma espuma amarelada na qual pedaços de terríveis destroços estavam à deriva. Havia pedaços de madeiras de barcos, pedaços de lona, farrapos de bandeiras e roupas, fragmentos de armas e cadáveres flutuando.

– Mas onde ocorreu a batalha? – Blendker sussurrou, fascinado e horrorizado com a visão.

– Não neste plano – o capitão disse a ele. – Você vê apenas os destroços que se distanciaram de um mundo para outro.

– Então, era uma batalha sobrenatural?

O capitão sorriu novamente.

– Eu não sou onisciente. Mas, sim, eu acredito que houve agentes sobrenaturais envolvidos. Guerreiros de meio mundo lutaram na batalha do mar... Para decidir o destino do multiverso. É ou vai ser uma das batalhas decisivas para determinar o destino da humanidade, para ajustar o destino do homem para o próximo ciclo.

– Quem eram os participantes? – perguntou Elric, em voz alta, apesar de sua decisão. – Que desafios eles tiveram de enfrentar?

– Você vai saber no tempo certo, acredito eu. – o capitão novamente voltou sua cabeça para o mar.

Blendker cheirou o ar.

– Argh! Que cheiro podre!

Elric também achou o odor extremamente desagradável. Por todo lado agora, a água estava iluminada por caleiras com fogo que revelavam as faces dos afogados, alguns dos quais ainda agarrados a pedaços de troncos enegrecidos. Nem todos os rostos eram humanos (apesar de parecerem ter sido, em algum momento). Coisas com focinhos de porco e de touro tinham as mãos torcidas em direção ao Navio Sombrio e vociferavam melancolicamente por socorro, mas o capitão ignorou-os, e o timoneiro manteve o seu curso.

O fogo crepitava e a água sibilava; a fumaça misturava-se com a névoa. Elric colocou a manga sobre a boca e o nariz, e estava feliz que a fumaça e a névoa ajudavam a obscurecer a visão, pois à medida que os destroços aumentavam, muitos cadáveres que ele via se pareciam mais com répteis do que com homens, com barrigas pálidas de lagarto, derramando algo que não era sangue.

– Se esse é o meu futuro – Elric disse ao capitão – estou disposto a permanecer a bordo, afinal de contas.

– Você tem um dever, assim como eu – disse o capitão em voz baixa. – O futuro deve ser cumprido, tanto quanto o passado e o presente.

Elric balançou a cabeça.

– Eu fugi dos deveres de um império porque procurava a liberdade – o albino afirmou. – E é a liberdade que terei.

– Não – murmurou o capitão. – Não existe tal coisa. Ainda não, não para nós. Temos de passar por muito mais antes de podermos sequer começar a imaginar o que é a liberdade. O preço do conhecimento por si só é provavelmente maior do que qualquer um de vocês se importaria em pagar, nesta fase da vida. De fato, a própria vida é muitas vezes esse preço.

– Eu também buscava me livrar da metafísica quando deixei Melniboné – disse Elric. – Vou pegar o resto das minhas coisas e tomar o rumo da terra que me é oferecida. Com sorte, este Portal Rubro será rapidamente encontrado, e eu vou estar de volta entre perigos e tormentos que serão, pelo menos, familiares para mim.

– É a única decisão que você poderia ter tomado. – o capitão voltou-se para Blendker. – E você, Otto Blendker? O que pretende fazer?

– O mundo de Elric não é o meu mundo, e eu não gosto do som daqueles gritos. O que você pode me prometer, senhor, se eu navegar com você?

– Nada além de uma boa morte. – havia um arrependimento na voz do capitão.

– A morte é a promessa com a qual todos nascemos, senhor. Uma boa morte é melhor do que uma morte medíocre. Eu vou navegar com você.

– Como desejar. Penso que você é sábio. – o capitão suspirou. – Eu vou dizer adeus a você, então, Elric de Melniboné. Você lutou bem a meu serviço, e eu tenho que lhe agradecer.

– Lutei pelo quê? – perguntou Elric.

– Oh, chame de humanidade. Chame de destino. Chame de sonho ou de ideal, se desejar.

– Será que nunca terei uma resposta mais clara?

– Não de mim. Eu não acho que exista uma.

– Você permite pouca fé a um homem. – Elric começou a descer a escada.

– Há dois tipos de fé, Elric. Como a liberdade, há um tipo que é facilmente mantido, mas prova não valer a pena, e há a do tipo que é duramente conquistada. Eu concordo, ofereço muito pouco do primeiro tipo de fé.

Elric caminhou em direção à sua cabine. Ele riu, sentindo afeição genuína pelo cego naquele momento.

– Pensei que apenas eu tivesse uma inclinação para tais ambiguidades, mas conheci um companheiro à altura em você, capitão.

Ele notou que o timoneiro havia deixado seu posto ao leme e estava balançando para fora um de seus botes salva-vidas, preparando para baixá-lo.

– Isso é para mim?

O timoneiro assentiu.

Elric desceu para sua cabine. Ele estava saindo do navio com nada além do que tinha trazido a bordo, apenas suas roupas e armas que estavam em um estado pior do que antes, e sua mente em um estado consideravelmente maior de confusão.

Sem hesitar, ele recolheu suas coisas. Jogou o pesado manto sobre as costas, vestiu suas luvas, prendeu as fivelas e tiras de couro e, em seguida, saiu da cabine, voltando para o convés. O capitão estava apontando através da névoa, para os contornos escuros da costa.

– Você consegue ver a terra, Elric?

– Consigo.

– Você tem de ir rápido, então.

– Prontamente!

Elric lançou-se sobre a amurada em direção ao barco. O bote bateu ao lado do navio várias vezes, fazendo o casco ressoar como se fosse a batida de um enorme tambor de funeral. Por outro lado, fez-se silêncio agora sobre as águas enevoadas e não havia sinal de destroços.

Blendker o saudou.

– Desejo-lhe sorte, camarada.

– A você também, mestre Blendker.

O bote começou a descer em direção à superfície plana do mar, as polias do bote salva-vidas rangendo. Elric se agarrou à corda, soltando-a quando o barco atingiu a água. Ele cambaleou e sentou-se pesadamente no banco. O barco foi levado pela água para longe do Navio Sombrio. Ele esticou os remos e firmou-os nas cavilhas.

Enquanto remava em direção à costa, ouviu a voz do capitão chamando-o, mas as palavras foram abafadas pela névoa, e ele nunca saberia se a última comunicação do cego tinha sido um aviso ou simplesmente algum gracejo formal. Ele não se importava. O bote se movia suavemente pela água; a névoa ficou mais fina, enquanto a luz enfraquecia.

De repente, ele estava sob um céu crepuscular. O sol não aparecia mais e as estrelas já podiam ser vistas. Antes de conseguir chegar à praia, já estava completamente escuro. A lua ainda não havia aparecido, e foi com dificuldade que ele abicou o barco no que pareciam ser rochas planas, correndo para o interior da ilha, até se sentir seguro o suficiente de qualquer maré invasora.

Então, com um suspiro, deitou-se, pensando apenas em ordenar seus pensamentos antes de prosseguir; mas, quase que instantaneamente, ele começou a dormir.

CAPÍTULO 2

Sonhando e acordando

Elric sonhou.

Não sonhou apenas com o fim do seu mundo, mas com o final de um ciclo completo na história do cosmos. Sonhou que não era apenas Elric de Melniboné, mas que era outros homens também. Homens que foram comprometidos com uma causa divina que mesmo eles não podiam descrever. E sonhou que tinha sonhado com o Navio Sombrio, Tanelorn e Agak e Gagak enquanto estava exausto em uma praia em algum lugar além das fronteiras de Pikarayd. E quando acordou, estava sorrindo ironicamente, congratulando-se por possuir uma imaginação grandiosa. Mas não podia limpar a mente inteiramente da impressão deixada por esse sonho.

Esta praia não era a mesma, então claramente algo ocorrera a ele. Talvez tivesse sido drogado por traficantes de escravos, que depois o abandonaram quando descobriram que ele não era o que eles esperavam... Mas não, a explicação não iria servir. Se ele pudesse descobrir seu paradeiro, também poderia relembrar os fatos verdadeiros.

Era madrugada, com certeza. Ele se sentou e olhou em volta.

Estava sobre um piso de calcário escuro, rachado em uma centena de lugares – rachaduras tão profundas que os jatos de espuma de água salgada correndo através destes muitos canais estreitos agitaram a manhã silenciosa.

Elric ficou em pé, se apoiando em sua espada rúnica. Suas pálpebras esbranquiçadas fecharam-se por um momento sobre seus olhos vermelhos enquanto ele procurava, mais uma vez, recordar os acontecimentos que o tinham trazido até aqui.

Ele lembrou de sua fuga de Pikarayd, seu pânico, sua queda em um coma de desespero, seus sonhos. E como ele, evidentemente, não estava nem morto e nem era um prisioneiro, poderia ao menos concluir que os seus perseguidores tinham, afinal, desistido da perseguição, pois se o tivessem encontrado, teriam-no matado.

Abrindo os olhos e olhando ao redor, ele notou a peculiar qualidade azul da luz (sem dúvida um truque do sol por trás das nuvens acinzentadas) que tornava a paisagem medonha e dava ao mar um aspecto sem brilho, metálico.

Os terraços de calcário que se erguiam do mar e se estendiam por cima dele brilhavam de forma intermitente, como chumbo polido. Num impulso, ele estendeu a mão para a luz e a examinou. O branco normalmente sem brilho de sua pele agora estava tingido com uma leve luminosidade azulada. Ele achou agradável e sorriu como uma criança maravilhada e inocente.

Imaginou que estivesse cansado, mas percebeu que se sentia extraordinariamente revigorado, como se tivesse dormido um bom tempo depois de uma bela refeição e, decidindo não questionar o fato deste presente afortunado (e improvável), decidiu escalar as falésias, na esperança de que pudesse ter alguma ideia de sua posição antes de decidir qual direção tomar.

O calcário pode ser um pouco traiçoeiro, mas é fácil de ser escalado, pois quase sempre havia algum lugar que uma plataforma encontrava outra.

Ele subiu com cuidado e de forma constante, encontrando muitos pontos de apoio, e parecia ganhar altura considerável muito rapidamente. Antes do meio-dia já havia alcançado o topo e viu-se de pé na beira de um amplo platô rochoso que descia acentuadamente até formar um horizonte estreito. Além do planalto, havia apenas o céu. A não ser por uma grama escassa, pouca vegetação crescia ali e não havia sinal algum de habitação humana. Pela primeira vez, Elric constatou a ausência de qualquer forma de vida selvagem. Nem ao menos uma ave voava no ar, nem mesmo um inseto rastejava pela grama. Um enorme silêncio pairava sobre a planície marrom.

Elric ainda estava notavelmente energizado, então decidiu fazer o melhor uso que pudesse de sua força e chegar à borda do platô, na esperança de que, de lá, pudesse ver uma cidade ou uma vila. Seguiu em frente, sem sentir falta de comida e água, e seu passo era singularmente enérgico, mas ele calculou mal a distância e o sol começou a se pôr bem antes que seu trajeto à borda estivesse concluído. O céu em todas as direções se tornou um azul intenso, e as poucas nuvens que havia também estavam tingidas de azul. E agora, pela primeira vez, Elric percebeu que o sol não estava com sua tonalidade normal, estava roxo escuro, e ele se perguntou novamente se ainda sonhava.

O chão começou a se inclinar acentuadamente, e foi com algum esforço que ele caminhou, mas antes que a luz tivesse desaparecido por completo, chegou ao flanco de uma colina íngreme, que descia em direção a um grande vale e que, embora desprovido de árvores, continha um rio que serpenteava através das rochas e da relva avermelhada.

Após um breve descanso, Elric decidiu acelerar e, embora a noite já tivesse caído, ele queria tentar chegar ao rio, onde poderia pelo menos ter o que beber e, talvez, pela manhã conseguir algum peixe para comer.

Novamente, nenhuma lua apareceu para ajudá-lo, e ele caminhou por duas ou três horas em uma escuridão que era quase total, às vezes tropeçando em pedras grandes, até que o terreno ficou nivelado e se sentiu seguro de que tinha chegado à base do vale.

Sentiu uma sede muito intensa e estava também com um pouco de fome, mas decidiu que seria melhor esperar até de manhã, antes de procurar o rio, quando, contornando uma rocha particularmente alta, ele viu, com algum espanto, a luz de uma fogueira de acampamento.

Tinha esperança de que seria o fogo de um grupo de mercadores, uma caravana de comércio em seu caminho para algum país civilizado, e que lhe fosse permitido viajar com eles, talvez em troca de seus serviços como um espadachim mercenário (não seria a primeira vez, desde que havia deixado Melniboné, que ele iria ganhar o seu pão desta maneira).

No entanto, os instintos antigos de Elric não o abandonaram, ele aproximou-se do fogo com cautela, sem deixar ninguém perceber sua presença. Sob a saliência de uma rocha, observou o grupo de quinze ou dezesseis homens que estavam sentados perto do fogo, jogando algum tipo de jogo que envolvia dados e lascas de marfim numerados.

Ouro, bronze e prata brilhavam à luz do fogo, enquanto os homens apostavam grandes somas na queda de um dado e no girar de um pedaço de marfim.

Elric presumiu que, se não estivessem tão concentrados no jogo, estes homens certamente teriam detectado sua presença, pois eles não eram, afinal, mercadores. Pelo que se evidenciava, eram guerreiros, vestindo roupas de couro cheias de marcas de combate, com as armas à mão. Mas não pertenciam a nenhum exército, a menos que se tratasse de um exército de bandidos, pois eram de todas as raças e (estranhamente) pareciam ser de vários períodos da história dos Reinos Jovens.

Era como se tivessem saqueado a coleção de algum especialista em relíquias. Um homem de machado da República de Lormyrian, que foi destruída cerca de duzentos anos atrás, caiu e seu ombro acabou roçando o cotovelo de um arqueiro chalalita, de um período mais ou menos contemporâneo ao de Elric. Perto do chalalita estava um soldado de infantaria ilmiorano de um século antes. Próximo a ele, um filkhariano trajando vestes de bárbaro dos antigos tempos daquela nação. Tarkeshitas, shazarianos, vilmirianos, todos misturados e a única coisa que tinham em comum, pelo olhar deles, eram suas feições abomináveis e malignas.

Em outras circunstâncias, Elric poderia ter contornado este acampamento e seguido em frente, mas ele estava tão feliz de encontrar seres humanos de qualquer tipo que ignorou as incongruências perturbadoras do grupo; no entanto, permaneceu satisfeito em apenas observá-los.

Um dos homens, aparentemente menos pernicioso do que os outros, era um guerreiro grande, de barba negra e careca, trajando vestes de couro descuidadas e sedas do povo das Cidades Púrpuras. Quando esse homem exibiu uma enorme moeda dourada de Melniboné – uma moeda não cunhada como a maioria, mas esculpida por artesãos com um desenho antigo e complexo –, conquistou totalmente a atenção e a curiosidade de Elric.

Existia muito pouco dessas moedas em Melniboné e nenhuma, até onde Elric sabia, fora da cidade; pois tais não eram utilizadas para o comércio com os Reinos Jovens, sendo cobiçadas até mesmo pela nobreza de Melniboné.

Pareceu a Elric que o homem careca só poderia ter adquirido a moeda de outro melniboneano viajante. E o albino não conhecia nenhum outro melniboneano que compartilhasse de seu interesse por explorar terras distantes. Sua cautela despareceu, e ele entrou no círculo.

Se não estivesse completamente obcecado com a ideia da moeda melniboneana, poderia ter tomado alguma satisfação na agitação repentina de braços que se seguiu. Em poucos segundos, a maioria dos homens estava de pé, com as armas em punho.

Por um momento, a moeda de ouro foi esquecida. Uma mão estava sobre o punhal de sua espada rúnica, a outra ele apresentou em um gesto apaziguador.

– Perdoem-me a interrupção, senhores. Sou apenas um colega soldado cansado que procura se juntar a vocês. Eu gostaria de pedir algumas informações e comprar um pouco de comida, se tiverem alguma coisa de sobra.

De pé, os guerreiros tinham aparência ainda mais ameaçadora. Eles sorriram entre si, entretidos pela cortesia de Elric, mas não se impressionaram com isso.

Um deles, com um capacete de penas de um chefe do mar Pan Tangiano, projetou a cabeça para frente em seu longo pescoço e disse, em tom de chacota:

– Pode encontrar companheiros aqui, cara branca. E alguns dentre nós adoram os homens-demônios de Melniboné. Você deve ser rico.

Elric recordou a animosidade com que melniboneanos eram vistos nos Reinos Jovens, particularmente por aqueles de Pan Tang, que invejavam o poder e a sabedoria da Ilha do Dragão e, ultimamente, começaram a imitar Melniboné grosseiramente.

Cada vez mais em guarda, ele disse calmamente:

– Eu tenho um pouco de dinheiro.

– Então, vamos ficar com ele, demônio. – o Pan Tangiano mostrou a palma da mão suja logo abaixo do nariz de Elric enquanto rosnava. – Dê o que tiver e siga o seu caminho.

O sorriso de Elric foi educado e até delicado, como se ele tivesse dito uma piada de mau gosto.

O Pan Tangiano evidentemente pensou que a piada era melhor do que aquilo, pois ele riu ainda mais e olhou para seus companheiros mais próximos, buscando aprovação.

Um riso grosseiro infectou a noite, e só o careca de barba negra não participou da zombaria, mas deu um passo ou dois para trás, enquanto todos os outros avançaram.

O rosto do Pan Tangiano aproximou-se do de Elric; sua respiração era desagradável, e o albino notou que sua barba e cabelos estavam cheios de piolhos, mas ele manteve a cabeça, respondendo no mesmo tom uniforme:

– Deem-me um pouco de comida decente, uma garrafa de vinho e água, se tiverem, e de bom grado lhes darei o dinheiro que tenho.

O riso aumentou e diminuiu novamente quando Elric continuou:

– Mas se tentarem pegar meu dinheiro e me deixarem sem nada, então terei de me defender. Eu tenho uma boa espada.

O Pan Tangiano tentou imitar Elric com ironia.

– Mas você irá notar, senhor Demônio, que estamos em maior número. Consideravelmente.

Calmamente o albino falou:

– Eu notei esse fato, mas não estou incomodado com isso – e desembainhou a lâmina escura enquanto terminava de falar, pois eles já estavam avançando contra ele rapidamente.

E o Pan Tangiano foi o primeiro a morrer, golpeado de lado, suas vértebras expostas, e Stormbringer, tendo tomado a sua primeira alma, começou a cantar.

Um chalalita morreu em seguida, depois de ter saltado equilibrando sua lança penetrante sobre a ponta da espada rúnica, e Stormbringer murmurou com prazer.

Mas foi apenas quando decepou a cabeça de um filkhariano que a espada cantando despertou totalmente, um fogo negro tremulando para cima e para baixo ao seu redor, suas enigmáticas runas brilhando.

Agora, os guerreiros sabiam que lutavam contra feitiçaria e ficaram mais cautelosos, mas mesmo assim não detiveram seu ataque. Elric golpeava e aparava golpes, cortando e talhando, usando de toda a energia escura e fresca que a espada passava para ele.

Lança, espada, machado e adaga foram bloqueados. Ferimentos foram dados e recebidos, mas o número de mortos ainda não havia ultrapassado o dos vivos quando Elric viu-se de costas contra a pedra e quase uma dúzia de armas afiadas procurando seus órgãos vitais.

Foi neste momento, quando Elric já quase perdia a confiança de que poderia superar tantos adversários, que o guerreiro careca, com o machado em uma mão enluvada, espada na outra, entrou na luta e se colocou contra seus companheiros.

– Obrigado, senhor! – Elric conseguiu gritar, durante o curto momento de pausa que esta súbita mudança ocasionou. Sua moral melhorou e ele retomou o ataque.

Um lormyriano foi cortado do quadril até a pélvis enquanto tentava se esquivar; um filkhariano, que deveria estar morto há 400 anos, caiu com sangue borbulhando dos lábios e das narinas, e os corpos começaram a se empilhar uns sobre os outros. Mas Stormbringer continuava sua sinistra canção de batalha e sua lâmina rúnica continuava a passar o poder para seu mestre, de modo que, a cada morte, Elric encontrava mais forças para matar mais soldados.

Os que restaram agora começaram a expressar arrependimento por seu ataque precipitado. As bocas de onde antes saíram juramentos e ameaças agora emitiam pedidos melancólicos por misericórdia. E aqueles que antes riram com tanta fanfarronice agora choravam como garotinhas, mas Elric, cheio de sua velha alegria da batalha, não poupou nenhum deles.

Enquanto isso, o homem das Cidades Púrpuras, sem a ajuda de magia, colocou o machado e a espada para trabalhar, cuidou de mais três dos seus camaradas de uma só vez, e ficou exultante com seu trabalho como se tivesse alimentado o gosto por aquilo já fazia algum tempo.

– Ei! Isso sim é um massacre que vale a pena! – gritou o de barba negra.

E assim que o massacre terminou, Elric percebeu que não sobrou ninguém além dele mesmo e seu novo aliado, que continuava apoiado em seu machado, ofegante e sorrindo como um cão de caça, limpando com a luva cheia de sangue o reluzente suor na testa, e dizendo em um tom profundo e bem-humorado:

– Bem, agora, nós é que ficamos ricos, de repente.

Elric guardou Stormbringer, ainda relutante em voltar para sua bainha.

– Você deseja o ouro deles. É por isso que me ajudou?

O soldado de barba negra riu.

– Eu tinha uma dívida e estava aguardando o momento de pagá-la. Esses cafajestes são tudo que restou de uma tripulação de piratas que matou todos a bordo do meu navio quando entramos em águas desconhecidas. Eles teriam me matado se eu não tivesse dito que queria me juntar a eles. Agora estou vingado. Muito desse ouro pertence a mim e aos meus irmãos mortos. Ele irá para suas esposas e seus filhos, quando eu voltar para as Cidades Púrpuras.

– Como você os convenceu a não matá-lo também? – Elric procurava entre os restos da fogueira algo para comer. Encontrou um pouco de queijo e começou a mastigá-lo.

– Eles não tinham um capitão nem um navegador. Nenhum deles era marinheiro de verdade, mas como ficaram presos na ilha, dedicaram-se à pirataria como um último recurso, porém estavam muito apavorados para se arriscarem em mar aberto. Além disso, após a batalha, eles não tinham nenhum navio. Tínhamos conseguido afundar o deles durante o combate. Nós navegamos com meu navio até esta praia, mas os suprimentos já estavam acabando, e eles não tinham estômago para zarpar sem a carga completa, então eu fingi que conhecia bem esta costa (que os deuses levem minha alma se eu tiver de vê-la novamente) e me ofereci para levá-los para o interior da ilha até uma aldeia que pudessem saquear. Eles não tinham ouvido falar de nenhuma aldeia, mas acreditaram em mim quando eu disse que ela ficava em um vale escondido. Dessa forma, eu prolonguei minha vida enquanto esperava pela oportunidade de me vingar deles. Era uma esperança tola, eu sei. No entanto, – ele sorriu – do jeito como aconteceu, acabou sendo bem fundamentada, afinal de contas! Hein?

O homem de barba negra olhou com um pouco de cautela para Elric, incerto do que o albino poderia dizer, na esperança, no entanto, de alguma camaradagem, apesar de ser notório como os melniboneanos eram arrogantes. Elric poderia afirmar que todos estes pensamentos passaram pela mente de seu novo conhecido; ele já tinha visto muitos outros fazerem maquinações semelhantes. Então, sorriu abertamente e deu um tapa no ombro do homem.

– Você salvou a minha vida, também, meu amigo. Nós dois somos afortunados.

O homem suspirou de alívio e atirou seu machado por cima das costas.

– Sim! Foi muita sorte. Mas será que nossa sorte vai continuar?

– Você não conhece a ilha, então?

– Nem as águas, tampouco. Como chegamos a elas, nunca vou adivinhar. Águas encantadas porém, sem dúvida. Você já viu a cor do sol?

– Vi.

– Bem – o marinheiro curvou-se para tirar um pingente do pescoço do Pan Tangiano – você sabe mais sobre encantamentos e feitiços do que eu. Como veio parar aqui, melniboneano?

– Eu não sei. Fugi de pessoas que me caçavam. Cheguei a uma praia e não havia mais para onde fugir. Então eu adormeci e tive um sonho. Quando acordei, estava na praia de novo, mas nesta ilha.

– Espíritos de algum tipo, talvez amigáveis para você, levaram-no em segurança, para longe de seus inimigos.

– Isso pode ser possível – Elric concordou –, pois temos muitos aliados entre os elementais. Eu me chamo Elric e sou autoexilado de

Melniboné. Viajo porque acredito que tenho algo a aprender com o povo dos Reinos Jovens. Eu não tenho nenhum poder, a não ser o que você vê...

Os olhos do homem de barba negra estreitaram-se e ele apontou para si mesmo com o polegar.

– Sou Smiorgan Baldhead, outrora um senhor dos mares das Cidades Púrpuras. Eu comandei uma frota de navios mercantes. Talvez eu ainda volte a comandar. Só saberei mesmo quando voltar... se um dia eu voltar.

– Então vamos unir nossos conhecimentos e nossos recursos, Smiorgan Baldhead, e fazer planos para deixar esta ilha assim que pudermos.

Elric caminhou de volta ao local de onde viu vestígios de um jogo abandonado, pisoteado em meio à lama e ao sangue. Dentre os dados e as peças de marfim, as moedas de prata e bronze, ele encontrou a moeda melniboneana dourada. Ele a pegou e a segurou na palma da mão estendida. A moeda quase cobria toda a palma da mão. Nos velhos tempos, tinha sido a moeda de reis.

– Esta era sua, amigo? – ele perguntou a Smiorgan.

Smiorgan Baldhead olhou para cima, por sobre o Pan Tangiano em que ele ainda estava procurando recolher seus bens roubados. Ele acenou positivamente.

– Sim. Quer mantê-la na sua parte na divisão do que conseguirmos?

Elric encolheu os ombros.

– Eu gostaria de saber de onde ela veio. Quem a deu a você?

– Ela não foi roubada. É melniboneana, então?

– Sim.

– Eu imaginei que fosse.

– De quem você a conseguiu?

Smiorgan levantou-se, tendo completado sua busca. Ele coçou um ferimento no antebraço.

– Ela foi usada como pagamento por um passageiro em nosso navio antes de ficarmos perdidos, antes de os assaltantes nos atacarem.

– Pagamento de um passageiro? Um melniboneano?

– Talvez – disse Smiorgan. Ele parecia relutante em especular.

– Ele era um guerreiro?

Smiorgan sorriu sob sua barba.

– Não. Foi uma mulher que a deu para mim.

– Por que ela queria viajar no seu navio?

Smiorgan começou a pegar o resto do dinheiro.

– É uma longa história e, de certo modo, bastante familiar para a maioria dos marinheiros mercantes. Estávamos à procura de novos mercados para nossos produtos e equipamos uma frota de bom tamanho, que eu comandava por ter a maior participação na propriedade – ele sentou-se sobre o cadáver do chalalita e começou a contar o dinheiro. – Quer ouvir, ou eu te aborreço contando essa história?

– Eu ficaria feliz em ouvir.

Smiorgan encontrou uma garrafa de vinho no cinto do cadáver e ofereceu-a a Elric, que aceitou e bebeu com moderação um vinho que era excepcionalmente bom.

Smiorgan pegou o frasco quando Elric terminou.

– Esse vinho é parte da nossa carga – disse ele. – Tínhamos orgulho dele. Uma boa safra, não acha?

– Excelente. Então vocês partiram das Cidades Púrpuras?

– Sim. Indo para o leste em direção aos Reinos Desconhecidos. Nós navegamos pelo leste por algumas semanas, avistando algumas das mais sombrias costas que eu já tinha visto, e então não vimos mais terra nenhuma por mais uma semana inteira. Foi quando entramos em uma extensão de água que chamávamos de Rochas Estrondosas – como os Dentes da Serpente da Costa de Shazar, mas muito maior em extensão e mais larga também. Penhascos vulcânicos enormes que se erguiam do mar por todos os lados das águas que se agitavam e ferviam com uma ferocidade que eu raramente vivenciei. Bem, em suma, a frota foi dispersa e pelo menos quatro navios se perderam naquelas rochas. Finalmente fomos capazes de escapar daquelas águas e nos encontramos serenos e em paz. Nós procuramos por nossos navios irmãos por um tempo e, então, decidimos nos dar mais uma semana antes de voltar para casa, pois não tínhamos vontade alguma de voltar pelas Rochas Estrondosas novamente. Com poucos suprimentos, avistamos terra e penhascos e praias hospitaleiras e, no interior, alguns sinais de cultivo, portanto sabíamos que tínhamos encontrado a civilização novamente. Nós rumamos para um pequeno porto de pesca e convencemos os nativos – que não falavam nenhuma língua usada nos Reinos Jovens – de que éramos amigáveis. E foi então que a mulher se aproximou de nós.

– Uma melniboneana?

– Não posso dizer se ela era melniboneana. Era uma mulher bem apessoada, isso eu posso dizer. Nós tínhamos poucos mantimentos, como eu disse a você, e sem nenhum dos meios para comprá-los, pois os pescadores não queriam nada do que tínhamos para trocar com eles. Tendo desistido de nossa missão original, nós nos contentamos em ir para o oeste novamente.

– E a mulher?

– Ela queria comprar passagem para os Reinos Jovens – e estava contente de ir conosco para tão longe quanto Menii, nosso porto de origem. Como pagamento, ela nos deu duas dessas moedas. Uma foi usada para comprar mantimentos na cidade de Graghin, eu acho que era assim que se chamava. E depois de fazer reparos, partimos de novo.

– Você nunca chegou até as Cidades Púrpuras?

– Vieram mais tempestades... estranhas tempestades. Nossos instrumentos eram inúteis, nossas pedras-ímãs não nos serviam para nada. Ficamos ainda mais perdidos do que antes. Alguns dos meus homens argumentaram que tínhamos ido para além do nosso próprio mundo. Alguns culparam a mulher, dizendo que ela era uma feiticeira que não tinha intenção de ir para Menii. Mas eu acreditei nela. A noite caiu e parecia durar para sempre, até que navegamos em uma madrugada calma em direção a um sol azul. Meus homens estavam quase em pânico... e olha que precisa de muito para fazer meus homens ficarem em pânico... Foi quando avistamos a ilha. Enquanto seguíamos para ela, aqueles piratas nos atacaram em um navio que pertencia à história – que deveria estar no fundo do oceano, não na superfície. Já havia visto imagens de embarcações assim nos murais de uma parede do templo em Tarkesh. Quando ela nos abalroou, partiu a lateral do meu navio em duas e começou a afundar antes mesmo de nos abordarem. Eles eram homens selvagens e desesperados, Elric. Estávamos cansados depois de nossa viagem, mas lutamos bem. Durante o combate a mulher desapareceu. Se matou, talvez, quando viu a marca dos nossos atacantes. Depois de uma luta longa só restamos eu e um outro, que morreu logo depois. Foi quando tentei usar de astúcia e decidi esperar por vingança.

– A mulher tinha um nome?

– Ela não deu nenhum nome. Pensando agora sobre isso... suspeito que, afinal de contas, nós fomos usados por ela. Talvez ela não quisesse ir a Menii e aos Reinos Jovens. Talvez fosse a este mundo que ela queria chegar, e por meio de magia, nos trouxe até aqui.

– Este mundo? Você acha que ele é diferente do nosso?

– Só pela estranha cor do sol... Você não pensa assim, também? Você, com seu conhecimento melniboneano dessas coisas, deve acreditar nisso.

– Eu sonhei com essas coisas – admitiu Elric, mas ele não disse mais nada.

– A maioria dos piratas pensava como eu. Eles eram de todas as épocas dos Reinos Jovens. Acabei descobrindo isso. Alguns eram dos primeiros anos da era, alguns do nosso próprio tempo e outros eram do futuro. Aventureiros, a maioria deles, que, em algum momento de suas vidas, procuraram uma lendária terra de grandes riquezas que fica do outro lado de um antigo portal que se ergue no meio do oceano; mas eles acabaram presos aqui, incapazes de navegar de volta através deste misterioso portal. Outros haviam se envolvido em combates no mar, pensaram ter se afogado e acabaram acordando às margens da ilha. Muitos, eu suponho, já tiveram virtudes aceitáveis, mas há pouco para sustentar a vida na ilha e eles se tornaram lobos, vivendo um do outro ou de qualquer navio infeliz o suficiente que passasse, inadvertidamente, através deste portal.

Elric lembrou de parte de seu sonho.

– Será que não chamam esse portal de "Portal Rubro"?

– Muitos o chamam dessa forma.

– E, no entanto, é uma teoria pouco provável, se perdoa meu ceticismo – disse Elric. – Como alguém que já passou pelo Portal Sombrio para Ameeron...

– Você conhece outros mundos, então?

– Eu nunca tive conhecimento deste mundo. E sou versado em tais assuntos. É por isso que eu duvido desse raciocínio. E, no entanto, esse meu sonho...

– Sonho?

– Oh, não foi nada. Estou habituado a tais sonhos e não lhes dou muita importância.

– A teoria não pode parecer surpreendente para um melniboneano, Elric! – Smiorgan sorriu novamente. – Eu que deveria ser cético, não você.

E Elric respondeu, meio que para si mesmo:

– Talvez eu devesse temer mais as implicações deste fato – ele levantou a cabeça e, com a haste de uma lança quebrada, começou a cutucar o fogo. – Alguns feiticeiros antigos de Melniboné propuseram que um número infinito de mundos coexistem com o nosso. Na verdade, meus sonhos, nos últimos tempos, têm sugerido coisas assim! – ele forçou-se a sorrir. – Mas eu não posso me dar ao luxo de acreditar em tais coisas. Por isso, eu as rejeito.

– Aguarde até o amanhecer – disse Smiorgan Baldhead. – A cor do sol deve provar essa teoria.

– Talvez ele prove apenas que estamos sonhando – disse Elric. O cheiro de morte estava forte em suas narinas. Ele empurrou de lado os cadáveres mais próximos ao fogo e acomodou-se para dormir.

Smiorgan Baldhead começou a cantar um canção forte, mas cadenciada, em seu próprio dialeto, que Elric mal podia acompanhar.

– Você canta a respeito de sua vitória sobre seus inimigos? – perguntou o albino.

Smiorgan parou por um momento, meio surpreso.

– Não, senhor Elric, eu canto para manter as sombras na baía. Afinal de contas, os fantasmas desses companheiros ainda devem estar à espreita nas proximidades, no escuro, já que tão pouco tempo se passou desde que morreram.

– Não tenha medo – disse-lhe Elric. – Suas almas já foram consumidas.

Mas Smiorgan continuou a cantar, e sua voz estava mais alta, sua canção mais intensa, mais do que jamais estivera antes.

Pouco antes de adormecer, Elric achou ter ouvido um relincho de cavalo, e pensou em perguntar a Smiorgan se algum dos piratas tinha uma montaria, mas ele adormeceu antes que pudesse fazê-lo.

CAPÍTULO 3

Alguma evidência de feitiçaria

Recordando pouco de sua viagem no Navio Sombrio, Elric não sabia como chegou ao mundo em que agora se encontrava. Nos anos posteriores, ele se lembraria da maioria dessas experiências como sonhos, e na verdade se pareciam mesmo com sonhos, da forma como ocorreram.

Ele dormiu inquieto, e pela manhã as nuvens estavam mais pesadas, brilhando com uma luz estranha, cor de chumbo, já que o sol estava encoberto. Smiorgan Baldhead das Cidades Púrpuras, já de pé, apontava para cima, falando com um calmo triunfo:

– Será que essa prova é o suficiente para convencê-lo, Elric de Melniboné?

– Estou convencido de uma qualidade sobre a luz, possivelmente sobre este terreno, que faz o sol parecer azul – Elric respondeu. Ele olhou com desgosto ao seu redor para a carnificina. Os cadáveres eram uma visão desagradável, e ele sentia uma penúria nebulosa que não era nem remorso nem piedade.

O suspiro de Smiorgan foi irônico.

– Bem, senhor Cético, seria melhor refazer meus passos e procurar pelo meu navio. O que me diz?

– Eu concordo – o albino disse a ele.

– O quanto você havia se distanciado da costa quando nos encontrou?

Elric disse a ele.

Smiorgan sorriu.

– Você chegou na hora exata, então. Eu estaria muito embaraçado a esta altura, de não poder mostrar aos meus amigos piratas aldeia nenhuma! Não vou esquecer este favor que você me fez, Elric. Eu sou um conde das Cidades Púrpuras e tenho muita influência. Se houver qualquer coisa que eu possa fazer por você quando voltarmos, é só me dizer.

– Eu agradeço – disse Elric. – Mas primeiro temos de descobrir um meio de sair daqui.

Smiorgan preparou uma sacola com comida, um pouco de água e um pouco de vinho. Elric não tinha estômago para fazer o café da manhã entre os mortos, então atirou a bolsa por cima do ombro.

– Eu estou pronto – disse ele.

Smiorgan estava satisfeito.

– Vamos. Iremos por este caminho.

Elric começou a seguir o senhor do mar pelo gramado seco. As encostas íngremes do vale adiante deles estavam tingidas com uma tonalidade esverdeada peculiar e desagradável. Quando chegaram ao rio, que era estreito e corria rapidamente em meio às pedras, oferecendo meios fáceis de travessia, eles descansaram e comeram. Os dois homens estavam doloridos da luta da noite anterior, mas contentes de poderem lavar o sangue seco e a lama de seus corpos.

Revigorados, escalaram pelas pedras do rio até o outro lado e subiram as encostas, falando pouco para guardar o fôlego. Era meio-dia quando chegaram ao topo do vale e observaram uma planície não muito diferente da que Elric havia encontrado antes. Elric agora tinha uma boa ideia da geografia da ilha: ela se assemelhava ao topo de uma montanha, com um recuo perto do centro, que era o vale. Mais uma vez ele notou com clareza a ausência de vida selvagem e comentou sobre isso com o conde Smiorgan, que concordou que não tinha visto nada ainda, nenhuma ave, peixe, nem qualquer outro animal desde que havia chegado.

– É um pequeno mundo estéril, amigo Elric, e uma desgraça para um marinheiro que se acidentar em suas praias.

Eles seguiram em frente, até que puderam observar o mar se encontrar com o horizonte ao longe.

Foi Elric que ouviu primeiro o som atrás deles, reconhecendo a batida constante dos cascos de um cavalo a galope, mas quando ele olhou para trás por cima do ombro, não viu sinal nenhum de um cavaleiro, nem viu qualquer lugar onde um cavaleiro pudesse se esconder. Calculou que, devido a seu cansaço, seus ouvidos o estavam traindo. Podia ter sido um trovão que ele ouvira.

Smiorgan avançou implacavelmente adiante, embora ele também tenha ouvido o som.

Mais uma vez o som. Mais uma vez Elric se virou, e também mais uma vez não viu nada.

– Smiorgan? Você ouviu o que parecia ser alguém a cavalo?

Smiorgan continuou a andar sem olhar para trás.

– Eu ouvi – ele resmungou.

– Você já ouviu isso antes?

– Muitas vezes desde que cheguei aqui. Os piratas ouviram também, e alguns acreditavam que era um castigo caindo sobre eles. Um Anjo da Morte que estava atrás deles em busca de vingança.

– Você não sabe de onde vem o som?

Smiorgan fez uma pausa, depois parou e, quando se virou, o rosto estava sombrio.

– Uma ou duas vezes eu vi de relance um cavalo, eu acho. Um cavalo grande e branco ricamente paramentado, mas sem ninguém sobre ele. Ignore-o, Elric, como eu. Temos mistérios maiores com que ocupar nossas mentes!

– Você tem medo dele, Smiorgan?

Ele reconheceu.

– Sim. Confesso que tenho. Mas nem o medo nem a especulação irão nos livrar dele. Venha!

Elric permitiu-se compreender o sentido da afirmação de Smiorgan e concordou com ele; no entanto, quando o som voltou, cerca de uma hora depois, ele não resistiu em olhar para trás. Então pensou ter visto a silhueta de um grande garanhão, equipado e selado, mas poderia ser nada mais do que o resultado de uma ideia que Smiorgan tinha colocado em sua mente.

O dia ficou mais frio e havia no ar um odor amargo e peculiar. Elric comentou sobre o cheiro com o conde Smiorgan e descobriu que isso também era familiar.

– O cheiro vem e vai, mas está sempre aqui, às vezes mais forte.

– Parece enxofre – disse Elric.

A gargalhada do conde Smiorgan era cheia de ironia, como se Elric tivesse feito referência a alguma piada particular de Smiorgan.

– Oh, sim! Enxofre mesmo!

O rufar dos cascos ficou mais alto atrás deles à medida que se aproximavam da costa, até que Elric e Smiorgan viraram-se outra vez para olhar.

E agora um cavalo podia ser visto claramente, sem cavaleiro, mas selado e com rédeas, olhos escuros e inteligentes, sua bela cabeça branca erguida com orgulho.

– Você ainda está convencido da ausência de feitiçaria aqui, Sir Elric? – o conde Smiorgan perguntou com satisfação. – O cavalo estava invisível. Agora está visível – ele encaixou o machado de guerra em seu ombro em uma posição melhor. – Ou isso, ou ele se move de um mundo para o outro com facilidade, de modo que tudo que podemos ouvir são seus cascos.

– Se for verdade – disse Elric ironicamente, olhando para o garanhão – ele poderia nos levar de volta para o nosso próprio mundo.

– Você admite, então, que estamos abandonados em algum tipo de limbo?

– Muito bem, sim. Admito a possibilidade.

– Você não tem nenhum feitiço para prender o cavalo?

– Feitiçaria não é algo com que posso lidar facilmente, pois não tenho grande simpatia por ela – disse o albino.

Enquanto falavam, se aproximaram do cavalo, mas ele não permitiu que chegassem mais perto. Ele bufou e se mexeu para trás, mantendo distância deles.

Enfim, Elric disse:

– Estamos desperdiçando nosso tempo, conde Smiorgan. Vamos chegar ao seu navio logo e esquecer sóis azuis e cavalos encantados tão rapidamente quanto pudermos. Uma vez a bordo do navio, sem dúvida poderei ajudá-lo com um encantamento ou dois, pois vamos precisar de ajuda de algum tipo, se tivermos de navegar um navio grande sozinhos.

Eles continuaram sua marcha, mas o cavalo continuou a segui-los. Passaram à beira de penhascos, logo acima de uma baía rochosa estreita onde um navio estava ancorado. Tinha o estilo refinado de um navio mercante das Cidades Púrpuras, mas o convés estava repleto de pedaços de lona rasgada, cordas arrebentadas, lascas de madeira, jarros de vinho estilhaçados, e toda sorte de outros entulhos, enquanto que em vários lugares a amurada estava destruída e duas ou três de suas vergas estavam espalhadas. Era evidente que ele tinha passado por tempestades e combates no mar, e uma surpresa que ainda estivesse flutuando.

– Nós vamos ter de arrumá-lo da melhor maneira possível, utilizando apenas a vela-mestra para colocá-lo em movimento – ponderou Smiorgan. – Espero que possamos recuperar comida suficiente para nós quando chegarmos lá.

– Olhe! – Elric apontou, certo de ter visto alguém nas sombras perto da popa. – Será que os piratas deixaram alguém dos seus para trás?

– Não, ninguém.

– Você viu alguém no navio, então?

– Meus olhos pregam truques sujos na minha mente – Smiorgan disse a ele. – É esta maldita luz azul. Há um rato ou dois a bordo, isso é tudo. E isso é o que você viu.

– Possivelmente – Elric olhou para trás. O cavalo parecia não ter consciência da presença deles, enquanto galopava pela grama marrom. – Bem, vamos terminar a viagem.

Eles desceram pelo penhasco e logo estavam na praia. Atravessaram a parte rasa da água até o navio, escalando a escada de corda escorregadia que ainda pendia na lateral e, finalmente, puseram os seus pés com algum alívio sobre o convés.

– Eu já me sinto mais seguro – disse Smiorgan. – Este navio foi a minha casa por tanto tempo! – ele procurou no meio da carga espalhada até que encontrou uma jarra de vinho que não estivesse quebrada e a entregou a Elric. Ele levantou o frasco pesado e deixou um pouco do ótimo vinho fluir pela sua boca. Quando o conde Smiorgan começou a beber, Elric teve a certeza de que viu outro movimento perto da popa, e ele foi até lá perto.

Agora estava certo de ter ouvido uma respiração tensa e rápida, como a respiração de alguém que tentava sufocar sua necessidade de ar, para não ter sua presença detectada. Eram sons fracos, mas as orelhas do albino, ao contrário de seus olhos, eram afiadas. Com a mão pronta para desembainhar a espada, ele caminhou em direção à fonte do som, com Smiorgan agora atrás dele.

Ela saiu de seu esconderijo, antes de ele conseguir alcançá-la. Seu cabelo pendia em pesados caracóis sobre o rosto pálido; os ombros dela estavam caídos e os braços macios balançavam frouxamente. Seu vestido estava manchado e rasgado.

Quando Elric se aproximou, ela caiu de joelhos diante dele.

– Tome a minha vida – disse ela humildemente – mas peço-te... Não me leve de volta para Saxif D'Aan... pois sei que você deve ser um de seus servos ou um parente.

– É ela – gritou Smiorgan com espanto. – É a nossa passageira. Ela deve ter ficado escondida todo esse tempo.

Elric segurou o queixo da menina para que ele pudesse estudar seu rosto. Havia algo de melniboneano em suas feições, mas ela era, em seu modo de ver, dos Reinos Jovens; não tinha o ar de orgulho de uma mulher melniboneana também.

– Que nome foi esse que você falou, menina? – ele perguntou gentilmente. – Você falou em Saxif D'Aan? Conde Saxif D'Aan de Melniboné?

– Sim, meu senhor.

– Não precisa me temer como se eu fosse servo dele – Elric disse a ela. – E, quanto a ser um parente dele, eu suponho que você poderia me chamar assim, do lado da minha mãe... ou mais precisamente da minha bisavó. Ele era um antepassado meu. Deve ter morrido já há dois séculos, pelo menos!

– Não – ela disse. – Ele vive, meu senhor.

– Nesta ilha?

– Esta ilha não é a sua morada, mas é neste plano que ele existe. Procurei fugir dele através do Portal Rubro. Fugi em um bote e cheguei à cidade onde você me encontrou, conde Smiorgan, mas ele me puxou de volta assim que subi a bordo de seu navio. Ele me arrastou de volta com o navio junto. Tenho remorso por isso ter acontecido... e pelo que se abateu sobre a sua tripulação. Sei que ele ainda está à minha procura. Posso sentir sua presença cada vez mais próxima.

– Ele é invisível? – perguntou Smiorgan. – Sabe se ele monta um cavalo branco?

Ela engasgou.

– Você consegue vê-lo? Ele está próximo, então! Por que outra razão o cavalo iria aparecer nesta ilha?

– Ele cavalga o animal? – perguntou Elric.

– Não, não! Ele teme o cavalo quase tanto quanto eu o temo. O cavalo o persegue!

Elric tirou a grande moeda de ouro melniboneana de sua bolsa.

– Você recebeu isso de Saxif D'Aan?

– Sim.

O albino franziu o cenho.

– Quem é este homem, Elric? – conde Smiorgan perguntou. – Você o descreve como um antepassado... mas ele vive neste mundo. O que você sabe sobre ele?

Elric pesou a grande moeda de ouro em sua mão antes de recolocá-la em sua bolsa.

– Ele era uma espécie de lenda em Melniboné. Sua história faz parte de nossa literatura. Ele era um grande feiticeiro, um dos maiores, e se apaixonou. É raro um melniboneano se apaixonar, da maneira como outros entendem tal emoção, mas mais raro ainda é ter tais sentimentos por uma moça que nem mesmo era de nossa própria raça. Ela era uma melniboneana mestiça, pelo que eu soube, mas de uma terra que, naqueles dias, pertencia a Melnibonè, uma província ocidental perto de Dharijor. Ela foi comprada por ele em um lote de escravos que ele pretendia usar para algum experimento de feitiçaria, mas ele poupou-a de qualquer que fosse o destino que os outros sofreriam. Ele dedicou toda sua atenção para ela, dando-lhe de tudo. Por ela, ele abandonou suas práticas, retirou-se para viver tranquilamente longe de Imrryr, e eu penso que ela demonstrou por ele certo carinho, embora não parecesse que ela o amava. Havia outro, chamado Carolak, se bem me lembro, também um mestiço melniboneano, que se tornou um mercenário em Shazaar a favor da corte shazaariana. Ela havia sido prometida para este Carolak antes de ser sequestrada.

– Ela o amava? – pergunto o conde Smiorgan.

– Ela estava prometida para casar com ele, mas deixe-me terminar a minha história... – Elric continuou: – Bem, finalmente Carolak, agora um homem de grande importância, abaixo apenas do rei de Shazaar, ouviu falar do destino dela e jurou que iria resgatá-la. Ele trouxe soldados às margens de Melniboné e, auxiliado por feitiçaria, encontrou o palácio de Saxif D'Aan. Ele procurou a moça, encontrando-a finalmente nos aposentos que Saxif D'Aan tinha reservado para usufruto dela. Ele disse que tinha vindo para reclamá-la como sua noiva, para resgatá-la da opressão. Estranhamente, a menina resistiu, sugerindo que tivesse sido por muito tempo uma escrava no harém melniboneano e não iria se readaptar à vida de uma princesa na corte shazaariana. Carolak zombou dela e a agarrou. Ele conseguiu escapar do castelo com a moça sobre a sela de seu cavalo e estava prestes a se juntar a seus homens na costa quando Saxif D'Aan descobriu que haviam fugido. Carolak foi morto, ou então um feitiço foi colocado sobre ele, mas Saxif D'Aan, em seu terrível ciúme, e certo de que a menina tinha planejado a fuga com o amante, ordenou que ela fosse morta na Roda do Caos, uma máquina que se parece um pouco com aquela moeda em seu formato. Seus membros foram quebrados lentamente e Saxif D'Aan sentou e observou, durante longos dias, enquanto ela morria. Sua pele foi tirada de sua carne e Saxif D'Aan acompanhou cada detalhe de sua punição. Logo ficou evidente que as drogas e a feitiçaria usadas para sustentar a vida dela estavam falhando e Saxif D'Aan ordenou que ela fosse tirada da Roda do Caos e posta em um leito. "Bem", ele disse, "você foi punida por me trair e eu estou contente. Agora você pode morrer." E ele viu que os lábios dela, empapados de sangue e com um aspecto horrível, estavam se movendo, e se inclinou para ouvir suas palavras.

– Que palavras? Vingança? Uma praga? – perguntou Smiorgan.

– Seu último gesto foi uma tentativa de abraçá-lo. E as palavras foram aquelas que ela nunca havia dito a ele antes, e que antes ele tanto esperou que ela dissesse. Ela disse simplesmente, de novo e outra vez, até seu último suspiro: "Eu te amo. Eu te amo. Eu te amo." E depois morreu.

Smiorgan esfregou a barba.

– Deuses! E depois? O que o seu antepassado fez?

– Ele aprendeu o que é o remorso.

– É claro!

– Para um melniboneano, não exatamente. O remorso é uma emoção rara para nós. Poucos já a vivenciaram. Massacrado pela culpa, Saxif D'Aan deixou Melniboné para nunca mais voltar. Acreditava-se que ele havia morrido em uma terra distante, tentando corrigir o que tinha feito à única criatura que já tinha amado. Mas agora, ao que parece, ele encontrou o Portal Rubro, talvez pensando nele como uma entrada para o inferno.

– Mas por que ele me atormenta? – gritou a moça. – Eu não sou ela! Meu nome é Vassliss. Eu sou filha de um comerciante de Jharkor. Eu estava viajando para visitar meu tio em Vilmir quando nosso navio naufragou. Alguns de nós conseguiram sobreviver em um bote. Mas outras tempestades nos apanharam. Eu fui arremessada do barco e estava me afogando quando – ela estremeceu – quando a galera *dele* me encontrou. Fiquei grata, então...

– O que aconteceu? – Elric empurrou o cabelo emaranhado de seu rosto e lhe ofereceu um pouco de seu vinho. Ela bebeu agradecidamente.

– Ele me levou para seu palácio e me disse que iria se casar comigo, que eu deveria ser sua imperatriz para sempre e governar ao lado dele. Mas eu estava com medo. Havia tanta dor nele e tanta crueldade também. Eu pensei que ele iria me devorar, me destruir. Logo após eu ter sido apanhada, peguei o dinheiro e um barco e fugi para o portal do qual ele tinha me falado a respeito.

– Você poderia encontrar este portal para nós? – perguntou Elric.

– Eu acho que sim. Tenho alguns conhecimentos de marinhagem, que aprendi com meu pai. Mas do que adiantaria, senhor? Ele iria nos encontrar novamente e nos arrastar de volta. E ele deve estar muito perto.

– Eu tenho um pouco da minha própria feitiçaria – Elric assegurou – e vou usá-la contra Saxif D'Aan, se for preciso. – ele virou-se para o conde Smiorgan. – Podemos levantar uma vela rapidamente?

– Muito rapidamente.

– Então vamos nos apressar, conde Smiorgan Baldhead. Pode ser que eu tenha os meios de levar-nos através deste Portal Rubro sem qualquer outro envolvimento nos assuntos dos mortos!

CAPÍTULO 4

A visita de um cavalo branco

Enquanto o conde Smiorgan e Vassliss de Jharkor observavam, Elric agaixou-se no convés, ofegante e pálido. Sua primeira tentativa de lidar com a magia neste mundo tinha falhado e ele havia ficado esgotado.

– Estou mais convencido – disse Smiorgan – de que estamos em outro plano da existência, pois eu deveria poder trabalhar meus encantamentos com menos esforço.

– Você falhou.

Elric levantou-se com alguma dificuldade.

– Eu vou tentar de novo.

Ele virou seu rosto branco para o céu; fechou os olhos; esticou os braços e seu corpo ficou tenso quando ele começou o encantamento de novo, sua voz cada vez mais alta, até se parecer com os gritos de um vendaval.

Ele se esqueceu de onde estava; esqueceu da sua própria identidade; esqueceu daqueles que estavam com ele, enquanto toda sua mente se concentrava na invocação. Ele enviou seu apelo para além dos confins do mundo, para aquele estranho plano onde os elementais habitavam – onde as criaturas poderosas do ar poderiam ser encontradas... As sílfides da brisa, e os sharnahs, que viviam nas tempestades, e os mais poderosos de todos, os h'Haarshanns, criaturas do redemoinho.

E agora, finalmente, alguns deles começaram a vir ao seu chamado, prontos para servi-lo como, em virtude de um pacto antigo, os elementais tinham servido seus antepassados. E lentamente a vela do barco começou a encher, e as vigas a ranger. Smiorgan levantou âncora e o navio estava navegando para longe da ilha, pela abertura rochosa do porto, para o mar aberto, ainda sob um estranho sol azul.

Logo uma enorme onda se formou em torno deles, levantando o navio e carregando-o através do oceano, de modo que o conde Smiorgan e a menina ficaram maravilhados com a rapidez do seu progresso, enquanto Elric, com os olhos vermelhos abertos agora, mas como se olhassem para o vazio, continuou a cantar para seus aliados invisíveis.

Assim, o navio avançava através das águas do mar, e finalmente a ilha estava fora de vista. A menina, verificando sua posição contra a posição do sol, foi capaz de dar ao conde Smiorgan informações suficientes para ele determinar um curso.

Assim que pôde, o conde Smiorgan foi até Elric, que ainda estava imóvel no convés, com os músculos tão enrijecidos quanto antes, e sacudiu-o.

– Elric! Você vai se matar com este esforço. Não precisamos mais de seus amigos!

Imediatamente o vento diminuiu e a onda se dispersou. E Elric, ofegante, caiu no convés.

– É mais difícil aqui – disse ele. – É muito mais difícil aqui. É como se eu tivesse de invocar através de abismos maiores do que qualquer outro que já conheci.

E então Elric adormeceu.

***

Ele estava deitado em uma cama quente em uma cabine fresca. Pela portinhola da cabine passava uma difusa luz azul. Sentiu o odor de comida quente, e virando a cabeça, viu que Vassliss estava ali, com uma tigela de caldo em suas mãos.

– Eu consegui cozinhar um pouco disso – disse ela. – Vai ajudar a deixá-lo um pouco melhor. Pelo que estou vendo, estamos nos aproximando do Portal Rubro. Os mares são sempre agitados em torno do portal, por isso vai precisar de todas as suas forças.

Elric agradeceu-lhe com satisfação e começou a comer o caldo enquanto ela o observava.

– Você é muito parecido com Saxif D'Aan – disse ela. – Ainda mais duro de certa forma... e gentil também. Ele é tão distante. Eu entendo porque aquela moça nunca poderia dizer a ele que o amava.

Elric sorriu.

– Oh, a história que lhe contei não é nada mais do que uma lenda, provavelmente. Este Saxif D'Aan poderia ser outra pessoa qualquer ou até mesmo um impostor, que tomou o seu nome, ou um feiticeiro. Alguns feiticeiros pegam os nomes de outros feiticeiros, pois pensam que isso lhes dá mais poder.

Houve um grito vindo de cima, mas Elric não conseguia distinguir as palavras.

A expressão da menina foi de espanto. Sem dizer uma palavra para Elric, ela disparou da cabine.

Elric, se erguendo vacilante, seguiu-a.

O conde Smiorgan Baldhead estava ao leme de seu navio, apontando para o horizonte por trás deles.

– O que você acha disso, Elric?

Elric olhou para o horizonte, mas não conseguia ver nada. Muitas vezes, seus olhos ficavam fracos, como agora. Mas a menina disse em uma voz de desespero silencioso:

– É uma vela dourada.

– Você a reconhece? – Elric perguntou a ela.

– Certamente que sim. É o galeão de Saxif D'Aan. Ele nos encontrou. Talvez estivesse à espreita ao longo da nossa rota, sabendo que teríamos de vir por este caminho.

– A que distância estamos do portal?

– Eu não tenho certeza.

Naquele momento, veio um barulho terrível de baixo, como se algo procurasse furar o casco do navio.

– É nas escotilhas dianteiras – gritou Smiorgan. – Veja o que é, amigo Elric! Mas tome cuidado, homem!

Cautelosamente, Elric removeu uma das tampas de escotilha e olhou para a solidez turva do porão. O barulho de batidas continuou, e quando seus olhos se ajustaram à luz, ele pode ver de onde vinha.

O cavalo branco estava lá. Ele relinchou ao vê-lo, quase em uma saudação.

– Como ele subiu a bordo? – perguntou Elric. – Eu não vi nada. Nem ouvi nada.

A garota ficou quase tão branca quanto Elric. Ela caiu de joelhos ao lado da escotilha, enterrando o rosto em seus braços.

– Ele nos pegou! Ele nos pegou!

– Ainda há uma chance de que possamos alcançar o Portal Rubro em tempo – Elric tranquilizou-a. – E uma vez no meu próprio mundo, posso trabalhar em feitiçarias muito mais fortes para nos proteger.

– Não – ela chorou. – É tarde demais. Por que o cavalo branco estaria aqui? Ele sabe que Saxif D'Aan deve em breve nos abordar.

– Ele vai ter de lutar contra nós, antes que tente levá-la – Elric prometeu.

– Você não viu os homens dele. Todos implacáveis. Desesperados e famintos como lobos! Eles não demonstram nenhuma misericórdia. Seria melhor para vocês se eu me entregar a Saxif D'Aan agora mesmo, e vocês salvariam a si mesmos. Vocês não ganham nada tentando me proteger. Mas eu gostaria de pedir-lhe um favor.

– Qual?

– Encontre para mim uma pequena faca, para que eu possa me matar assim que eu souber que vocês estão a salvo.

Elric riu.

– Não me venha com nenhum desses melodramas, moça! Nós estamos juntos nisso. Talvez possamos negociar com Saxif D'Aan.

– O que você tem para barganhar?

– Muito pouco. Mas ele não sabe disso.

– Ele pode ler seus pensamentos, aparentemente. Ele tem grandes poderes!

– Eu sou Elric de Melniboné. Dizem que possuo uma certa facilidade nas artes de feitiçaria também.

– Mas você não é tão dedicado quanto Saxif D'Aan – disse ela simplesmente. – Só uma coisa o deixa obcecado: a necessidade de me tornar sua esposa.

– Muitas moças ficariam lisonjeadas com isso. Felizes por terem a chance de ser imperatriz com um imperador melniboneano como marido. – Elric foi irônico.

Ela ignorou.

– É por isso que eu o temo tanto – disse ela em um murmúrio. – Se eu perder a minha determinação, por um momento, eu poderia amá-lo. Eu estaria destruída! Deve ter sido isso que *ela* descobriu!

CAPÍTULO 5

Um nobre melniboneano

O reluzente galeão, com velas e os lados todos dourados de modo que parecia que o próprio sol os perseguia, moveu-se rapidamente sobre eles, enquanto a moça e o conde Smiorgan assistiam horrorizados, e Elric desesperadamente tentou invocar seus aliados elementais, sem sucesso.

Através da pálida luz azul, o navio dourado navegava incansavelmente. Suas proporções eram monstruosas, a impressão de poder que dava era vasta. Sua proa gigantesca espalhava enormes ondas espumosas para ambos os lados, enquanto acelerava silenciosamente.

Com a aparência de um homem preparando-se para encontrar a morte, o conde Smiorgan Baldhead das Cidades Púrpuras desatou seu machado de batalha e afrouxou a espada na bainha. A moça não emitia nenhum som, nenhum movimento, mas chorou.

Elric balançou a cabeça e seu longo cabelo branco como leite formou um halo em volta de seu rosto por um momento. Seus olhos vermelhos começaram a se concentrar no mundo ao seu redor. Ele reconheceu o navio; tinha um padrão semelhante às barcas douradas de batalha de Melniboné. Sem dúvida, o navio em que Saxif D'Aan fugira de sua terra natal, em busca do Portal Rubro. Agora Elric estava convencido de que este devia ser o mesmo Saxif D'Aan e por isso ele sentia menos medo do que seus companheiros, mas consideravelmente maior curiosidade. Na verdade, foi quase com nostalgia que ele notou a aproximação da bola de fogo, como um cometa natural, brilhando com uma luz verde, assobiando e se precipitando na direção deles, arremessado por uma catapulta do navio. Ele meio que esperava ver um grande dragão no céu acima deles, pois foi com dragões e barcas douradas de batalha que Melniboné conquistou o mundo.

A bola de fogo caiu no mar a poucos centímetros da proa e foi evidentemente arremessada lá de propósito, como um aviso.

– Não parem! – gritou Vassliss. – Que as chamas nos matem! Vai ser melhor assim!

Smiorgan estava olhando para cima.

– Nós não temos escolha. Veja! Ele baniu o vento, ao que parece.

Elric deu um sorriso horripilante. Agora ele sabia o que o povo dos Reinos Jovens deve ter sentido quando os seus antepassados tinham usado essas mesmas táticas contra eles.

– Elric? – Smiorgan virou-se para o albino. – Esse é o seu povo? É um navio melniboneano, sem dúvida!

– Assim são seus métodos também – Elric disse a ele. – Eu tenho o sangue real de Melniboné. Eu poderia ser o imperador, neste mesmo instante, se eu optasse por reivindicar meu trono. Há uma pequena chance de que Saxif D'Aan, apesar de ser um antepassado meu, me reconheça e, portanto, reconheça a minha autoridade. Somos um povo conservador, o povo da Ilha do Dragão.

A menina falou com os lábios secos, desesperadamente:

– Ele reconhece apenas a autoridade dos Senhores do Caos que lhe prestam auxílio.

– Todos os melniboneanos reconhecem essa autoridade – Elric disse a ela com um certo humor.

Da escotilha da frente, o som dos cascos e do relincho do garanhão aumentou.

– Estamos cercados por encantamentos! – as feições normalmente coradas de Smiorgan empalideceram. – Você não tem nada, príncipe Elric, que possa usar para combatê-los?

– Nada, pelo que parece.

O navio dourado pairava sobre eles. Elric viu que a amurada do navio adversário estava lotada, não com guerreiros imrryrianos, mas com assassinos igualmente tão desesperados quanto aqueles contra quem ele tinha lutado na ilha e, aparentemente, retirados da mesma variedade de períodos históricos e nações.

A menina correu para a lateral do navio mais próxima, mas Elric a pegou pelo braço.

– Não me detenha, eu imploro! – ela chorou. – Em vez disso, salte comigo para nos afogarmos!

– Você acha que a morte vai salvá-la de Saxif D'Aan? – disse Elric. – Se ele tem o poder que você diz, a morte só vai levar você mais firmemente para suas mãos!

– Oh! – a moça estremeceu e, em seguida, quando uma voz gritou para eles do convés do navio dourado, ela deu um gemido e desmaiou nos braços de Elric, que, enfraquecido como estava por ter conjurado seu feitiço, só poderia fazer isso para impedir que caísse com ela no chão.

A voz se ergueu sobre os gritos e gargalhadas grosseiras da tripulação. Era a voz de um melniboneano, embora falasse a língua comum dos Reinos Jovens, uma deturpação do idioma do Império Reluzente.

– Posso ter a permissão do capitão para subir a bordo?

O conde Smiorgan rosnou de volta:

– Não tente disfarçar um ato de pirataria com um discurso educado, senhor!

– Então creio que tenho a sua permissão – o tom do interlocutor invisível permaneceu exatamente o mesmo.

Elric assistiu a amurada ser aberta para permitir que uma prancha, cravejada de pregos de ouro para dar mais firmeza, fosse baixada do convés do galeão para o navio deles.

Uma figura alta apareceu no topo da prancha. Ele tinha os traços refinados de um nobre melniboneano, era magro, de porte altivo, com vestes volumosas de fios de ouro, um elmo elaborado em ouro e ébano sobre seus longos cabelos ruivos. Ele tinha olhos cinza-azulados, era pálido, a pele levemente avermelhada, e não carregava, pelo que Elric podia ver, nenhuma arma de qualquer tipo.

Com notável dignidade, Saxif D'Aan começou a descer, seus homens à sua volta. O contraste entre este belo intelectual e aqueles que ele comandava era notável. Enquanto ele andava com as costas retas, elegante e nobre, os outros portavam-se de maneira relaxada, sujos, degenerados, gargalhando de prazer com sua vitória fácil. Nenhum homem entre eles mostrou qualquer sinal de dignidade humana; todos vestiam trajes exagerados em farrapos imundos, cada um tinha pelo menos três armas e havia muita evidência de joias, anéis, brincos, pulseiras e colares saqueados.

– Deuses! – murmurou Smiorgan. – Raramente vi na vida uma coleção da escória como essa. E eu pensei que já tivesse encontrado de tudo em minhas viagens. Como pode um homem suportar estar na companhia deles?

– Talvez isso se encaixe em seu sentido de ironia – Elric sugeriu.

Saxif D'Aan chegou ao convés do barco e ficou olhando para onde eles ainda se encontravam parados, na popa. Ele fez um ligeiro aceno. Suas feições eram controladas e apenas os olhos sugeriam algo da intensidade da emoção que habitava dentro dele, especialmente quando eles observaram a garota nos braços de Elric.

– Eu sou o conde Saxif D'Aan de Melniboné, agora das ilhas além do Portal Rubro. Você está com algo que me pertence. Estou aqui para reclamar sua posse.

– Está se referindo a Lady Vassliss de Jharkor? – disse Elric, sua voz tão firme quanto a de Saxif D'Aan.

Saxif D'Aan pareceu notar Elric pela primeira vez. Houve um leve movimento das sobrancelhas, rapidamente dispensado.

– Ela é minha – disse ele. – Pode ter certeza de que não sofrerá nenhum prejuízo em minhas mãos.

Elric, buscando alguma vantagem, sabia que estaria arriscando muito com o que falaria a seguir, na Língua Superior de Melniboné, usada apenas entre aqueles de sangue real.

– Meu conhecimento sobre sua história não me deixa muito confiante, Saxif D'Aan.

Quase imperceptivelmente, o homem dourado endureceu e um fogo brilhou em seus olhos cinza-azulados.

– Quem é você, para falar a língua dos reis? Quem é você, que afirma saber do meu passado?

– Sou Elric, filho de Sadric, e o quadragésimo vigésimo oitavo imperador do povo de R'lin K'ren A'a, que ocupou a Ilha do Dragão dez mil anos atrás. Sou Elric, seu imperador, Saxif D'Aan, e exijo sua lealdade – e Elric ergueu a mão direita, sobre a qual ainda brilhava um anel com uma pedra Actorios, o Anel dos Reis.

Conde Saxif D'Aan agora tinha firme controle de si mesmo novamente. Ele não deu nenhum sinal de ter ficado impressionado.

– A sua soberania não se estende para além do seu próprio mundo, nobre imperador, embora eu o saúdo como um companheiro monarca. Este mundo é meu. Tudo o que existe sob o sol azul está sob minhas ordens. Você, entretanto, é que transgrediu meu domínio. Eu tenho todo o direito de fazer o que quiser.

– Tudo é pompa de pirata – murmurou o conde Smiorgan, que não havia entendido nada da conversa, mas conseguiu reunir alguma coisa do que passou pelo tom dos dois. – Fanfarronice de pirata. O que ele disse, Elric?

– Ele me convenceu de que não é um pirata, conde Smiorgan. Ele afirma ser o governante deste plano. Uma vez que não há aparentemente nenhum outro, temos de aceitar sua afirmação.

– Deuses! Então deixe-o se comportar como um monarca e vamos velejar com segurança para fora de suas águas!

– Podemos... se lhe dermos a garota.

Conde Smiorgan balançou a cabeça.

– Eu não vou fazer isso. Ela é minha passageira, sob minha responsabilidade. Morrerei antes de ter de fazer isso. É o Código do Mar dos Senhores das Cidades Púrpuras.

– Vocês são famosos por sua fixação a este código – disse Elric. – Quanto a mim, também assumi essa menina sob minha proteção e, como imperador hereditário de Melniboné, não posso me deixar ser intimidado.

Eles conversavam em um murmúrio, mas, de alguma forma, Saxif D'Aan os tinha ouvido.

– Devo informar a vocês – disse ele calmamente, na língua comum – que a moça é minha. Vocês a tiraram de mim. Essa é a atitude de um imperador?

– Ela não é uma escrava – disse Elric –, mas a filha de um comerciante livre em Jharkor. Você não tem direitos sobre ela.

Conde Saxif D'Aan disse:

– Então eu não posso abrir o Portal Rubro para vocês. Permanecerão em meu mundo para sempre.

– Você fechou o portal? Isso é possível?

– Para mim é.

– Você sabe que a menina prefere morrer a ser capturada por você, Saxif D'Aan? Sente prazer em incutir tal medo?

O homem dourado olhou diretamente nos olhos de Elric como se fizesse algum desafio enigmático.

– O dom da dor sempre foi o dom favorito entre nosso povo, não é? No entanto, é outro dom que eu ofereço a ela. Ela se chama Vassliss de Jharkor, mas não conhece a si mesma. Eu a conheço. Ela é Gratyesha, princesa de Fwem-Omeyo, e gostaria de torná-la minha esposa.

– Como ela pode não saber seu próprio nome?

– Ela é reencarnada. Alma e carne são idênticas. É isto que eu sei. E eu tenho esperado, imperador de Melniboné, há dezenas de anos por ela. Agora não serei traído por ela.

– Da mesma forma como você traiu a si mesmo, dois séculos atrás, em Melniboné?

– Você se arrisca demais com sua franqueza das palavras, irmão monarca! – houve um aviso velado no tom de Saxif D'Aan, um aviso muito mais feroz do que qualquer outro implícito em suas palavras.

– Bem, – Elric deu de ombros – Você tem mais poder do que nós. Minha feitiçaria funciona mal em seu mundo. Seus rufiões são mais numerosos que nós. Não seria difícil para você levá-la de nós.

– Vocês tem de dá-la para mim. Então poderão sair livres, de volta para o seu próprio mundo e seu próprio tempo.

Elric sorriu.

– Há magia aqui. Ela não é nenhuma reencarnação. Você poderia trazer o espírito de seu amor perdido do mundo dos mortos para habitar o corpo desta menina. Não estou certo? É por isso que ela deve ser entregue livremente, ou a sua magia pode retornar para você... e você não iria correr o risco.

Conde Saxif D'Aan virou a cabeça para que Elric não pudesse ver seus olhos.

– Ela é a mulher – disse ele, na Língua Superior. – Eu sei que é ela. Não desejo mal nenhum para sua alma. Vou apenas dar-lhe de volta a sua memória.

– Então estamos num impasse – disse Elric.

– Você não tem lealdade para com um irmão de sangue real? – Saxif D'Aan murmurou, ainda recusando-se a olhar para Elric.

– Você não clamou por lealdade alguma, se bem me lembro, Saxif D'Aan. Se você me aceitar como seu imperador, então deve aceitar as minhas decisões. Eu manterei a menina sob minha custódia. Ou você terá de levá-la à força.

– Sou muito orgulhoso.

– Esse orgulho jamais deveria destruir o amor – disse Elric, quase com simpatia. – E agora, Rei do Limbo? O que você vai fazer?

Conde Saxif D'Aan levantou a nobre cabeça, prestes a responder, quando do porão do navio as pisadas e as bufadas recomeçaram. Seus olhos se arregalaram. Ele olhou interrogativamente para Elric, e havia uma expressão quase de horror em seu rosto.

– O que é isso? O que você tem no porão?

– Um cavalo, meu senhor, só isso – disse Elric.

– Um cavalo? Um cavalo comum?

– Um cavalo branco. Um garanhão, com rédeas e sela. Mas nenhum cavaleiro.

Imediatamente a voz de Saxif D'Aan's elevou-se, passando a gritar ordens para seus homens.

– Levem os três a bordo do nosso navio. Temos de afundá-lo agora mesmo. Depressa! Depressa!

Elric e Smiorgan afastavam as mãos que tentavam agarrá-los e foram até a prancha, carregando a menina entre eles, enquanto Smiorgan murmurou:

– Pelo menos não estamos mortos, Elric. Mas o que será de nós agora?

Elric balançou a cabeça.

– Temos de esperar que possamos continuar usando o orgulho de Saxif D'Aan contra ele, para nossa vantagem, embora só os deuses saibam como vamos resolver esse dilema.

Conde Saxif D'Aan já estava correndo para a prancha à frente deles.

– Depressa – ele gritou. – Levantem a prancha!

Eles ficaram sobre o convés da barca dourada de batalha e viram quando a prancha foi recolhida.

– Tragam as catapultas – Saxif D'Aan ordenou. – Usem chumbo. Afundem o navio de uma vez!

O barulho no porão aumentou. O relincho do cavalo ecoou pelos navios e pelas águas. Cascos batiam no madeiramento do navio e então, repentinamente, ele surgiu derrubando a porta da escotilha, lutando para se apoiar no convés com suas patas dianteiras, e depois batendo com as patas nas tábuas, suas narinas dilatadas, os olhos cheios de raiva, como se estivesse pronto para a batalha.

Agora Saxif D'Aan não fez nenhuma tentativa de esconder o terror em seu rosto. Sua voz transformou-se num grito quando ele ameaçou seus comandados com todo o tipo de horror se não o obedecessem com o máximo de rapidez. As catapultas foram arrastadas para cima e enormes bolas de chumbo foram arremessadas em direção ao convés do navio de Smiorgan, arrebentando o assoalho e fazendo que o navio começasse a afundar.

– Cortem os ganchos de sustentação – gritou Saxif D'Aan, arrancando uma lâmina da mão de um de seus homens e serrando a corda mais próxima. – Desprendam, rápido!

Enquanto o navio de Smiorgan gemia e gritava como um animal se afogando, as cordas foram cortadas. O navio tombou de uma vez, e o cavalo desapareceu.

– Voltem! – gritou Saxif D'Aan. – De volta para Fhaligarn e rápido, ou vossas almas irão alimentar meus demônios mais ferozes!

Houve um relincho peculiar e estridente vindo da água espumante, quando o navio de Smiorgan, com a popa para o alto, foi engolido pelo mar. Elric olhou rapidamente para o garanhão branco, nadando vigorosamente.

– Vão todos para baixo! – Saxif D'Aan ordenou, indicando uma escotilha. – O cavalo pode sentir o cheiro da garota e por isso é duplamente difícil de despistá-lo.

– Por que você tem medo dele? – perguntou Elric. – É apenas um cavalo. Ele não pode prejudicá-lo.

Saxif D'Aan soltou uma risada de profunda amargura.

– Não, irmão monarca?

Enquanto carregavam a moça para baixo, Elric franziu a testa, lembrando-se um pouco mais da lenda de Saxif D'Aan, da garota que ele havia punido tão cruelmente, e de seu amante, o príncipe Carolak. A última vez que ele ouviu Saxif D' Aan, o feiticeiro gritava:

– Mais vela! Mais vela!

Então a escotilha fechou-se atrás deles e se viram em uma cabine melniboneana opulenta, cheia de cortinas ricas, de metais preciosos, decorações de rara beleza e, para conde Smiorgan, de perturbadora decadência. Mas foi Elric que, quando colocou a menina em um catre, percebeu o cheiro.

– Argh! Cheira como um túmulo – com umidade e mofo. Mas nada aqui está apodrecendo. Bastante peculiar, não é, amigo Smiorgan?

– Eu quase não notei, Elric – a voz de Smiorgan era oca. – Mas eu concordo com você sobre uma coisa. Estamos sepultados aqui. Duvido que vamos viver o suficiente para escapar deste mundo agora.

CAPÍTULO 6

Eu tenho a chave do Portal Rubro

Uma hora tinha se passado desde que foram forçados a subir a bordo. A porta foi trancada atrás deles, e parecia que Saxif D'Aan estava preocupado demais com a fuga do garanhão branco para dar importância a eles. Espiando através da grade de uma portinhola, Elric conseguiu olhar onde o navio havia afundado. Eles já estavam a muitas léguas de distância. No entanto, ainda pensava que, de tempos em tempos, podia ver a cabeça e os ombros do garanhão acima das ondas.

Vassliss se recuperou e estava pálida e tremendo sobre o catre.

– O que mais você sabe sobre aquele cavalo? – Elric perguntou a ela. – Seria útil para mim se você pudesse se lembrar de qualquer coisa que saiba a respeito.

Ela balançou a cabeça.

– Saxif D'Aan falou pouco dele, mas eu descobri que ele teme o cavaleiro mais do que teme o cavalo.

– Ah! – Elric franziu o cenho. – Eu suspeitava disso! Você já viu o cavaleiro?

– Nunca. Acho que Saxif D'Aan nunca o viu também. Eu creio que ele pensa que estará condenado se algum dia o cavaleiro montar no cavalo branco.

Elric sorriu para si mesmo.

– Por que você pergunta tanto sobre o cavalo? – Smiorgan quis saber.

Elric balançou a cabeça.

– Eu tenho uma intuição, isso é tudo. Como uma memória. Mas não vou dizer nada e vou pensar o menos possível sobre isso, pois não há dúvida de que Saxif D'Aan tem, como Vassliss imaginou, algum poder de ler mentes.

Eles ouviram um ruído de passos acima deles, descendo em direção à porta. Uma tranca foi destravada, e Saxif D'Aan, sua compostura totalmente restaurada, apareceu na entrada.

– Vocês irão perdoar, espero, a maneira peremptória pela qual eu os trouxe aqui. Havia perigos a serem evitados a todo custo. Como resultado, meus modos não foram apropriados como deveriam ter sido.

– Perigo para nós? – perguntou Elric. – Ou para você, Saxif D'Aan?

– Nestas circunstâncias, a todos nós, eu garanto.

– Quem conduz o cavalo? – perguntou Smiorgan sem rodeios. – E por que você tem medo dele?

Conde Saxif D'Aan era senhor de si mesmo novamente, então não houve nenhum sinal de reação.

– Isso é uma preocupação que só cabe a mim – disse ele em voz baixa. – Vocês irão jantar comigo agora.

A moça soltou um barulho de sua garganta, e Saxif D'Aan virou seus olhos penetrantes para ela.

– Gratyesha, talvez você deseje se limpar para se sentir bonita novamente. Vou providenciar para que minhas instalações sejam colocadas à sua disposição.

– Eu não sou Gratyesha – disse ela. – Sou Vassliss, a filha de um comerciante.

– Você vai se lembrar – disse ele. – Com o tempo, você vai se lembrar – havia tanta certeza, tanta obsessão em sua voz, que mesmo Elric experimentou um arrepio de pavor. – Farei que tragam a comida para você. Poderá usar esta cabine para suas necessidades até retornarmos ao meu palácio em Fhaligarn. Meus senhores... – ele indicou para que saíssem.

Elric disse:

– Eu não vou deixá-la, Saxif D'Aan. Ela está com muito medo.

– Ela teme apenas a verdade, irmão.

– Ela teme você e sua loucura.

Saxif D'Aan encolheu os ombros despreocupadamente.

– Eu vou sair primeiro, então. Se quiserem me acompanhar, senhores... – ele saiu da cabine e eles o seguiram.

Elric disse, por cima do ombro:

– Vassliss, você pode contar com a minha proteção – e fechou a porta da cabine atrás dele.

Conde Saxif D'Aan estava no convés, expondo seu nobre rosto à água que se espalhava no ar enquanto o navio se movia com velocidade sobrenatural.

– Você me chamou de louco, príncipe Elric? Além disso, você deve ser versado em magia.

– Certamente. Eu sou de sangue real. Sou considerado um versado nas artes místicas em meu mundo.

– Mas e aqui? O quão bem sua feitiçaria funciona?

– É bem mais fraca, eu admito. Os espaços entre os planos parecem maiores.

– Exatamente. Mas eu fiz uma ponte entre eles. Tive tempo de aprender a ligá-los.

– Você está dizendo que é mais poderoso do que eu?

– É um fato, não?

– Sim. Mas não pensei que iríamos nos entregar em batalhas de feitiçaria, Saxif D'Aan.

– Claro. No entanto, se você pensasse em me superar usando feitiçaria, pensaria duas vezes, não é mesmo?

– Eu seria um tolo em contemplar tal coisa. Poderia me custar a alma. Minha vida, no mínimo.

– É verdade. Você é um realista, posso perceber.

– Eu penso que sim.

– Então, podemos progredir em caminhos mais simples, para resolver a disputa entre nós.

– Você propõe um duelo? – Elric ficou surpreso.

A risada de conde Saxif D'Aan era luminosa.

– Claro que não! Contra a sua espada? Ela tem poder em todos os mundos, embora a intensidade possa variar.

– Estou feliz de que esteja ciente disso – disse Elric veementemente.

– Além disso – acrescentou Saxif D'Aan, suas vestes douradas farfalhando enquanto ele se movia um pouco mais perto da amurada –, você não iria me matar. Pois apenas eu tenho os meios para vocês saírem deste mundo.

– Talvez acabemos optando por permanecer aqui – disse Elric.

– Então vocês passariam a ser assunto meu. Mas, não... Vocês não iriam gostar daqui. Sou um autoexilado. Eu não poderia voltar ao meu mundo agora, mesmo se quisesse fazê-lo. Paguei um preço alto... meu conhecimento. Mas gostaria de fundar uma dinastia aqui, sob o sol azul. Eu quero ter a minha esposa, príncipe Elric. Quero ter Gratyesha.

– O nome dela é Vassliss – disse Elric teimosamente.

– Ela pensa que é.

– Então é o que é. Jurei protegê-la, assim como o conde Smiorgan jurou também. E nós a protegeremos. Você terá de nos matar.

– Exatamente – disse Saxif D'Aan com o ar de um homem que ensinou um estudante pobre a encontrar a resposta correta para um problema. – Terei de matar todos vocês. Você me deixa com poucas alternativas, príncipe Elric.

– Isso iria lhe trazer algum benefício?

– Sim. Isso iria colocar um certo demônio poderoso sob meu comando por algumas horas.

– Iremos resistir.

– Eu tenho muitos homens. Não tenho nenhum apreço por eles. Mas, no final, eles iriam conseguir vencê-los. Ou será que não?

Elric permaneceu em silêncio.

– Meus homens seriam ajudados por feitiçaria – acrescentou Saxif D'Aan. – Alguns iriam morrer, mas não todos, penso eu.

Elric estava olhando para além de Saxif D'Aan, olhando para o mar. Ele tinha certeza de que o cavalo ainda os seguia. Ele tinha certeza de que Saxif D'Aan sabia disso também.

– E se lhe entregarmos a moça?

– Eu abro o Portal Rubro para vocês. Seriam meus convidados de honra. Garantirei que sejam conduzidos com segurança através dele, ou mesmo que sejam levados para alguma terra hospitaleira em seu próprio mundo, pois mesmo após passarem pelo portal haveria perigos. As tempestades...

Elric parecia estar considerando a situação.

– Você tem pouco tempo para tomar sua decisão, príncipe Elric. Eu tinha a esperança de estar chegando ao meu palácio, Fhaligarn, a essa altura. Não posso permitir que você se prolongue demais. Vamos, tome sua decisão. Você sabe que eu falo a verdade.

– Você sabe que eu posso executar alguma feitiçaria em seu mundo, não?

– Você invocou alguns elementais aliados para o seu auxílio, sei disso. Mas a que custo? Você iria me desafiar diretamente?

– Não seria um ato sensato – disse Elric.

Smiorgan puxou-o pela manga.

– Pare com essa conversa inútil. Ele sabe que demos nossa palavra para a garota e que devemos lutar com ele!

Saxif D'Aan suspirou. Parecia haver tristeza genuína em sua voz.

– Se vocês estão determinados a perder suas vidas... – ele insinuou.

– Gostaria de saber por que você dá tanta importância para que tomemos nossa decisão com rapidez – disse Elric. – Por que não podemos esperar até chegarmos a Fhaligarn?

A expressão de Saxif D'Aan era perspicaz, e novamente ele examinou fundo nos olhos vermelhos de Elric.

– Eu acho que você sabe – disse ele, quase inaudível.

Mas Elric balançou a cabeça.

– Eu acho que você me dá crédito demais por minha inteligência.

– Talvez.

Elric sabia que Saxif D'Aan estava tentando ler seus pensamentos. Ele deliberadamente apagou sua mente e sentiu certa frustração no comportamento do feiticeiro.

Então o albino voou sobre seu antepassado, sua mão apertando a garganta de Saxif D'Aan, que foi pego completamente desprevenido. Tentou gritar, mas suas cordas vocais foram anuladas. Outro golpe, e ele caiu no convés, sem sentidos.

– Rápido, Smiorgan – Elric gritou e saltou para o cordame, escalando rapidamente até o alto. Smiorgan, espantado, o seguiu, e Elric sacou sua espada, assim que alcançou o ninho do corvo, surpreendendo o vigia, que foi golpeado na virilha antes mesmo que ele percebesse.

Em seguida, Elric pendurou-se nas cordas e puxou a vela principal da verga. Os capangas de Saxif D'Aan subiram atrás deles.

A pesada vela dourada soltou-se, enrolando-se nos piratas e levando junto vários deles para baixo.

Elric subiu no ninho do corvo e jogou o corpo do homem que matou sobre a amurada, em cima de seus companheiros. Então, ele levantou a espada sobre a cabeça, segurando-a com as duas mãos, os olhos totalmente brancos novamente, a cabeça erguida para o sol azul, e Smiorgan, agarrando-se ao mastro abaixo, estremeceu quando ouviu uma cantoria peculiar vindo da garganta do albino.

Mais assassinos subiam, e Smiorgan estava pendurado nas cordas, tendo a satisfação de ver vários inimigos voarem para baixo e quebrar os ossos no convés, ou serem engolidos pelas ondas.

Conde Saxif D'Aan, ainda atordoado, começava a se recuperar.

– Tolo! – ele gritava. – Louco! – mas não era possível dizer se ele se referia a Elric ou a si mesmo.

A voz de Elric tornou-se um gemido, ritmado e congelante, enquanto ele entoava seu encantamento, e a força do homem que ele havia matado fluía para ele e o alimentava. Seus olhos vermelhos pareciam cintilar em chamas, e seu corpo inteiro tremia enquanto as estranhas runas se moldavam em forma de uma garganta que nunca tinha sido feita para emitir tais sons.

Sua voz tornou-se um gemido vibrante enquanto o encantamento prosseguia, e Smiorgan, observando que outros da tripulação ainda se esforçavam para escalar o mastro principal, sentiu uma frieza sobrenatural atravessá-lo.

Conde Saxif D'Aan gritou de baixo:

– Você não ousaria!

O feiticeiro começou a fazer movimentos no ar, um encantamento jorrando de seus lábios, e Smiorgan engasgou quando uma criatura feita de fumaça tomou forma apenas alguns metros abaixo dele. A criatura estalou os lábios, sorriu e estendeu uma pata, que se transformou de fumaça em carne, enquanto corria na direção de Smiorgan. Ele cortou a pata com sua espada, se lamuriando.

– Elric – gritou conde Smiorgan, escalando mais alto para que pudesse agarrar a amurada do ninho do corvo. – Elric! Ele está enviando demônios contra nós agora!

Mas Elric ignorou. Sua mente estava em outro mundo, um mundo mais escuro, mais sombrio ainda do que este. Através de névoas cinzentas, viu um vulto e gritou um nome.

– Vem! – ele chamou, na antiga língua dos seus antepassados. – Vem!

O conde Smiorgan amaldiçoou enquanto o demônio tornava-se cada vez mais substancial. Ele mostrava suas presas vermelhas para ele e olhava com olhos verdes. Uma garra golpeou sua bota e não importava o quanto ele golpeasse com a espada, o demônio não parecia sentir.

Não havia espaço para Smiorgan no ninho do corvo, então ele ficou em pé na borda externa, gritando de terror, desesperado por ajuda. Elric continuava seu cântico.

– Elric! Estou condenado!

A pata do demônio agarrou Smiorgan por seu tornozelo.

– Elric!

Um relâmpago apareceu por um segundo e, em seguida, desapareceu. Do nada, veio o som de cascos de um cavalo, e uma voz humana gritando em triunfo.

Elric debruçou-se sobre a amurada, abrindo os olhos a tempo de ver Smiorgan sendo arrastado lentamente para baixo. Com a última porção de sua força, atirou-se para frente, esticando-se o máximo possível e golpeando com Stormbringer. A espada rúnica afundou no olho direito do demônio e ele rugiu, soltando Smiorgan, batendo na lâmina que sugou sua energia, e depois que a energia passou para a lâmina e daí para Elric, o albino deu um sorriso assustador. Por um segundo, Smiorgan teve mais medo de seu amigo do que do demônio. O demônio começou a se desmaterializar, pois era seu único meio de escapar da espada que bebia sua força vital, e mais assassinos de Saxif D'Aan estavam atrás dele, e suas lâminas foram agitadas quando eles viram a dupla.

Elric virou-se para trás sobre a amurada, equilibrando-se precariamente sobre a verga enquanto golpeava seus atacantes, berrando os velhos gritos de batalha de seu povo. Smiorgan não podia fazer nada além de ficar observando. Ele notou que Saxif D'Aan já não estava no convés e gritou para Elric:

– Elric! Saxif D'Aan. Ele está procurando a garota.

Elric agora destinou seu ataque aos piratas, e eles estavam mais do que ansiosos para evitar a espada rúnica. Alguns até mesmo pularam no mar em vez de enfrentá-la. Rapidamente os dois saltaram de uma verga para outra até estarem de novo no convés.

– Do que ele sente medo? Por que não usa mais feitiços? – disse, ofegante, o conde Smiorgan, enquanto corriam em direção à cabine.

– Eu invoquei aquele que monta o cavalo – Elric disse a ele. – Eu tive muito pouco tempo e não poderia lhe dizer nada sobre isso, pois sabia que Saxif D'Aan leria minha intenção na sua mente, caso não conseguisse ler na minha!

As portas da cabine estavam bem trancadas por dentro. Elric começou a golpeá-las com a espada negra.

Mas as portas resistiram de uma forma que não era para terem resistido.

– Selada por feitiçaria... e não tenho nenhum meio de desfazer isso – disse o albino.

– Será que ele vai matá-la?

– Eu não sei. Ele pode tentar levá-la para algum outro plano. Temos de...

Cascos bateram no convés e o garanhão branco empinou atrás deles, só que agora ele tinha um cavaleiro, vestido em armadura brilhante roxa e amarela. Ele tinha a cabeça descoberta e era jovem, embora houvesse várias cicatrizes antigas em seu rosto. Seu cabelo era grosso, crespo e loiro, e seus olhos eram azuis escuros.

Ele segurava com força as rédeas, firmando o cavalo. Lançou um olhar penetrante em direção a Elric.

– Foi você, melniboneano, que abriu a passagem para mim?

– Foi.

– Então eu agradeço, embora não possa recompensá-lo.

– Você já me recompensou – Elric disse a ele e, em seguida, chamou Smiorgan de lado, enquanto o cavaleiro se inclinou para frente e esporeou o cavalo na direção das portas fechadas, derrubando-as como se estivessem apodrecidas.

Saiu um terrível grito lá de dentro e, imediatamente, Saxif D'Aan, tentando se desenrolar de suas vestes complicadas, saiu correndo da cabine, arrancando uma espada das mãos do cadáver mais próximo, lançando um olhar a Elric não tanto de ódio, mas de desconcertada agonia, quando ele virou-se para enfrentar o cavaleiro loiro.

O cavaleiro desmontou e saiu da cabine, com um braço em volta da moça que tremia, a outra mão nas rédeas de seu cavalo, e ele disse, com tristeza:

– Você me fez um grande mal, Saxif D'Aan, mas calcou a Gratyesha um mal infinitamente mais terrível. Agora você tem de pagar.

Saxif D'Aan fez uma pausa, respirando fundo, e quando olhou para cima novamente, seus olhos estavam firmes, sua dignidade havia retornado.

– Eu tenho de pagar integralmente? – disse.

– Sim.

– É tudo o que eu mereço – disse Saxif D'Aan. – Eu escapei da minha desgraça por muitos anos, mas não podia escapar do conhecimento do meu crime. Ela amou a mim, você sabe. Não a você.

– Ela nos amou a ambos, eu acho. Mas o amor que ela lhe deu foi toda a sua alma, e eu não poderia desejar isso de qualquer mulher.

– Você seria o perdedor, então.

– Você nunca soube o quanto ela o amava.

– Só... Só depois...

– Tenho pena de você, Saxif D'Aan – o jovem deu as rédeas de seu cavalo para a garota e sacou sua espada. – Somos rivais estranhos, não somos?

– Você esteve todos esses anos no limbo, para onde eu bani você... Naquele jardim em Melniboné?

– Todos esses anos. Só meu cavalo podia segui-lo. O cavalo de Tendric, meu pai, também de Melniboné, e também um feiticeiro.

– Se eu soubesse disso, na época, eu teria matado você e enviado o cavalo para o limbo.

– O ciúme enfraqueceu você, Saxif D'Aan. Mas agora nós lutaremos como deveríamos ter lutado naquela época... de homem para homem, com o aço, pela mão daquela que ama a nós dois. É mais do que você merece.

– Muito mais – concordou o feiticeiro. E ele enfincou sua espada no jovem que, Smiorgan suspeitava, só poderia ser o próprio príncipe Carolak.

A luta estava predestinada. Saxif D'Aan sabia disso, caso Carolak não soubesse. A habilidade de Saxif D'Aan com armas equiparava-se ao de qualquer nobre melniboneano, mas não se comparava com a de um soldado profissional que lutou por sua vida durante tanto tempo.

Por todo o convés, enquanto os homens de Saxif D'Aan observavam com espanto, os rivais travaram um duelo que deveria ter sido lutado dois séculos antes, enquanto a garota que ambos acreditavam ser a reencarnação de Gratyesha os assistia com tanta preocupação como sua versão original assistiu quando Saxif D'Aan encontrou pela primeira vez o príncipe Carolak nos jardins de seu palácio, tanto tempo no passado.

Saxif D'Aan lutou bem, e Carolak lutou nobremente, pois, em muitas ocasiões, evitou uma vantagem óbvia, mas finalmente Saxif D'Aan arremessou sua espada, gritando:

– Chega. Vou te dar a sua vingança, príncipe Carolak. Eu vou deixar você levar a garota. Mas você não vai me dar a sua maldita misericórdia! Você não vai tomar o meu orgulho.

E Carolak balançou a cabeça, deu um passo adiante, e acertou bem no coração de Saxif D'Aan.

A lâmina penetrou com precisão, e Saxif D'Aan poderia ter morrido, mas isso não aconteceu. Ele se arrastou ao longo do convés até chegar à base do mastro, onde se encostou, enquanto o sangue jorrava do coração ferido. E sorriu.

– Parece – disse ele fracamente – que não posso morrer, já que por tanto tempo mantive a minha vida através de feitiçaria. Eu não sou mais um homem.

Ele não parecia satisfeito com este pensamento, mas o príncipe Carolak inclinou-se sobre ele, tranquilizando-o.

– Você vai morrer – ele prometeu – em breve.

– O que você vai fazer com ela... com Gratyesha?

– O nome dela é Vassliss – disse o conde Smiorgan insistentemente. – Ela é a filha de um comerciante de Jharkor.

– Ela é livre para fazer o que quiser – disse Carolak, ignorando Smiorgan.

Saxif D'Aan olhou com olhos vidrados para Elric.

– Eu tenho de agradecer a você – disse ele. – Você me trouxe o único que poderia me trazer a paz, embora eu o temesse.

– É por isso que sua magia era tão fraca contra mim? – disse Elric. – Porque você desejava que Carolak viesse e libertasse você de sua culpa?

– Possivelmente, Elric. Você é mais sábio em alguns assuntos, ao que parece, do que eu.

– E quanto ao Portal Rubro? – Smiorgan rosnou. – Ele pode ser aberto? Você ainda tem esse poder, Saxif D'Aan?

– Eu acho que sim. – de dentro de suas vestes manchadas de sangue, o feiticeiro tirou um grande cristal que brilhava com as cores intensas de um rubi e mostrou a eles. – Isso não só vai levá-los ao portal, mas vai permitir que vocês passem por ele. Só devo avisá-los... – Saxif D'Aan começou a tossir. – O navio – ele suspirou. – O navio... assim como o meu corpo... é sustentado por meio de feitiçaria. Por isso... – sua cabeça tombou para frente. Ele levantou-a com um enorme esforço e olhou para além deles, em direção à garota, que ainda segurava as rédeas do garanhão branco. – Adeus, Gratyesha, princesa de Fwem-Omeyo. Eu te amei. – os olhos permaneceram fixos sobre ela, mas eram olhos mortos agora.

Carolak voltou-se para olhar a garota.

– Como você se chama, Gratyesha?

– Eles me chamam de Vassliss – ela disse a ele. Ela sorriu para seu rosto cheio de cicatrizes de batalha. – É assim que me chamam, príncipe Carolak.

– Você sabe quem eu sou?

– Eu sei agora.

– Você irá comigo, Gratyesha? Será minha noiva, enfim, nas novas terras estranhas que encontrei além do mundo?

– Eu irei – disse ela.

Ele a ajudou a montar na sela de seu cavalo branco e subiu para ficar sentado atrás dela. Curvou-se para Elric de Melniboné.

– Agradeço mais uma vez, Sir Feiticeiro, embora eu nunca tenha imaginado ser ajudado por alguém de sangue real de Melniboné.

A expressão de Elric não foi sem humor.

– Em Melniboné – disse ele – dizem que é um sangue maculado.

– Maculado com misericórdia, talvez.

– Talvez.

O príncipe Carolak saudou-os.

– Eu espero que você encontre a paz, príncipe Elric, como eu já encontrei.

– Eu temo que minha paz vá se parecer mais com a que Saxif D'Aan encontrou – disse Elric severamente. – No entanto, eu o agradeço por suas boas palavras, príncipe Carolak.

Então Carolak, rindo, partiu com seu cavalo, fazendo-o saltar, e desapareceu.

Houve um silêncio sobre o navio. Os rufiões que restaram olharam de modo incerto uns para os outros. Elric dirigiu-se a eles:

– Saibam de uma coisa... eu tenho a chave do Portal Rubro. E apenas eu tenho o conhecimento para usá-la. Ajudem-me a conduzir o navio, e vocês ficarão livres deste mundo! O que vocês me dizem?

– Dê-nos as ordens, capitão – disse um indivíduo desdentado, e ele gargalhou com alegria. – É a melhor oferta que tivemos em cem anos ou mais!

CAPÍTULO 7

Passagem para o passado

Foi Smiorgan quem viu pela primeira vez o Portal Rubro. Ele segurava a grande joia vermelha na mão e a apontava para frente.

– Lá! Lá, Elric! Saxif D'Aan não nos enganou!

O mar começou a se agitar com enormes ondas turbulentas. Com a vela principal ainda emaranhada no convés, não havia muito que a tripulação podia fazer para controlar o navio, mas a chance de escapar do mundo do sol azul os fez trabalharem com toda a energia que tinham e, lentamente, a barca de batalha dourada aproximava-se dos imponentes pilares escarlates.

Os pilares levantaram-se da água cinza que rugia, lançando uma luz peculiar sobre as cristas das ondas. Eles pareciam ter pouca substância e ainda assim se mantinham firmes contra o golpe de toneladas de água que os açoitavam.

– Esperemos que o espaço entre eles seja maior do que parece – disse Elric. – Já seria uma tarefa bastante difícil navegar através deles em águas calmas, imagine com o mar assim.

– É melhor eu assumir o leme, eu acho – disse o conde Smiorgan, entregando a joia a Elric. Ele caminhou de volta até o convés do leme para aliviar o homem assustado que estava lá.

Não havia nada que Elric pudesse fazer, a não ser observar enquanto Smiorgan contornava o enorme navio pelas ondas da melhor maneira possível, mas às vezes o impacto era tão violento que fazia o coração dele subir à boca. Ele ficou encharcado e, embora o bom senso lhe dissesse que seria melhor ficar na parte de baixo do navio, agarrou-se à amurada, olhando Smiorgan guiar o navio com uma firmeza fantástica em direção ao Portal Rubro.

E então o convés foi inundado por uma luz vermelha, e Elric ficou quase cego. A água cinzenta espalhava-se por toda parte; veio um som horrível de algo estilhaçando, e depois um estalo quando os remos quebraram contra os pilares. O navio estremeceu e começou a virar, de lado para o vento, mas Smiorgan forçou-o para o outro lado e, de repente, a qualidade da luz mudou sutilmente, embora o mar permanecesse tão turbulento como antes, e Elric sabia, bem dentro dele, que além das pesadas nuvens, um sol amarelo estava brilhando novamente.

Mas naquele momento veio um rangido e um estrondo de dentro das entranhas da barca de batalha. O cheiro de mofo, que Elric havia percebido antes, ficou mais forte, quase insuportável.

Smiorgan veio correndo, depois de ter entregado o leme. Seu rosto estava pálido de novo.

– O navio está se desfazendo, Elric – ele gritou, sobre o barulho do vento e das ondas, e cambaleou quando uma enorme parede de água atingiu o navio e arrebatou várias tábuas do convés. – Está sendo feito em pedaços, homem!

– Saxif D'Aan tentou nos alertar sobre isso! – Elric gritou de volta. – Assim como ele foi mantido vivo por feitiçaria, o mesmo aconteceu com seu navio. O barco já era velho quando ele navegou para aquele mundo. Enquanto estava lá, a magia que o sustentou manteve-se forte, mas neste plano esse poder deixou de existir. Olha! – e ele puxou um pedaço da amurada, desmanchando a madeira podre com os dedos. – Temos de encontrar alguma parte da madeira que ainda esteja boa.

Naquele momento, uma verga desabou do mastro e bateu no convés, saltando, depois rolando em direção a eles.

Elric se arrastou para o convés até que pudesse se agarrar à verga e testá-la.

– Este ainda está bom. Use o seu cinto ou o que puder e amarre-se a ele!

O vento gemia e o mar quebrava nas laterais do navio, fazendo grandes furos abaixo da linha d'água.

Os homens de D'Aan que faziam parte da tripulação estavam em um estado de pânico completo, alguns tentando soltar pequenos botes que se despedaçavam, outros se deitaram no convés podre rezando para quaisquer deuses que ainda adoravam.

Elric amarrou-se à verga quebrada tão firmemente quanto pôde e Smiorgan seguiu seu exemplo. A onda seguinte bateu no navio em cheio, levando-os com ela, sobre o que restava da amurada, para as águas frias daquele terrível mar.

Elric manteve a boca bem fechada para não engolir muita água e refletiu sobre a ironia de sua situação. Parecia que, tendo escapado tanto, ele acabaria tendo uma morte bem comum, por afogamento.

Não demorou muito para que seus sentidos o deixassem e ele se entregasse às agitadas e, de alguma forma, amigáveis águas do oceano.

Ele acordou se debatendo.

Havia mãos sobre ele. Esforçou-se para afastá-las, mas estava muito fraco. Alguém riu, um riso bem-humorado e áspero.

A água já não rugia e nem caía ao seu redor. O vento já não uivava mais. Em vez disso, houve um movimento mais suave. Ouviu o bater das ondas contra madeira. Estava a bordo de outro navio.

Abriu os olhos, piscando sob a luz morna e amarela do sol. Marinheiros vilmirianos de bochechas vermelhas sorriram para ele.

– Você é um homem de sorte... se é que você é homem! – disse um deles.

– Meu amigo? – Elric procurou por Smiorgan.

– Ele estava em melhor forma do que você. Está lá embaixo na cabine do duque Avan agora.

– Duque Avan? – Elric conhecia o nome, mas em sua condição atordoada não conseguia se lembrar de nada que o ajudasse a reconhecer o homem. – Vocês nos salvaram?

– Sim. Encontramos ambos à deriva, amarrados a uma verga quebrada e marcada com os desenhos mais estranhos que eu já vi. Seria uma escrita melniboneana?

– Sim, mas bastante antiga.

Eles o ajudaram a se levantar. Tinham-lhe despojado de suas vestes e o envolvido em cobertores de lã. O sol já estava secando seu cabelo e estava muito fraco. Elric disse:

– A minha espada?

– O duque Avan está com ela lá embaixo.

– Diga a ele para ter cuidado com ela.

– Temos certeza de que ele terá.

– Venha – disse outro. – O duque espera por você.

III

NAVEGANDO PARA O PASSADO

CAPÍTULO 1

O que perde uma raça

Elric sentou-se na cadeira confortável e bem acolchoada e aceitou a taça de vinho que lhe foi entregue por seu anfitrião. Enquanto Smiorgan comia a refeição quente fornecida a eles, Elric e o duque Avan estudavam um ao outro.

Este era um homem de cerca de quarenta anos, com um rosto bonito e quadrado. Estava vestido com uma couraça prateada e um manto branco sobre ela. Sua calça, enfiada dentro de botas de cano alto pretas, era de couro na cor creme. Em uma mesa pequena ao lado repousava seu capacete com uma crista de penas escarlates.

– Sinto-me honrado, senhor, por tê-lo como meu convidado – disse o duque Avan. – Sei que você é Elric, de Melniboné. Tenho lhe procurado há vários meses, desde que a notícia veio até mim de que você tinha deixado sua terra natal (e seu poder) para trás e passou a vagar, por assim dizer, incógnito nos Reinos Jovens.

– Você sabe muito sobre mim, senhor.

– Eu também sou um viajante por opção. Quase consegui alcançá-lo em Pikarayd, mas deduzo que tenha havido algum tipo de problema lá. Você saiu rapidamente, e então eu perdi o seu rastro por completo. Estava prestes a desistir de procurar por seu auxílio quando, por uma grande sorte, encontrei-o flutuando na água! – o duque Avan riu.

– Você está em vantagem sobre mim – disse Elric, sorrindo. – Levanta muitas indagações.

– Ele é Avan Astran da Velha Hrolmar – resmungou o conde Smiorgan do outro lado de um enorme osso de pernil. – Ele é bem conhecido como um aventureiro/explorador/comerciante. Sua reputação é das melhores. Podemos confiar nele, Elric.

– Eu me lembro do nome agora – disse Elric ao duque. – Mas por que você procura por meu auxílio?

O cheiro da comida na mesa havia finalmente chegado até Elric.

– Você se importaria se eu comesse alguma coisa enquanto você explica, duque Avan?

– Coma sua refeição, príncipe Elric. Sinto-me honrado em tê-lo como convidado.

– Você salvou a minha vida, senhor. Eu nunca fui salvo com tanta cortesia!

O duque Avan sorriu.

– Nunca antes tivemos o prazer de, digamos, ter pescado um peixe tão cortês. Se eu fosse um homem supersticioso, príncipe Elric, poderia imaginar que alguma outra força nos jogou juntos neste caminho.

– Prefiro pensar nisso como uma coincidência – disse o albino, começando a comer. – Agora, senhor, diga-me como posso ajudá-lo.

– Não vou prendê-lo a qualquer barganha, simplesmente porque eu tive sorte o suficiente para salvar sua vida – disse o duque Avan Astran – Por favor, tenha isso em mente.

– Terei, senhor.

O duque Avan acariciou as penas de seu capacete.

– Eu explorei a maior parte do mundo, como o conde Smiorgan diz com razão. Já estive até em Melniboné e me aventurei para o leste, para Elwher e os Reinos Desconhecidos. Estive em Myyrrhn, onde o Povo Alado vive. Já viajei para a Beirada do Mundo e espero um dia poder ir além. Mas nunca atravessei o Mar em Ebulição e conheço apenas um pequeno trecho da costa ao longo do continente ocidental... o continente que não tem nome. Você já esteve lá, Elric, em suas viagens?

O albino balançou a cabeça.

– Eu busco a experiência de outras culturas, outras civilizações... É por isso que viajo. Não houve nada, até agora, que me levasse até lá. O continente é em grande parte desabitado, e na parte habitada vivem apenas selvagens, não é?

– É o que ouvimos dizer.

– Você sabia que há algumas evidências – disse o duque Avan num tom provocador – de que seus próprios antepassados vieram originalmente daquele continente?

– Evidências? – Elric fingiu falta de interesse. – Algumas lendas, isso é tudo.

– Uma dessas lendas fala de uma cidade mais velha do que Imrryr. Uma cidade que ainda existe nas selvas distantes do oeste.

Elric lembrou de sua conversa com Saxif D'Aan e sorriu para si mesmo.

– Você está falando de R'lin K'ren A'a?

– Sim. Um nome estranho – o duque Avan Astran se inclinou para frente, com os olhos brilhando de curiosidade. – Você a pronuncia com mais fluência do que eu poderia. Com a língua secreta, a Língua Superior, o Discurso dos Reis...

– Claro.

– Você é proibido de ensinar esse idioma a qualquer um, exceto para seus filhos, não é?

– Você parece familiarizado com os costumes de Melniboné, duque Avan – disse Elric, as pálpebras cobrindo metade de seus olhos. Inclinou-se para trás em sua cadeira enquanto mordia um pedaço de pão fresco com satisfação. – Você sabe o que as palavras significam?

– Disseram-me que o significado seria simplesmente "Onde os Superiores se Encontram" no antigo idioma de Melniboné – disse o duque Avan Astran.

Elric inclinou a cabeça.

– Isso mesmo. Sem dúvida, apenas uma cidade pequena, na realidade. Onde os chefes locais se reuniam, talvez uma vez por ano, para discutir o preço dos grãos.

– Você acredita nisso, príncipe Elric?

Elric inspecionou um prato coberto. Serviu-se de vitela com um molho doce.

– Não – disse ele.

– Você acredita, então, que houve uma civilização antiga, antes mesmo da sua própria, a partir da qual a sua cultura se originou? Você acredita que R'lin K'ren A'a ainda está lá, em algum lugar nas selvas do oeste?

Elric esperou até terminar de engolir. Ele balançou a cabeça.

– Não – disse ele. – Eu acredito que ela não existe.

– Você não está curioso sobre seus antepassados?

– Eu deveria estar?

– Dizem que eles eram de uma personalidade diferente da daqueles que fundaram Melniboné. Mais gentis... – o duque Avan Astran olhou profundamente para o rosto de Elric.

Elric riu.

– Você é um homem inteligente, duque Avan da Velha Hrolmar. Você é um homem perspicaz. Ah, e de fato é um homem astuto, senhor!

O duque Avan sorriu para o elogio.

– E você sabe muito mais sobre as lendas do que está admitindo, se eu não estiver enganado.

– Possivelmente – Elric suspirou à medida que o alimento o aquecia. – Somos conhecidos como um povo cheio de segredos, nós de Melniboné.

– No entanto – disse o duque Avan –, você parece atípico. Quem mais poderia abandonar um império para viajar em terras onde os de sua raça são odiados?

– Um imperador governa melhor, duque Avan Astran, se tem um bom conhecimento do mundo que governa.

– Melniboné não governa mais os Reinos Jovens.

– O poder dela ainda é grande. Mas isso, de qualquer maneira, não foi o que eu quis dizer. Eu sou da opinião de que os Reinos Jovens oferecem algo que Melniboné perdeu.

– Vitalidade?

– Talvez.

– A humanidade! – resmungou o conde Smiorgan Baldhead. – Isso é o que sua raça perdeu, príncipe Elric. Eu não estou me referindo especificamente a você, mas veja Saxif D'Aan. Como pode alguém tão sábio ser tão simplório? Ele perdeu tudo, orgulho, amor, poder, porque não tinha humanidade. E isso o destruiu.

– Alguns dizem que isso vai me destruir também – disse Elric –, mas talvez "humanidade" seja, na verdade, o que eu procuro trazer para Melniboné, conde Smiorgan.

– Então você vai destruir o seu reino! – disse Smiorgan sem rodeios. – É tarde demais para salvar Melniboné.

– Talvez eu possa ajudá-lo a encontrar o que procura, príncipe Elric – disse o duque Avan Astran calmamente. – Talvez haja tempo para salvar Melniboné se você sentir que sua poderosa nação está em perigo.

– Perigo dentro dela mesma – disse Elric. – Mas estou falando francamente.

– Para um melniboneano, isso é verdade.

– Como você chegou a ouvir sobre esta cidade? – Elric quis saber. – Nenhum outro homem que conheci nos Reinos Jovens já ouviu falar de R'lin K'ren A'a.

– Ela está marcada em um mapa que eu tenho.

Elric calmamente mastigou a carne que estava em sua boca e a engoliu.

– Esse mapa é, sem dúvida, uma fraude.

– Talvez. Você se lembra de mais alguma coisa da lenda de R'lin K'ren A'a?

– Há a história da Criatura Condenada a Viver – Elric empurrou a comida de lado e serviu-se de vinho. – O que se diz é que a cidade recebeu esse nome porque os Senhores dos Mundos Superiores uma vez se reuniram lá para decidir as regras do Embate Cósmico. Eles foram ouvidos pelo único habitante da cidade que não fugiu quando eles chegaram. Quando o descobriram, condenaram-no a permanecer vivo para sempre, levando este conhecimento terrível consigo.

– Eu já ouvi essa história também. Mas o que me interessa é que os habitantes de R'lin K'ren A'a nunca mais voltaram para a sua cidade. Em vez disso, foram para o norte e atravessaram o mar. Alguns chegaram a uma ilha que hoje chamamos de Ilha do Feiticeiro, enquanto outros foram mais longe, foram surpreendidos por uma grande tempestade, e chegaram a uma ilha maior habitada por dragões cujo veneno queimava tudo que tocasse... essa ilha era Melniboné.

– E você deseja testar a veracidade dessa história. Seu interesse é o de um estudioso?

O duque Avan sorriu.

– Em parte. Mas meu principal interesse em R'lin K'ren A'a é mais materialista. Seus antepassados deixaram um grande tesouro para trás quando fugiram da cidade. Particularmente eles abandonaram uma imagem de Arioque, o Senhor do Caos. Uma imagem gigantesca, esculpida em jade, cujos olhos eram duas enormes pedras preciosas idênticas, de um tipo desconhecido em qualquer lugar de todas as regiões da Terra. Joias de outro plano de existência. Joias que podem revelar todos os segredos dos Mundos Superiores, do passado e do futuro, dos inumeráveis planos do cosmo...

– Todas as culturas têm lendas similares. Um desejo inconsciente, duque Avan, apenas isso...

– Mas os melniboneanos tinham uma cultura diferente de qualquer outra. Os melniboneanos não são homens realmente, como você bem sabe. Seus poderes são superiores, seu conhecimento muito maior.

– Foi assim outrora – disse Elric. – Mas esse grande poder e conhecimento não é meu. Eu tenho apenas um fragmento dele.

– Eu não fui procurá-lo em Bakshaan e mais tarde em Jadmar porque acreditava que você pudesse confirmar o que eu ouvi. Eu não atravessei o mar para Filkhar, depois para Argimiliar e, finalmente, para Pikarayd porque achei que você iria confirmar instantaneamente tudo o que eu lhe falei agora. Procurei você porque acho que é o único homem que gostaria de me acompanhar em uma viagem que nos dará a verdade ou a mentira dessas lendas de uma vez por todas.

Elric inclinou a cabeça e esvaziou o cálice de vinho.

– Você não pode fazer isso por si próprio? Por que você precisa da minha companhia em sua expedição? Pelo que ouvi falar, duque Avan, você não é do tipo que precisa de apoio em suas expedições...

O duque Avan riu.

– Eu fui sozinho para Elwher quando meus homens desertaram no Deserto Suplicante. Não é da minha natureza conhecer o medo físico, mas eu sobrevivi em minhas viagens este tempo todo porque sempre tive uma visão adequada e muita cautela. Agora parece que tenho de enfrentar perigos que não posso antecipar... feitiçaria, talvez. Pareceu-me, portanto, que eu precisaria de um aliado que tivesse alguma experiência na luta contra a magia. E já que eu me recusaria a me envolver com o tipo comum de feiticeiro como as crias de Pan Tang, você era minha única opção. Você busca conhecimento, príncipe Elric. De fato, pode-se dizer que, se não fosse por seu apetite por conhecimento, seu primo nunca teria tentado usurpar o Trono Rubi de Melniboné...

– Chega disso – disse Elric bruscamente. – Vamos falar sobre esta expedição. Onde está o mapa?

– Você vai me acompanhar?

– Mostre-me o mapa.

O duque Avan tirou um pergaminho de sua bolsa.

– Aqui está.

– Onde você encontrou isso?

– Em Melniboné.

– Você esteve lá recentemente? – Elric sentiu a raiva aumentar dentro dele.

Duque Avan levantou a mão.

– Eu fui até lá com um grupo de comerciantes e paguei muito por um baú muito particular que estava selado, ao que parecia, por uma eternidade. Dentro do baú havia este mapa – ele estendeu o pergaminho sobre a mesa. Elric reconheceu o estilo e a escrita... a velha Língua Superior de Melniboné. Era um mapa de parte do continente ocidental. Mostrava um grande rio sinuoso que se estendia para o interior por uma centena de milhas ou mais. O rio parecia fluir através de uma selva e depois se dividir em dois rios que posteriormente se juntavam novamente. A "ilha" de terra, assim formada, tinha um círculo preto marcado sobre ela. Diante desse círculo estava o nome R'lin K'ren A'a. Elric inspecionou o pergaminho cautelosamente. Não parecia ser uma fraude.

– Isso é tudo o que você encontrou? – ele perguntou.

– O pergaminho estava selado e isto estava incorporado no selo – disse o duque Avan, entregando algo para Elric.

Elric segurou o objeto na palma da mão. Era um pequeno rubi de um vermelho tão intenso a ponto de parecer preto a princípio, mas quando era colocado contra a luz, podia-se ver uma imagem no centro dele e Elric reconheceu essa imagem. Ele franziu a testa e então disse:

– Eu vou aceitar a sua proposta, duque Avan. Você vai me deixar ficar com isso?

– Você sabe o que é?

– Não. Mas eu gostaria de descobrir. Há uma memória em algum lugar na minha mente...

– Muito bem, fique com ele. Vou ficar com o mapa.

– Quando você pensa em partir?

O sorriso do duque Avan foi irônico.

– Na verdade, já estamos navegando em torno da costa sul do Mar da Ebulição.

– Foram poucos os que retornaram desse oceano – Elric murmurou amargamente. Ele olhou por cima da mesa e viu que Smiorgan estava implorando com os olhos para que Elric não fizesse parte dos planos do duque Avan. Elric sorriu para o amigo. – A aventura me parece que será agradável.

Miseravelmente, Smiorgan encolheu os ombros.

– Parece que vai levar um pouco mais de tempo até eu poder voltar para as Cidades Púrpuras.

CAPÍTULO 2

Um calor que não é natural

A costa de Lormyr havia desaparecido em uma névoa quente e a escuna do duque Avan Astran mergulhou sua proa graciosa em direção a oeste e ao Mar da Ebulição. A tripulação da escuna vilmiriana estava acostumada com um clima menos exigente e um trabalho mais casual do que esse, e eles ficaram ocupados com suas tarefas, pareceu a Elric, com um ar um tanto ofendido.

De pé ao lado de Elric na popa do navio, o conde Smiorgan Baldhead limpou o suor de sua testa e rosnou:

– Vilmirianos são muito preguiçosos, príncipe Elric. O duque Avan precisa de marinheiros de verdade para uma viagem deste tipo. Eu poderia ter escolhido uma tripulação para ele, se tivesse tido a oportunidade...

Elric sorriu.

– Nenhum de nós teve a chance, conde Smiorgan. Foi um fato consumado. Ele é um homem inteligente, o duque Astran.

– Não é uma esperteza que eu respeite inteiramente, já que ele não nos ofereceu nenhuma chance real de escolha. Um homem livre é um companheiro melhor do que um escravo, diz o velho aforismo.

– Por que você não desembarcou quando teve a chance, então, conde Smiorgan?

– Por causa da promessa do tesouro – disse o homem de barba negra, francamente. – Eu voltaria com honra para as Cidades Púrpuras. Não se esqueça que eu comandava a frota que se perdeu...

Elric concordou.

– Meus motivos são simples – disse Smiorgan. – Os seus são muito mais complicados. Você parece desejar o perigo como os outros homens desejam fazer amor ou beber, como se no perigo você pudesse encontrar o esquecimento.

– Isso não é verdade para muitos soldados profissionais?

– Você não é um mero soldado profissional, Elric. Sabe disso tão bem quanto eu.

– Mas poucos dos perigos que enfrentei me ajudaram a esquecer – Elric destacou. – Ao contrário, eles fortaleceram a lembrança do que eu sou, do dilema que enfrento. Meus próprios instintos estão em guerra contra as tradições da minha raça. – Elric respirou profunda e melancolicamente. – Eu vou onde o perigo está porque acho que uma resposta pode estar lá, alguma razão para toda esta tragédia e paradoxo. No entanto, sei que nunca vou encontrá-la.

– Mas é por isso que você navega para R'lin K'ren A'a? Você espera que seus antepassados remotos tenham a resposta que você precisa?

– R'lin K'ren A'a é um mito. Mesmo que o mapa seja genuíno, não iremos encontrar nada além de ruínas. Imrryr se mantém há dez mil anos e foi construída pelo menos dois séculos depois que meu povo se estabeleceu em Melniboné. O tempo levou R'lin K'ren A'a embora.

– E esta estátua, este Homem de Jade de que Avan falou?

– Se a estátua um dia existiu, pode ter sido saqueada em qualquer momento dos últimos cem séculos.

– E a Criatura Condenada a Viver?

– Um mito.

– Mas você tem alguma esperança de que tudo seja como diz o duque Avan... – o conde Smiorgan colocou a mão no braço de Elric. – Não tem?

Elric olhou para a frente, para a névoa contorcendo-se que subia do mar. Ele balançou a cabeça.

– Não, conde Smiorgan. Temo que tudo seja como diz o duque Avan.

O vento soprava caprichosamente, e a passagem da escuna era lenta à medida que o calor aumentava e a tripulação suava cada vez mais e murmurava temerosamente. Em cada rosto agora havia um olhar aflito.

Só o duque Avan parecia manter a confiança. Ele chamou a todos para se dedicarem mais ainda; disse-lhes que em breve todos estariam ricos; e deu ordens para que os remos fossem desarmados, porque não poderiam mais confiar no vento. Resmungaram por causa disso, tirando suas camisas para revelar peles vermelhas como lagostas cozidas. O duque Avan fez piada sobre isso. Mas os vilmirianos já não riam mais de suas piadas, como haviam feito nos mares mais calmos de suas águas de origem.

Em torno do navio o mar borbulhava e rugia, e eles tinham de navegar com poucos instrumentos, pois a névoa ofuscava a visão.

Em certo momento uma coisa verde irrompeu do mar e olhou para eles, antes de desaparecer.

Eles comiam e dormiam pouco. Elric raramente deixava a popa. O conde Smiorgan suportava o calor de forma silenciosa, e o duque Avan, aparentemente alheio a qualquer desconforto, mantinha-se altivo no navio, buscando encorajar seus homens.

O conde Smiorgan estava fascinado por aquelas águas. Ele já tinha ouvido falar delas, mas nunca as tinha cruzado.

– Esses são apenas os limites exteriores do mar, Elric – ele disse maravilhado. – Pense como deve ser mais lá para o meio.

Elric sorriu.

– Prefiro não pensar. Temo que eu vá ser fervido até a morte antes de mais um dia se passar. Duque Avan passava por perto e, ao ouvi-lo, bateu no seu ombro.

– Bobagem, príncipe Elric! O vapor trazido pelo calor é bom para você! Não há nada mais saudável! – aparentemente com prazer, o duque Avan se esticou todo. – Ele limpa todos os venenos do corpo.

Conde Smiorgan lançou-lhe um olhar carrancudo, e o duque Avan riu.

– Anime-se, conde Smiorgan. Segundo meus mapas, só mais uns dois dias e estaremos próximos da costa do continente ocidental.

– Esse pensamento não consegue levantar muito meu ânimo – disse o conde Smiorgan, mas ele acabou sorrindo, contaminado pelo bom humor de Avan.

Logo em seguida, o mar ficou lentamente menos frenético e o vapor começou a se dispersar até que o calor se tornou mais tolerável.

Por fim, eles emergiram em um oceano calmo sob um céu azul cintilante no qual pendia um sol vermelho-dourado.

Três dos tripulantes vilmirianos morreram ao atravessar o Mar da Ebulição, e outros quatro pegaram uma doença que os fazia tossir muito e tremer e gritar no meio da noite.

Durante algum tempo eles ficaram parados, e finalmente um vento suave começou a soprar e encher as velas da escuna e logo avistaram a primeira terra. Uma pequena ilha amarela onde encontraram frutas e uma fonte de água fresca. Eles enterraram os três homens que tinham sucumbido à doença do Mar da Ebulição, pois os vilmirianos se recusaram a enterrá-los no mar em razão de que os corpos ficariam "estufados como carne em uma panela."

Enquanto a escuna estava ancorada, ao largo da ilha, o duque Avan chamou Elric à sua cabine e mostrou-lhe, pela segunda vez, o mapa antigo.

A luz dourada e pálida do sol infiltrava-se através das portas da cabine, caindo sobre o pergaminho, feito com a pele de um animal extinto há muito tempo, enquanto Elric e o duque Avan Astran da Velha Hrolmar inclinavam-se sobre ele.

– Veja – o duque Avan disse, apontando. – Esta ilha está marcada no mapa. A escala parece razoavelmente precisa. Mais três dias e estaremos na foz do rio.

Elric assentiu.

– Mas seria sábio descansarmos aqui por um tempo até que nossa força esteja totalmente restaurada e o moral da equipe mais elevado. Há razões, afinal, pelas quais os homens têm evitado as selvas do oeste ao longo dos séculos.

– Certamente existem selvagens lá. Alguns dizem até que não são humanos. Mas estou confiante de que podemos lidar com esses perigos. Eu tenho muita experiência com territórios estranhos, príncipe Elric.

– Mas você mesmo disse que temia outros perigos.

– É verdade. Muito bem, vamos fazer como você sugere.

No quarto dia, um vento forte começou a soprar do leste e eles levantaram âncora. A escuna saltou sobre as ondas com apenas metade de suas velas, e a tripulação viu isso como um bom presságio.

– Eles são tolos estúpidos – disse Smiorgan enquanto se agarrava ao cordame na proa. – Virá um tempo em que vão querer que tivessem sofrido as agruras do Mar da Ebulição. Esta jornada, Elric, pode não beneficiar nenhum de nós, mesmo se as riquezas de R'lin K'ren A'a ainda estiverem lá.

Mas Elric não respondeu, estava perdido em pensamentos estranhos, pensamentos incomuns para ele, pois lembrava de sua infância, de sua mãe e seu pai. Eles foram os últimos verdadeiros governantes do Império Reluzente. Orgulhoso, indiferente, cruel. Eles esperavam que ele, talvez por causa de seu estranho albinismo, restaurasse as glórias de Melniboné. Em vez disso, ele ameaçou destruir o que restava daquela glória. Eles, como ele próprio, não tinham um lugar real nesta nova era dos Reinos Jovens, mas recusou-se a assumir isso. Esta jornada ao continente ocidental, para a terra de seus ancestrais, tinha uma atração peculiar para ele. Aqui nenhuma nova nação tinha surgido. O continente, até onde ele sabia, permaneceu o mesmo desde que R'lin K'ren A'a foi abandonada. As selvas eram as selvas que seu povo tinha conhecido, a terra era a terra que deu à luz sua raça peculiar, moldou o caráter de seu povo, com seus prazeres sombrios, artes melancólicas, e seus deleites obscuros. Seus antepassados sentiram essa agonia de conhecimento, esta impotência diante da compreensão de que a existência não tinha nenhuma razão, nenhum propósito, nenhuma esperança? Era por isso que eles construíram sua civilização naquele padrão particular, que desprezaram os valores mais complacentes e espirituais de filósofos da raça humana? Ele sabia que muitos dos intelectuais dos Reinos Jovens compadeciam-se do poderoso povo de Melniboné como um povo louco. Mas, se eram loucos e se impuseram uma loucura ao mundo que durou uma centena de séculos, o que os fez assim? Talvez o segredo estivesse em R'lin K'ren A'a, não de uma forma tangível, mas no ambiente criado pelas selvas escuras e nos rios velhos e profundos. Talvez aqui, enfim, ele seria capaz de se sentir em paz consigo mesmo.

Ele passou os dedos pelo cabelo branco como leite e havia uma espécie de angústia inocente em seus olhos vermelhos. Poderia ser o último de sua espécie e, ainda assim, seria diferente. Smiorgan estava errado. Elric sabia que tudo o que existia tinha seu oposto. No perigo ele poderia encontrar a paz. E, no entanto, é claro, na paz havia perigo. Sendo uma criatura imperfeita num mundo imperfeito, ele sempre se depararia com esse paradoxo. E é por isso que no paradoxo há sempre um pouco de verdade. Foi por isso que filósofos e adivinhos floresceram. Em um mundo perfeito, não haveria lugar para eles. Em um mundo imperfeito os mistérios eram sempre sem solução e, por isso, havia sempre uma grande variedade de soluções.

Foi na manhã do terceiro dia que a costa foi avistada, e a escuna abriu caminho através dos bancos de areia do grande delta e ancorou, finalmente, na foz do rio escuro e sem nome.

CAPÍTULO 3

Habitantes de uma floresta doentia

A noite chegou quando o sol se pôs nos contornos negros das enormes árvores. Um cheiro envelhecido veio da selva, e através do crepúsculo ecoavam os gritos de estranhas aves e feras. Elric estava impaciente para começar a busca rio acima. O sono – nunca bem-vindo – agora era impossível de se alcançar. Ele ficou imóvel no convés, seus olhos quase não piscando, seu cérebro quase inativo, como se esperasse que algo acontecesse a ele. Os raios do sol manchavam sua face e jogavam sombras negras sobre o convés, que logo ficou escuro e calmo sob a lua e as estrelas. Ele queria que a selva o absorvesse. Ele queria tornar-se um com as árvores e os arbustos e os animais rastejantes. Puxou o ar pesadamente perfumado em seus pulmões como se apenas isso pudesse fazê-lo se tornar o que, naquele momento, desejava ser. O zumbido de insetos tornou-se uma voz murmurando que o chamava para o coração da velha e antiga floresta. E, ainda assim, ele não podia se mover – não conseguia reagir. Até que o conde Smiorgan apareceu no convés e tocou seu ombro dizendo alguma coisa e, passivamente, ele foi para seu quarto, enrolou-se em sua capa e ali ficou, ainda ouvindo a voz da selva.

Mesmo o duque Avan parecia estar em um clima mais introspectivo do que o normal quando levantaram âncora na manhã seguinte e começaram a remar contra a corrente morosa. Havia poucas aberturas na folhagem acima de suas cabeças, e eles tiveram a impressão de estar entrando em um túnel enorme e sombrio, deixando a luz do sol para trás com o mar. Plantas brilhantes entrelaçavam-se entre as vinhas que pendiam do dossel frondoso e se enroscavam nos mastros do navio enquanto se moviam. Animais parecidos com ratos balançavam-se pelos ramos e olhavam para eles com olhos brilhantes e astutos. O rio mudou de direção, e o mar já não estava mais à vista. Raios de luz solar se infiltravam pelo convés e a luz tinha uma coloração esverdeada. Elric estava mais alerta do que nunca desde que concordou em acompanhar o duque Avan. Ele tinha um grande interesse em cada detalhe da selva e do rio negro sobre o qual se moviam grupos de insetos como nuvens agitadas e sobre o qual pétalas de flores flutuavam como gotas de sangue na tinta. Em todo lugar havia sussurros, gritos repentinos, latidos e barulhos feitos por peixes ou animais do rio enquanto caçavam suas presas perturbadas pelos remos do navio que cortavam os grandes aglomerados de plantas e espantavam as coisas que se escondiam lá. Os outros começaram a queixar-se de picadas de insetos, mas Elric não era incomodado por eles, talvez porque nenhum inseto poderia desejar seu sangue deficiente.

O duque Avan passou por ele no convés. O vilmiriano bateu em sua testa.

– Você parece mais animado, príncipe Elric.

Elric sorriu distraidamente.

– Talvez eu esteja.

– Devo admitir que pessoalmente acho tudo isso um pouco opressivo. Ficarei feliz quando chegarmos à cidade.

– Ainda está convencido de que vai encontrá-la?

– Só estarei convencido do contrário quando tiver explorado cada centímetro da ilha para onde estamos indo.

Elric ficou tão absorvido pela atmosfera da selva que não tinha consciência do navio ou de seus companheiros. O navio bordejava muito lentamente rio acima, movendo-se a uma velocidade um pouco maior do que se estivessem andando.

Alguns dias se passaram, mas Elric mal percebeu, pois a selva não se alterou. O rio alargou-se, o dossel abriu-se e o céu amplo e quente de repente estava cheio de enormes pássaros que se espalhavam quando o navio passava. Todos, menos Elric, estavam contentes por estarem sob céu aberto novamente, e o moral melhorou. Elric foi para baixo.

O ataque ao navio veio quase que imediatamente. Houve um ruído de assobio, um grito e um marinheiro contorceu-se e caiu segurando um semicírculo fino e cinza enterrado em sua barriga. Uma verga caiu no convés, trazendo uma vela e o cordame com ela. Um corpo sem cabeça deu quatro passos em direção à popa antes de cair, o sangue jorrando do seu pescoço. E de todos os lugares vinha o ruído de assobio fino. Elric ouviu os sons lá de baixo e voltou imediatamente, já preparando sua espada. O primeiro rosto que viu foi o de Smiorgan. O homem careca parecia perturbado quando se agachou perto de uma amurada a estibordo. Elric teve a impressão de ver manchas cinzentas passando, cortando a carne e os cordames do navio. Alguns caíram no convés e ele viu que eram discos finos de rocha cristalina, com cerca de 30 centímetros, que estavam sendo arremessados de ambas as margens do rio e não havia como se proteger deles.

Tentou ver quem estava jogando os discos e percebeu algo se movendo nas árvores ao longo da margem direita. Os discos pararam de repente e houve uma pausa antes de alguns dos marinheiros se lançarem pelo convés para buscar uma melhor proteção. O duque Avan apareceu de repente na popa. Ele desembainhou sua espada.

– Vão até lá embaixo. Peguem seus escudos e qualquer armadura que conseguirem encontrar. Tragam arcos. Armem-se, homens, ou estarão acabados.

E, enquanto ele falava, seus atacantes saíram das árvores e começaram a andar pela água. Nenhum outro disco foi lançado e parecia provável que eles tinham esgotado seu suprimento.

– Por Chardros! – Avan engasgou. – Essas criaturas são reais ou conjurações de algum feiticeiro?

Aquelas coisas eram essencialmente reptilianas, mas com cristas de penas, embora seus rostos fossem quase humanos. Suas patas dianteiras eram como os braços e as mãos de homens, mas suas patas traseiras eram incrivelmente longas. Equilibrados sobre estas pernas, seus corpos erguiam-se sobre a água. Eles carregavam grandes bastões com fendas, e sem dúvida era com isso que eles lançavam os discos. Olhando para os rostos deles, Elric ficou horrorizado. De alguma forma sutil eles lhe lembraram dos rostos característicos de seu povo. O povo de Melniboné. Será que estas criaturas eram seus primos? Ou seria uma espécie da qual o seu povo tinha evoluído? Ele parou de fazer essas perguntas quando um ódio intenso pelas criaturas cresceu dentro dele. Elas eram obscenas: a visão delas trouxe a bile em sua garganta. Sem pensar, ele sacou Stormbringer da bainha.

A Espada Negra começou a uivar e um familiar brilho escuro derramou-se dela. As runas esculpidas em sua lâmina pulsavam com um escarlate vívido, que se transformou lentamente em um roxo intenso e, em seguida, para o negro mais uma vez.

As criaturas estavam atravessando pela água em suas pernas compridas e pararam quando viram a espada, olhando uns para os outros. Eles não eram os únicos nervosos com aquela visão, pois o duque Avan e os seus homens empalideceram também.

– Deuses! – gritou Avan. – Eu não sei qual é a pior visão. Aqueles que nos atacam ou os que nos defendem!

– Fique bem longe daquela espada – Smiorgan avisou. – Ela tem o hábito de matar mais do que o seu mestre deseja.

E agora os selvagens reptilianos estavam sobre eles, agarrando-se à amurada do navio, enquanto os marinheiros armados correram para o convés para enfrentar o ataque.

Porretes chegavam até Elric de todos os lados, mas Stormbringer gritava e aparava cada ataque. Ele segurou a espada com as duas mãos, girando-a de um lado para o outro, abrindo grandes feridas nos corpos escamosos.

As criaturas sibilavam e abriam bocas vermelhas em agonia e raiva enquanto seu sangue espesso e escuro afundava nas águas do rio. Embora das pernas para cima eles fossem apenas um pouco maiores do que um homem bem constituído, tinham mais vitalidade do que qualquer ser humano e os cortes mais profundos não pareciam afetá-los, mesmo quando causados por Stormbringer. Elric ficou espantado com esta resistência ao poder da espada. Muitas vezes, um instante era o suficiente para a espada tirar a alma de um homem. Essas coisas pareciam imunes. Talvez elas não tivessem alma...

Ele continuava a lutar, seu ódio dando-lhe força.

Mas em outros lugares no navio os marinheiros estavam sendo derrotados. As amuradas, arrancadas; e os grandes porretes estraçalhavam a madeira do navio. Os selvagens tinham a intenção de destruir a embarcação, bem como a tripulação. E não havia dúvida, agora, de que seriam bem-sucedidos.

Avan gritou para Elric.

– Pelos nomes de todos os deuses, príncipe Elric, você não pode invocar alguma feitiçaria? Estamos condenados!

Elric sabia que Avan dizia a verdade. Tudo ao seu redor no navio estava sendo destruído pelas criaturas reptilianas sibilantes. A maioria delas tinha sofrido ferimentos horríveis dos defensores, mas apenas uma ou duas tinham tombado. Elric começou a suspeitar que estavam, de fato, lutando contra inimigos sobrenaturais.

Ele recuou e procurou abrigo enquanto tentava concentrar-se em um modo de invocar ajuda sobrenatural. Estava ofegante de exaustão e agarrou-se a uma viga enquanto o navio balançava para frente e para trás na água. Lutou para clarear sua mente.

E então o encantamento veio até ele. Não tinha certeza se era o mais apropriado, mas era o único que se lembrava. Seus antepassados haviam feito pactos, milhares de anos antes, com todos os elementais que controlavam o mundo animal. No passado, ele havia invocado a ajuda de vários desses espíritos, mas nunca daquele que ele agora procurava chamar. De sua boca começou a emitir antigas, belas e complicadas palavras da Língua Superior de Melniboné.

– Rei com Asas! Senhor de todos os que trabalham e não são vistos, de cujos trabalhos tudo mais depende! Nnuuurrrr'c'c do Povo Inseto, eu te invoco!

Exceto pelo movimento do navio, Elric deixou de estar ciente de tudo o que acontecia ao seu redor. Os sons da luta diminuíram e não eram mais ouvidos quando ele enviou a sua voz para além do plano da Terra em direção a outro plano, dominado pelo rei Nnuuurrrr'c'c dos Insetos, senhor supremo de seu povo.

Em seus ouvidos agora Elric ouvia um zumbido e, gradualmente, o zumbido se transformou em palavras.

– Quem és tu, mortal? Que direito tens para me chamar?

– Sou Elric, governante de Melniboné. Meus antepassados te auxiliaram, Nnuuurrrr'c'c.

– Sim, mas foi há muito tempo.

– E faz muito tempo que eles te chamaram pela última vez em busca de teu auxílio!

– É verdade. De que ajuda tu necessitas agora, Elric de Melniboné?

– Olha o meu plano. Tu verás que estou em perigo. Não podes abolir esse perigo, amigo dos Insetos?

Agora uma forma transparente se formou e podia ser vista como se através de várias camadas de seda nebulosa. Elric tentou manter os olhos sobre essa forma, mas ela se mantinha fora de seu campo de visão e, em seguida, retornava por alguns momentos. Ele sabia que estava olhando para outro plano da Terra.

– Podes me ajudar, Nnuuurrrr'c'c?

– Tu não tens um patrono de tua própria espécie? Algum Lorde do Caos que possa ajudar-te?

– Meu patrono é Arioque e ele é um demônio temperamental na melhor das hipóteses. Esses dias, ele pouco me ajudou.

– Então eu tenho de te enviar aliados, mortal. Mas não me invoque mais depois disso.

– Não irei te chamar de novo, Nnuuurrrr'c'c.

As camadas transparentes desapareceram e com elas a estranha forma.

O barulho da batalha ressoava mais uma vez na consciência de Elric e ele ouvia com clareza mais acentuada do que antes os gritos dos marinheiros e os silvos dos selvagens répteis, e quando ele olhou para fora de seu abrigo, viu que pelo menos metade da tripulação estava morta.

Quando chegou ao convés, Smiorgan correu até ele.

– Achei que tivesse sido morto, Elric! O que aconteceu com você? – ele estava claramente aliviado ao ver o amigo ainda vivo.

– Busquei ajuda de outro plano, mas parece não ter se materializado.

– Eu penso que estamos condenados e que seria melhor tentar nadar para longe daqui e procurar um esconderijo na selva – disse Smiorgan.

– E quanto ao duque de Avan? Ele está morto?

– Ele vive. Mas essas criaturas são tudo, menos impenetráveis para nossas armas. Este navio vai afundar dentro em breve – Smiorgan balançou com a inclinação do convés e estendeu a mão para se segurar a uma corda, deixando sua longa espada balançar pela cinta. – Eles não estão atacando a popa no momento. Podemos cair na água por lá.

– Eu fiz um acordo com o duque Avan – Elric lembrou o ilhéu. – Não posso abandoná-lo.

– Então, vamos todos morrer!

– O que é isso? – Elric inclinou a cabeça, ouvindo atentamente.

– Eu não ouço nada.

Era um gemido que se intensificava até que se tornou um zumbido. Agora Smiorgan ouvia também e olhou em volta, procurando a origem do som. E de repente ele engasgou, apontando para cima.

– Será que aquela é a ajuda que você queria?

Havia uma vasta nuvem deles, negra contra o azul do céu. De vez em quando o sol piscava em cores ofuscantes. Azul, verde ou vermelho. Eles desceram em espiral em direção ao navio, e agora ambos os lados ficaram em silêncio, olhando para o céu.

As coisas voando eram como enormes libélulas e o brilho e riqueza de sua coloração era de tirar o fôlego. Eram suas asas que emitiam o som de zumbido, que agora começou a ficar mais forte e mais agudo à medida que os enormes insetos chegavam mais perto.

Percebendo que eles eram o objeto do ataque, os homens-répteis recuaram tropeçando, tentando alcançar a costa antes que os insetos gigantes caíssem sobre eles.

Mas já era tarde demais para fugir.

As libélulas desceram sobre os selvagens até que nada podia ser mais visto. O silvo aumentou e parecia quase um lamento quando os insetos os empurravam para a superfície da água e, em seguida, infligiam uma terrível morte. Talvez picassem com seus ferrões... mas não era possível ver.

Às vezes, uma perna emergia da água e se agitava no ar por um momento. Mas, em pouco tempo, assim que os répteis eram cobertos pelos insetos, seus gritos eram abafados pelo zunido estranho de gelar o sangue que surgia de todos os lados.

Um suado duque Avan, de espada ainda na mão, correu até o convés.

– Isso é coisa sua, príncipe Elric?

Elric olhava com satisfação, mas os outros estavam claramente enojados.

– Sim – disse ele.

– Então eu agradeço a sua ajuda. Este navio está com furos em uma dúzia de lugares e está deixando entrar água muito rápido. É surpreendente que ainda não tenha afundado. Eu dei ordens para começarem a remar e espero que possamos fazê-lo até chegarmos à ilha em tempo – ele apontou rio acima.

– E se houver mais desses selvagens lá? – perguntou Smiorgan.

Avan sorriu severamente, indicando a margem mais ao longe.

– Olha – dúzias de homens-répteis estavam fugindo para a floresta, após terem testemunhado o destino de seus companheiros. – Eles vão ficar relutantes em nos atacar de novo.

Agora, as grandes libélulas estavam subindo para o ar novamente, e Avan virou-se para olhar o que elas deixaram para trás.

– Pelos deuses, sua feitiçaria é feroz, príncipe Elric!

Elric sorriu e deu de ombros.

– É eficaz, duque Avan – ele embainhou a espada rúnica. Ela parecia relutante em entrar na bainha e gemeu como se estivesse desapontada.

Smiorgan olhou para ela.

– Essa lâmina parece que vai querer se banquetear em breve, Elric, quer você queira ou não.

– Sem dúvida, ela vai encontrar algo para se alimentar na floresta – disse o albino. Ele passou por cima de um pedaço de mastro quebrado e foi para baixo.

Conde Smiorgan Baldhead olhou para a espuma na superfície da água e tremeu.

CAPÍTULO 4

Anoitecer na selva

A escuna destroçada estava quase inundada quando a equipe subiu a bordo e começou a tarefa de arrastá-la pela lama que se formou nas margens da ilha. Diante deles havia uma parede de folhagem que parecia impenetrável. Smiorgan seguiu Elric, entrando nas águas rasas. Eles começaram a andar em direção à terra.

Quando saíram da água e puseram o pé na terra, Smiorgan olhou para a floresta. Nenhum vento movimentava as árvores e um silêncio peculiar tomava conta do ambiente. Nenhum pássaro emitia qualquer som nas árvores, nenhum inseto zumbia, não havia latidos e gritos de animais que eles tinham ouvido antes em sua jornada rio acima.

– Esses amigos sobrenaturais de vocês parecem ter assustado mais do que os selvagens – murmurou o homem de barba negra. – Este lugar parece sem vida.

Elric assentiu.

– É estranho.

O duque Avan juntou-se a eles. Ele havia sido separado de seus ornamentos, destruídos durante a luta, e agora usava um gibão de couro acolchoado e calças de couro. Sua espada estava ao seu lado.

– Teremos de deixar a maioria dos nossos homens para trás com o navio – disse ele com pesar. – Eles vão fazer os reparos que puderem enquanto nos apressamos em encontrar R'lin K'ren A'a – ele arrastava seu leve manto. – É minha imaginação, ou há uma atmosfera estranha?

– Nós já havíamos comentado sobre isso – disse Smiorgan. – A vida parece ter fugido da ilha.

O duque Avan sorriu.

– Se tudo o que enfrentarmos for tão covarde assim, não temos nada mais a temer. Devo admitir, príncipe Elric, que se eu lhe desejasse algum mal e depois o tivesse visto conjurar esses monstros do nada, eu pensaria duas vezes antes de ficar muito perto de você! Obrigado pelo que você fez. Nós estaríamos mortos agora se não fosse você.

– Você me pediu para acompanhá-lo para que pudesse ajudar – disse Elric, cansado. – Vamos comer, descansar e depois continuar com a nossa expedição.

Uma sombra passou pelo rosto do duque Avan. Algo na maneira de Elric o havia perturbado.

Entrar na selva não era coisa fácil. Armados com machados, os seis membros da tripulação (todos que conseguiram se salvar) começaram a cortar a vegetação rasteira. E, ainda assim, o silêncio antinatural prevaleceu...

Ao cair da noite, eles estavam a menos de um quilômetro dentro da floresta e completamente exaustos. Ela era tão densa que mal havia espaço para armarem a barraca. A única luz no acampamento vinha da pequena fogueira fora da tenda. Os tripulantes dormiam onde podiam a céu aberto.

Elric não conseguia dormir, mas agora não era a selva que o mantinha acordado. Ele ficou intrigado com o silêncio – pois tinha certeza de que não era a presença deles que afugentava tudo que era vivo. Não havia um roedor sequer, nenhum pássaro ou inseto em qualquer lugar. Não havia vestígios de vida animal. A ilha tinha sido abandonada por toda espécie de vida, exceto a vegetação, por um longo tempo, talvez por séculos ou dezenas de séculos. Ele lembrou-se de uma outra parte da antiga lenda de R'lin K'ren A'a. Dizia-se que, quando os deuses vieram para se encontrar lá, não só os cidadãos fugiram, mas também toda a vida selvagem. Nada ousaria ver os Senhores Supremos ou ouvir sua conversa. Elric estremeceu, virando sua cabeça branca para um lado e para o outro sobre o manto onde estava enrolado, os olhos vermelhos atormentados. Se houver perigos nesta ilha, devem ser mais sutis do que aqueles que enfrentaram no rio.

O ruído de sua passagem pela floresta era o único som a ser ouvido na ilha quando eles forçaram caminho na manhã seguinte.

Com uma pedra-ímã em uma mão e um mapa na outra, o duque Avan Astran procurou orientá-los, direcionando seus homens sobre onde cortar caminho. Mas o curso tornou-se ainda mais lento e era óbvio que nenhuma criatura tinha passado por ali durante séculos.

No quarto dia, eles chegaram a uma clareira natural de rocha vulcânica e encontraram uma fonte lá, onde levantaram acampamento. Elric começou a lavar o rosto com a água fria da fonte, quando ouviu um grito atrás dele. Levantou-se. Um dos tripulantes estava preparando uma flecha em seu arco.

– O que é isso? – perguntou o duque Avan.

– Eu vi alguma coisa, meu senhor!

– Bobagem, não há nad...

– Olhe! – o homem contraiu a corda do arco e deixou a flecha voar para as regiões superiores da floresta. Algo parecia se mexer, e então Elric pensou ter visto uma mancha cinza entre as árvores.

– Você viu que tipo de criatura era aquela? – Smiorgan perguntou ao homem.

– Não, senhor. Eu temia, no início, que pudessem ser aqueles répteis novamente.

– Eles estão com muito medo para nos seguir até esta ilha – duque Avan tranquilizou-o.

– Espero que você esteja certo – disse Smiorgan nervosamente.

– Então, o que pode ter sido? – Elric perguntou-se.

– P-pensei que era um homem, mestre – o tripulante gaguejou.

Elric olhou pensativo para as árvores.

– Um homem?

Smiorgan perguntou:

– Você estava esperando por isso, Elric?

– Eu não tenho certeza...

Duque Avan deu de ombros.

– O mais provável é que seja a sombra de uma nuvem que passou por cima das árvores. De acordo com meus cálculos, deveríamos estar chegando à cidade agora.

– Você acha, depois de tudo que aconteceu, que ela não existe? – disse Elric.

– Estou começando a não me importar com isso, príncipe Elric. – o duque inclinou-se contra o tronco de uma árvore enorme, empurrando de lado uma vinha que tocou seu rosto. – Não há nada mais a fazer. O navio não está pronto para navegar ainda – ele olhou para os galhos. – Eu não pensei que iria sentir falta daqueles insetos malditos que nos atormentaram em nosso caminho até aqui...

O tripulante que tinha atirado a flecha de repente gritou de novo.

– Ali! Eu o vi de novo! É um homem!

Enquanto os outros olhavam sem conseguir discernir nada, duque Avan continuava apoiado na árvore.

– Você não viu nada. Não há nada aqui para se ver.

Elric se virou para ele.

– Dê-me o mapa e a pedra-imã, duque Avan. Tenho a sensação de que posso encontrar o caminho.

O vilmiriano deu de ombros, com uma expressão de dúvida em seu rosto. Ele entregou o que Elric pediu.

Eles descansaram aquela noite e pela manhã continuaram com Elric liderando o caminho.

E, ao meio-dia, chegaram ao fim da floresta e viram as ruínas de R'lin K'ren A'a.

CAPÍTULO 5

Uma confusão de prismas

Nada crescia entre as ruínas da cidade. As ruas estavam destruídas e as paredes das casas derrubadas, mas não havia plantas nas rachaduras e parecia que a cidade havia sido recentemente derrubada por um terremoto. Só uma coisa ainda estava intacta, elevando-se sobre as ruínas. Era uma estátua gigantesca de jade branco, cinza e verde. A estátua de um jovem nu, com um rosto de beleza quase feminina, e sem olhos, voltada para o norte.

– Os olhos! – disse o duque Avan Astran. – Eles se foram!

Os outros não disseram nada enquanto olhavam para a estátua e as ruínas ao redor. A área era relativamente pequena e os edifícios tinham poucos ornamentos. Os habitantes parecem ter sido um povo simples, totalmente diferentes dos melniboneanos do Império Reluzente. Elric não podia acreditar que o povo de R'lin K'ren A'a era antepassado seu.

– A estátua foi saqueada – continuou o duque Avan. – Nossa maldita jornada foi em vão!

Elric riu.

– Você realmente acha que seria capaz de arrancar os olhos do homem de jade de suas órbitas, meu senhor?

A estátua era tão alta quanto qualquer torre da Cidade dos Sonhos e a cabeça sozinha devia ter o tamanho de um edifício razoavelmente grande. Duque Avan apertou os lábios e recusou-se a ouvir a voz zombeteira de Elric.

– Podemos ainda fazer essa viagem valer a pena – disse ele. – Havia outros tesouros em R'lin K'ren A'a. Venham...

Ele caminhou à frente do grupo pela cidade.

Poucos prédios ainda permaneciam em pé, mas eram, no entanto, fascinantes apenas pela natureza peculiar dos materiais usados em sua construção, que eram de uma espécie que os viajantes nunca tinham visto antes.

As cores eram muitas, mas desbotadas pelo tempo. Vermelhos suaves e amarelos e azuis fluindo juntos para fazer combinações quase infinitas.

Elric estendeu a mão para tocar uma parede e ficou surpreso com a sensação fria do material macio. Não era nem pedra, nem madeira, nem metal. Talvez tivesse sido trazido ali de outro plano?

Ele tentou visualizar a cidade como era antes de ter sido abandonada. As ruas eram largas, sem nenhuma parede as cercando, as casas eram baixas e construídas em torno de grandes pátios. Se este era, de fato, o lar original de seu povo, o que aconteceu que transformou os cidadãos pacíficos da R'lin K'ren A'a nos construtores insanos das bizarras torres oníricas de Imrryr? Elric pensou que pudesse encontrar uma solução para este mistério aqui, mas, em vez disso, encontrou outro mistério. Era o seu destino, ele pensou, encolhendo os ombros.

E, em seguida, o primeiro disco de cristal zuniu passando pela sua cabeça e se espatifando contra uma parede em ruínas.

O próximo disco rachou o crânio de um tripulante e um terceiro fez um corte na orelha de Smiorgan antes que eles pudessem se jogar no chão para se proteger entre os escombros.

– Essas criaturas são vingativas – disse Avan com um sorriso duro. – Eles vão arriscar muito para se vingar da morte de seus companheiros!

O terror estava no rosto de cada tripulante sobrevivente e o medo começou a tomar conta dos olhos de Avan.

Mais discos eram lançados na direção deles, mas perceberam que o grupo estava temporariamente fora da vista dos répteis. Smiorgan tossiu quando a poeira levantou-se do entulho e ficou presa em sua garganta.

– É melhor chamar seus aliados monstruosos novamente, Elric.

Elric balançou a cabeça negativamente.

– Não posso. Meu aliado disse que não iria me servir uma segunda vez. – ele olhou para sua esquerda, onde as quatro paredes de uma pequena casa ainda estavam de pé. Não parecia haver nenhuma porta, apenas uma janela.

– Então invoque alguma coisa – disse o conde Smiorgan. – Qualquer coisa.

– Eu não tenho certeza se consigo...

Então Elric rolou e saltou para o abrigo, atirando-se pela janela para pousar em uma pilha de escombros que deixou suas mãos e joelhos esfolados.

Ele cambaleou enquanto se levantava. À distância, podia ver a enorme estátua do deus cego dominando a cidade. Diziam ser uma imagem de Arioque, embora não se assemelhasse a nenhuma representação de Arioque que Elric já tivesse visto antes. Será que essa imagem protegia R'lin K'ren A'a... ou a ameaçava? Alguém gritou. Ele olhou através da abertura e viu que um disco tinha atravessado o antebraço de um dos homens.

Ele sacou Stormbringer e a levantou, encarando a estátua de jade.

– Arioque – ele gritou. – Ajude-me, Arioque!

Uma luz negra explodiu da lâmina e ela começou a cantar, como se acompanhasse Elric em seu feitiço.

– Arioque!

Será que o demônio viria? Muitas vezes, o patrono dos reis de Melniboné recusou se materializar, alegando ter assuntos mais urgentes. Assuntos pertinentes à eterna luta entre a Ordem e o Caos.

– Arioque!

Espada e homem estavam agora envoltos em uma névoa negra palpitante, e o rosto branco de Elric foi lançado para trás, parecendo se contorcer à medida que a névoa também se contorcia.

– Arioque! Imploro-te que me ajude! É Elric que te chama!

E então uma voz chegou aos seus ouvidos. Era uma voz suave, murmurante, delicada.

– Elric, tenho tanta consideração por ti. Eu te amo mais do que qualquer outro mortal. Mas não posso te ajudar. Não agora.

Elric gritou desesperadamente:

– Então estamos condenados a morrer aqui!

– Tu não podes escapar deste perigo. Fuja sozinho na floresta. Deixe os outros enquanto tens tempo. Tu tens um destino a cumprir em outro lugar e outro momento...

– Eu não vou abandoná-los.

– Tu és tolo, doce Elric.

– Arioque! Desde a fundação de Melniboné tens auxiliado seus reis. Ajude o último rei neste dia!

– Eu não posso usar as minhas energias agora. Uma grande luta aproxima-se. E me custaria muito retornar a R'lin K'ren A'a. Fuja agora. Terás a salvação. Apenas os outros irão morrer.

E então o duque do inferno se foi. Elric sentiu sua partida. Franziu a testa, tocou a bolsa em seu cinto, tentando lembrar algo de que já tinha ouvido falar. Lentamente, reembainhou a espada relutante. Então ouviu um baque e Smiorgan apareceu ofegante diante dele.

– Bem, a ajuda está a caminho?

– Temo que não – Elric balançou a cabeça em desespero. – Mais uma vez, Arioque me recusa. Mais uma vez ele fala de um destino maior, da necessidade de conservar a sua força.

– Seus antepassados poderiam ter escolhido um demônio mais tratável como seu patrono. Nossos amigos reptilianos estão se aproximando. Veja.

Smiorgan apontou para os arredores da cidade. Um grupo de cerca de uma dúzia de criaturas estava avançando, com seus enormes porretes preparados.

Houve um barulho de tumulto vindo dos escombros do outro lado da parede e Avan apareceu, levando seus homens através da abertura. Ele estava praguejando.

– Nenhuma ajuda virá, eu temo – Elric disse a ele.

O vilmiriano sorriu sombriamente.

– Então, os monstros lá fora sabiam mais do que nós!

– Parece que sim.

– Vamos ter de tentar nos esconder deles – disse Smiorgan sem muita convicção. – Nós não conseguiríamos sobreviver a uma luta.

O pequeno grupo deixou a casa em ruínas e começou a avançar lentamente para qualquer lugar onde poderiam se proteger, aproximando-se pouco a pouco do centro da cidade e da estátua do Homem de Jade.

Um silvo agudo atrás deles indicou que os guerreiros répteis os tinham avistado novamente, e outro vilmiriano caiu com um disco de cristal atravessado em suas costas. Começaram a correr em pânico.

Adiante agora havia um prédio vermelho de vários andares que ainda tinha telhado.

– Lá dentro! – gritou o duque Avan.

Com algum alívio eles correram sem hesitar através de uma série de passagens empoeiradas até que fizeram uma pausa para recuperar o fôlego em um grande e escuro salão.

Ele estava completamente vazio e um pouco de luz infiltrava-se através de rachaduras na parede.

– Este lugar suportou mais do que os outros – disse o duque Avan. – Qual terá sido sua função? Uma fortaleza, talvez?

– Eles não parecem ter sido uma raça belicosa – Smiorgan apontou. – Eu suspeito que o prédio tinha alguma outra função.

Os três tripulantes sobreviventes estavam olhando temerosamente para eles. Olharam como se preferissem ter enfrentado os guerreiros répteis lá fora.

Elric começou a cruzar o piso e, em seguida, fez uma pausa ao ver algo pintado na parede do outro lado.

Smiorgan também viu.

– O que é isso, amigo Elric?

Elric reconheceu os símbolos como a escrita da Língua Superior da antiga Melniboné, mas era sutilmente diferente, e levou algum tempo para ele decifrar o seu significado.

– Sabe o que quer dizer, Elric? – o duque Avan murmurou, juntando-se a eles.

– Sim, mas é muito enigmático. Diz: "Se vieste para me matar, então és bem-vindo. Se vieste sem os meios para despertar o Homem de Jade, então vá embora..."

– Será que é dirigida para nós? – Avan refletiu – Ou esta mensagem está aí há bastante tempo?

Elric deu de ombros.

– Pode ter sido escrita em qualquer momento dos últimos dez mil anos...

Smiorgan caminhou até a parede e estendeu a mão para tocá-la.

– Eu diria que foi muito recente – disse ele. – A tinta ainda parece estar fresca.

Elric franziu a testa.

– Então ainda há habitantes por aqui. Por que eles não se revelam?

– Poderiam esses répteis ser os atuais ocupantes de R'lin K'ren A'a? – disse Avan. – Não há nada nas lendas que diga que foram seres humanos que fugiram deste lugar...

O rosto de Elric anuviou-se e ele estava prestes a dar uma resposta irritada quando Smiorgan interrompeu.

– Talvez haja apenas um habitante. É isso que você está pensando, Elric? A Criatura Condenada a Viver? Aquela mensagem poderia ser dele...

Elric colocou as mãos no rosto e não respondeu.

– Venha – disse Avan. – Não temos tempo para debater sobre lendas – ele transpôs o piso e entrou por outra porta, começando a descer os degraus. Quando chegou ao final, ouviram-no ofegar.

Os outros se juntaram a ele e viram que o companheiro estava na entrada de outro salão, mas este cheio de fragmentos até a altura dos tornozelos. Eram restos de folhas finas de um material metálico que tinha a flexibilidade de um pergaminho. Em torno das paredes havia milhares de pequenos buracos, fileira após fileira, cada uma com um símbolo pintado sobre ela.

– O que é isso? – perguntou Smiorgan.

Elric abaixou-se e pegou um dos fragmentos. Tinha metade de um símbolo melniboneano gravado nele. Havia até sinais de uma tentativa de apagá-lo.

– Aqui era uma biblioteca – disse ele em voz baixa. – A biblioteca dos meus antepassados. Alguém tentou destruí-la. Estes rolos de pergaminho deviam ser praticamente indestrutíveis, mas uma grande quantidade de esforço foi canalizada para torná-los indecifráveis – ele chutou os fragmentos. – Claramente o nosso amigo, ou amigos, tem ódio do conhecimento.

– Evidente – disse Avan amargamente. – Oh, o valor desses pergaminhos para um erudito! Tudo destruído!

Elric encolheu os ombros.

– Para o limbo com os eruditos. O valor dos pergaminhos para mim era bastante considerável!

Smiorgan colocou a mão no braço do amigo e Elric o afastou com o ombro.

– Eu esperava que...

Smiorgan inclinou sua cabeça careca.

– Esses répteis nos seguiram até o prédio, pelo que parece.

Eles ouviam o som distante de passos estranhos nas passagens atrás deles.

O pequeno grupo de homens moveu-se tão silenciosamente quanto podia, através dos pergaminhos destruídos, e atravessou o salão até entrar em outro corredor que levava vertiginosamente para um ponto mais alto.

Então, de repente, a luz do dia estava visível.

Elric perscrutava adiante.

– O corredor desabou mais adiante e está bloqueado, aparentemente. O telhado cedeu, mas podemos conseguir escapar pelo buraco.

Eles escalaram sobre as pedras caídas, olhando com cautela para trás por sinais de seus perseguidores.

Por fim, surgiram na praça central da cidade. Nos pontos mais distantes da praça estavam os pés da grande estátua, que agora se erguia bem acima de suas cabeças.

Adiante deles havia duas construções peculiares que, ao contrário do resto dos edifícios, estavam inteiras. Elas tinham uma forma facetada, com cúpulas, e eram feitas de uma substância vítrea que causava refração dos raios do sol.

Eles ouviram os homens-répteis avançando pelo corredor.

– Vamos procurar abrigo na cúpula mais próxima – disse Elric. Ele invadiu correndo, à frente dos demais.

Os outros o seguiram através da abertura de forma irregular na base da cúpula.

Uma vez lá dentro, no entanto, eles hesitaram, protegendo os olhos e piscando fortemente enquanto tentavam discernir o caminho.

– É como um labirinto de espelhos! – Smiorgan falou ofegante. Corredores pareciam se estender em todas as direções, mas podiam ser apenas reflexos da passagem na qual eles já estavam. Cautelosamente, Elric começou a avançar mais para dentro do labirinto, os outros cinco a segui-lo.

– Isso tem cheiro de magia para mim – murmurou Smiorgan à medida que avançavam. – Acho que fomos levados a uma armadilha.

Elric desembainhou a espada. Ele murmurou baixinho, quase num tom queixoso.

Tudo mudou de repente e as formas dos seus companheiros ficaram turvas.

– Smiorgan! Duque Avan!

Ele ouviu vozes murmurando, mas não eram as de seus amigos.

– Conde Smiorgan!

E então o corpulento senhor do mar desapareceu completamente e Elric estava sozinho.

CAPÍTULO 6

Os olhos do Homem de Jade

Ele virou-se e uma parede de brilho vermelho atingiu seus olhos e o cegou.

Tentou falar e sua voz transformou-se em um gemido vago. Também tentou se mover, mas não sabia dizer se permanecia no mesmo lugar ou se tinha andado uma dúzia de quilômetros.

Agora havia alguém em pé a poucos metros de distância, mas parecia desfocado por uma cortina de gemas transparentes multicoloridas. Ele andou para frente e a cortina colorida desapareceu do seu caminho.

Elric olhou para um rosto de infinita tristeza. E o rosto era o seu próprio, mas a cor da pele daquele homem era normal e seu cabelo era preto.

– O que é você? – disse Elric grosseiramente.

– Eu tive muitos nomes. Um deles é Erekosë. Já fui muitos homens. Talvez eu seja todos os homens.

– Mas você é como eu!

– Eu sou você.

– Não!

Os olhos do fantasma estavam cheios de lágrimas enquanto ele olhava com pena para Elric.

– Não chore por mim! – Elric rugiu. – Eu não preciso da sua compaixão!

– Talvez eu esteja chorando por mim mesmo, pois sei qual é o nosso destino.

– E qual é?

– Você não entenderia.

– Diga-me.

– Pergunte a seus deuses.

Elric ergueu a espada. Ferozmente, ele disse:

– Não! Eu vou ter a resposta de você!

E o fantasma desapareceu.

Elric estremeceu. Agora o corredor estava tomado por milhares de fantasmas. Cada um murmurava um nome diferente. Cada um usava roupas diferentes. Mas cada um tinha seu próprio rosto, ou sua própria cor.

– Vão embora! – ele gritou. – Oh, deuses, que lugar é esse?

E ao seu comando, eles desapareceram.

– Elric?

O albino virou-se, a espada pronta em suas mãos. Mas era o duque Avan Astran da Velha Hrolmar que estava lá. Ele tocou seu próprio rosto com os dedos trêmulos, mas disse calmamente:

– Eu devo lhe dizer que acredito estar perdendo minha sanidade mental, príncipe Elric...

– O que você viu?

– Muitas coisas. Eu não posso descrevê-las.

– Onde estão Smiorgan e os outros?

– Certamente, cada um seguiu seu próprio caminho, como nós fizemos.

Elric ergueu Stormbringer e golpeou a lâmina contra uma parede de cristal. A Espada Negra gemeu, mas a parede apenas mudou de posição.

No entanto através de uma abertura, agora Elric via a luz do dia.

– Venha, duque Avan. Nós vamos escapar!

Avan, atordoado, o seguiu e eles saíram de dentro do cristal para a praça central de R'lin K'ren A'a.

Eles ouviam muitos ruídos. Carroças moviam-se sobre a praça. Barracas foram erguidas em um lado. Pessoas movimentavam-se tranquilamente. E o Homem de Jade não dominava o céu acima da cidade. Aqui, não havia nenhum Homem de Jade.

Elric olhou para os rostos. Todos tinham as estranhas feições do povo de Melniboné. Contudo, pareciam ter traços diferentes que a princípio ele não conseguia distinguir. Logo, reconheceu o que eram esses traços. Era tranquilidade. Ele estendeu a mão para tocar uma daquelas pessoas.

– Diga-me, amigo, em que ano est...?

Mas o homem não o ouvia. Ele passou direto por Elric.

Elric tentou parar vários dos transeuntes, mas nenhum podia vê--lo ou ouvi-lo.

– Como eles perderam essa paz? – perguntou-se o duque Avan, admirado. – Como se tornaram como você, príncipe Elric?

Elric quase rosnou enquanto se virou bruscamente para encarar o vilmiriano.

– Silêncio!

O duque Avan deu de ombros.

– Talvez tudo isso seja apenas uma ilusão.

– Talvez – disse Elric, com tristeza. – Mas eu tenho certeza que esta é a forma como eles viviam, até a vinda dos Superiores.

– Você culpa os deuses, então?

– Eu culpo o desespero que os deuses trouxeram.

Duque Avan assentiu gravemente.

– Eu entendo.

Ele voltou-se na direção do grande cristal e continuou a escutar.

– Está ouvindo essa voz, príncipe Elric? O que está dizendo?

Elric ouviu a voz. Parecia estar vindo do cristal. Estava falando na velha língua de Melniboné, mas com um sotaque estranho.

– Por aqui – dizia a voz. – Por aqui.

Elric deu uma pausa.

– Eu não tenho vontade alguma de voltar por lá.

Avan disse:

– Que escolha temos?

Entraram juntos pela passagem.

Mais uma vez eles estavam no labirinto que poderia ser um corredor ou muitos, e a voz estava mais clara.

– Deem dois passos para a direita – ela os instruiu.

Avan olhou para Elric.

– O que foi isso? – Elric disse a ele. – Devemos obedecer? – perguntou Avan.

– Sim – havia resignação na voz do albino.

Eles deram dois passos para a direita.

– Agora quatro para a esquerda – disse a voz.

Eles deram quatro passos para a esquerda.

– Agora um passo para a frente.

Eles saíram na praça em ruínas de R'lin K'ren A'a.

Smiorgan e um tripulante vilmiriano estavam lá.

– Onde estão os outros? – Avan interpelou.

– Pergunte a ele – disse Smiorgan cansado, gesticulando com a espada na mão direita.

Eles olharam para um homem que era ou um albino ou um leproso. Estava completamente nu e tinha alguma semelhança com Elric. A princípio este pensou ser outro fantasma, mas, em seguida, viu que havia várias diferenças em suas feições. Havia também algo perfurando o homem de lado, logo acima da terceira costela. Elric ficou chocado ao reconhecer a haste quebrada de uma flecha vilmiriana.

O homem nu assentiu.

– Sim... a flecha acertou o alvo. Mas não pode me matar, pois eu sou J'osui C'reln Reyr...

– Você acredita ser a Criatura Condenada a Viver – Elric murmurou.

– Sou eu – o homem deu um sorriso amargo. – Você acha que estou tentando enganá-lo?

Elric olhou para a flecha e balançou a cabeça.

– Você tem dez mil anos de idade? – Avan olhou para ele.

– O que ele disse? – perguntou J'osui C'reln Reyr a Elric, que traduziu.

– Já se passou tanto tempo? – o homem suspirou. Então, ele olhou fixamente para Elric. – Você é da minha raça?

– Parece que sim.

– De que família?

– Da linhagem real.

– Então você veio, finalmente. Eu também sou dessa linhagem.

– Acredito em você.

– Reparei que os Olab procuram por você.

– Os Olab?

– Aqueles primitivos com os bastões.

– Sim. Nós os encontramos em nossa jornada rio acima.

– Vou levá-los para um lugar seguro. Venham.

Elric permitiu que J'osui C'reln Reyr os levasse pela praça onde parte de uma parede ainda estava de pé. O homem, então, levantou uma laje e mostrou-lhes os degraus que conduzem para baixo na escuridão. Eles o seguiram, descendo cautelosamente enquanto ele recolocava a laje acima de suas cabeças. E chegaram em uma sala iluminada por lâmpadas de óleo cru. Salvo por um catre feito de ervas secas, tal sala estava vazia.

– Você vive frugalmente – disse Elric.

– Eu não preciso de mais nada. Minha cabeça está suficientemente suprida...

– De onde os Olab vêm? – perguntou Elric.

– Eles chegaram recentemente por estas bandas. Não fazem nem mil anos, ou talvez metade desse tempo. Vieram de longe depois de uma rixa com outra tribo e não costumam vir para a ilha. Você deve ter matado muitos deles para que quisessem persegui-lo e causar tanto mal.

– Matamos muitos deles, sim.

J'osui C'reln Reyr gesticulou para os outros que estavam olhando para ele com algum desconforto.

– E estes? Primitivos também, hein? Eles não são do nosso povo.

– Há poucos que restaram de nosso povo.

– O que ele está dizendo? – perguntou o duque Avan.

– Ele diz que aqueles guerreiros répteis são chamados Olabs – Elric disse a ele.

– E foram esses Olab que roubaram os olhos do Homem de Jade?

Quando Elric traduziu a pergunta, a Criatura Condenada a Viver se espantou.

– Vocês não sabem, então?

– Sabem o quê?

– Ora, vocês estiveram nos olhos do Homem de Jade! Aqueles grandes cristais em que vocês caminharam... é isso o que eles são!

CAPÍTULO 7

A ironia disso tudo

Quando Elric deu essa informação ao duque Avan, o vilmiriano caiu na gargalhada. Jogou a cabeça para trás e rugiu de alegria, enquanto os outros o olhavam abatidos. A nuvem que tinha caído em suas feições mais cedo de repente se abriu, e ele tornou-se novamente o homem que Elric conheceu.

Smiorgan foi o próximo a sorrir e até mesmo Elric reconheceu a ironia do que tinha acontecido a eles.

– Esses cristais caíram do rosto dele como lágrimas logo após os Superiores partirem – continuou J'osui C'reln Reyr.

– Então, os Superiores estiveram aqui.

– Sim! O Homem de Jade trouxe a mensagem e todo o povo partiu, depois de terem feito um acordo com ele.

– O Homem de Jade não foi construído por seu povo?

– O Homem de Jade é o duque Arioque do Inferno. Ele apareceu da floresta um dia e ficou na praça e disse ao povo o que estava por vir. Que a nossa cidade estava no centro de uma configuração particular e que era só lá que os Senhores dos Mundos Superiores poderiam se encontrar.

– E o acordo?

– Em troca da cidade deles, nossa linhagem real poderia, no futuro, aumentar seu poder com Arioque como seu patrono. Ele lhes daria grande conhecimento e os meios para construir uma nova cidade em outro lugar.

– E eles aceitaram este acordo sem questionar?

– Não havia muito o que escolher, parente.

Elric baixou os olhos para encarar o chão poeirento.

– E assim eles foram corrompidos – murmurou.

– Só eu me recusei a aceitar o pacto. Eu não queria deixar esta cidade e desconfiava de Arioque. Quando todos os outros partiram rio abaixo, eu permaneci aqui, onde estamos agora, e ouvi os Senhores dos Mundos Superiores chegarem, e ouvi o que conversaram, estabelecendo as regras segundo as quais a Ordem e o Caos lutariam a partir de então. Quando eles foram embora, saí do meu esconderijo. Mas Arioque, o Homem de Jade, ainda estava aqui. Ele olhou para mim com seus olhos de cristal e me amaldiçoou. Então os cristais caíram onde vocês agora os veem. O espírito de Arioque partiu, mas sua imagem de jade foi deixada para trás.

– E você ainda conserva toda a memória do que aconteceu entre os Senhores da Ordem e do Caos?

– Essa é a minha maldição.

– Talvez o seu destino tenha sido menos duro do que aquele que se abateu sobre os que foram embora – disse Elric calmamente. – Eu sou o último herdeiro deste destino particular...

J'osui C'reln Reyr parecia confuso e então olhou nos olhos de Elric e uma expressão de piedade atravessou seu rosto.

– Eu não imaginava que pudesse haver um destino pior, mas agora acredito que possa haver...

Elric dizia insistentemente.

– Alivia minha alma, pelo menos. Eu preciso saber o que se passou entre os Senhores dos Mundos Superiores naqueles dias, preciso entender a natureza da minha existência. Assim como você, pelo menos, entende a natureza da sua. Diga-me, eu imploro.

J'osui C'reln Reyr franziu a testa e olhou profundamente nos olhos de Elric.

– Você não sabe toda a minha história, então?

– Há mais para saber?

– Lembro-me apenas do que se passou entre os Senhores Supremos, mas, quando tento contar o que sei em voz alta ou tento escrever, eu não consigo...

Elric segurou o ombro do homem.

– Você deve tentar! Você deve tentar!

– Só sei que não consigo.

Vendo a tortura no rosto de Elric, Smiorgan veio até ele.

– O que foi, Elric?

A mão de Elric apertou seu rosto.

– Nossa viagem foi inútil. – inconscientemente, ele usou a velha língua melniboneana.

– Não precisa ser – disse J'osui C'reln Reyr. – Para mim, pelo menos – ele fez uma pausa. – Diga-me, como é que encontraram esta cidade? Havia um mapa?

Elric mostrou o mapa.

– Este aqui.

– Sim, é ele mesmo. Muitos séculos atrás, eu o coloquei em uma caixa dentro de um pequeno tronco de árvore. Eu joguei o tronco dentro do rio, na esperança de que ele iria seguir o meu povo e que eles saberiam do que se tratava.

– O tronco foi encontrado em Melniboné, mas ninguém se preocupou em abri-lo – explicou Elric. – Isso lhes dá uma ideia do que aconteceu com as pessoas que partiram daqui...

O estranho homem acenou com a cabeça pesarosamente.

– E havia ainda um selo sobre o mapa?

– Havia. Está comigo!

– A imagem de uma das manifestações de Arioque, incorporada em um pequeno rubi?

– Sim. Eu pensei ter reconhecido a imagem, mas não consegui lembrar de onde.

– A Imagem na Joia – murmurou J'osui C'reln Reyr. – Eu orei e ela voltou, trazida por alguém da linhagem real!

– Qual é o seu significado?

Smiorgan interrompeu.

– Será que este homem pode nos ajudar a escapar, Elric? Estamos ficando um pouco impacientes...

– Espere – disse o albino. – Eu vou dizer-lhe tudo mais tarde.

– A Imagem na Joia pode ser o instrumento de minha libertação – disse a Criatura Condenada a Viver. – Se aquele que a possui é da linhagem real, então ele pode comandar o Homem de Jade.

– Mas por que você não a usou?

– Por causa da maldição que foi colocada em mim. Eu tinha o poder de comandar, mas não de conjurar o demônio. Foi uma ironia, eu entendo, dos Senhores Supremos.

Elric percebeu uma amarga tristeza nos olhos de J'osui C'reln Reyr. Ele olhou para a pele branca e nua e para o cabelo branco e o corpo que não era velho nem jovem, a flecha saindo pela terceira costela do lado esquerdo.

– O que eu devo fazer? – perguntou.

– Você deve invocar Arioque e então deve ordenar-lhe que entre no corpo dele novamente e recupere os olhos para que ele possa ir embora de R'lin K'ren A'a.

– E quando ele for embora?

– A maldição vai com ele.

Elric ficou pensativo. Se ele chamasse Arioque, que estava claramente relutante em vir, e, em seguida, ordenasse que ele fizesse algo que não quisesse fazer, estaria dando chance de fazer um inimigo poderoso, uma entidade imprevisível. No entanto, eles estavam presos aqui pelos guerreiros Olab, sem meios de escapar. Se o Homem de Jade andar, os Olab certamente fugirão e eles conseguirão voltar para o navio e depois para o mar. Ele explicou tudo para seus companheiros. Tanto Smiorgan como Avan pareciam indecisos, e os tripulantes vilmirianos restantes pareciam totalmente apavorados.

– Eu tenho de fazer isso – Elric decidiu – por causa deste homem. Devo chamar Arioque e interromper a maldição que cai sobre R'lin K'ren A'a.

– E trazer uma desgraça maior para nós! – disse o duque Avan, pondo a mão automaticamente no cabo de sua espada. – Não. Acho que devemos arriscar nossas chances com os Olab. Deixe esse homem, ele é louco, está delirando. Vamos seguir nosso caminho.

– Vão, se é o que querem – disse Elric. Mas eu vou ficar com a Criatura Condenada a Viver.

– Então você vai ficar aqui para sempre. Você não pode acreditar nessa história!

– Mas eu acredito.

– Você tem que vir conosco. Sua espada vai ajudar. Sem ela, os Olab certamente vão nos destruir.

– Você viu que Stormbringer tem pouco efeito contra os Olab.

– Mas o pouco já é alguma coisa. Não me abandone, Elric!

– Não estou abandonando você. Devo invocar Arioque. Essa invocação será para o benefício de vocês, não apenas para o meu.

– Não estou convencido disso.

– Era a minha magia que você queria nesta aventura. Agora você terá a minha magia.

Avan recuou. Ele parecia temer algo mais do que os Olab, mais do que a invocação. Parecia ler uma ameaça no rosto de Elric, da qual mesmo Elric não tinha conhecimento.

– Nós temos de ir lá fora – disse J'osui C'reln Reyr. – Temos de ficar debaixo do Homem de Jade.

– E quando tivermos terminado – perguntou Elric – como vamos deixar R'lin K'ren A'a?

– Há um barco. Está sem suprimentos, mas muito do tesouro da cidade está dentro dele. Ele está no extremo oeste da ilha.

– Isso é um pouco reconfortante – disse Elric. – E você próprio não pode usá-lo?

– Eu não posso sair.

– Isso é parte da maldição?

– Sim. A maldição da minha falta de confiança.

– A falta de confiança o manteve aqui por dez mil anos?

– Sim...

Eles deixaram a câmara e saíram para a praça. A noite havia caído e uma lua enorme estava no céu. De onde Elric estava, parecia ter a visão da cabeça do Homem de Jade como um halo. Tudo era um completo silêncio. Elric pegou a Imagem na Gema em sua bolsa e segurou-a entre o indicador e o polegar da mão esquerda. Com a direita, ele puxou Stormbringer. Avan, Smiorgan e o tripulante vilmiriano foram para trás.

Ele olhou para as enormes pernas de jade, os genitais, o tronco, os braços, a cabeça, ergueu a espada com as duas mãos e gritou:

– ARIOQUE!

A voz de Stormbringer quase afogou a dele. Ela deu um puxão em sua mão; ameaçou se livrar de seu aperto enquanto uivava.

– ARIOQUE!

Tudo o que os observadores viam agora era a espada pulsando e brilhando, o rosto e mãos brancos do albino e seus olhos vermelhos brilhando através da escuridão.

– ARIOQUE!

E então uma voz que não era de Arioque chegou aos ouvidos de Elric e parecia que a própria espada tinha falado.

– Elric, Arioque deve receber sangue e almas. Sangue e almas, meu senhor...

– Não. Estes são meus amigos e os Olabs não podem ser feridos por Stormbringer. Arioque deve vir sem o sangue, sem as almas.

– Somente desta forma ele virá com certeza! – disse uma voz, mais claramente agora. Uma voz irônica que parecia vir de trás dele. Ele virou-se, mas não havia nada lá.

Viu o rosto nervoso do duque Avan, e seus olhos se fixaram no semblante do vilmiriano, a espada girando, retorcendo-se no punho de Elric, e mergulhando em direção ao duque.

– Não – gritou Elric. – Pare!

Mas Stormbringer não iria parar até penetrar fundo no coração do duque Avan e extinguir sua sede. O tripulante ficou paralisado, enquanto observava seu mestre morrer.

O duque Avan contorcia-se.

– Elric! Que traição é essa...?

Ele gritou.

– Ah, não!

Ele tremeu em um espasmo.

– Por favor...

Ele estremeceu.

– A minha alma...

E morreu.

Elric retirou a espada e golpeou o tripulante enquanto ele corria em auxílio do seu mestre.

– Agora Arioque tem seu sangue e suas almas – disse Elric friamente. – Traga Arioque!

Smiorgan e a Criatura Condenada a Viver tinham recuado, olhando para o possuído Elric com horror. O rosto do albino estava com uma feição dolorosa.

– VENHA, ARIOQUE!

– Eu estou aqui, Elric.

Elric se virou e viu que algo apareceu à sombra das pernas da estátua... uma sombra dentro de uma sombra.

– Arioque! Tu precisas retornar a esta manifestação e fazê-la sair de R'lin K'ren A'a para sempre.

– Eu não pretendo fazer isso, Elric.

– Então eu devo ordená-lo, duque Arioque.

– Ordenar? Somente aquele que possui a Imagem na Gema pode dar ordens a Arioque. E apenas uma vez.

– Eu tenho a Imagem na Joia – Elric ergueu o pequeno objeto. – Veja.

A sombra dentro da sombra rodopiou por um momento enfurecida.

– Se eu obedecer esta sua ordem, você irá colocar em movimento uma cadeia de eventos que pode não lhe agradar – disse Arioque, falando no idioma inferior de Melniboné, para dar um peso extra a suas palavras.

– Então que seja. Eu o ordeno a entrar no Homem de Jade e pegar os olhos para que possa voltar a andar. E ordeno que saias daqui e leves a maldição dos Superiores com você.

Arioque respondeu:

– Quando o Homem de Jade deixar de proteger o lugar onde os Superiores se reúnem, então o grande embate dos Mundos Superiores começará neste plano.

– Eu te ordeno, Arioque. Vá para dentro do Homem de Jade!

– Você é uma criatura obstinada, Elric.

– Vá! – Elric ergueu Stormbringer. Ela parecia cantar com uma alegria monstruosa e, naquele momento, parecia ser mais poderosa do que o próprio Arioque, mais poderosa do que todos os Senhores dos Mundos Superiores.

O chão tremeu. Um fogo repentino brilhou ao redor da grande estátua. A sombra dentro de uma sombra desapareceu.

E o Homem de Jade se ergueu.

Seu grande volume curvou-se sobre Elric, e suas mãos passaram por ele para tatear à procura dos dois cristais que estavam no chão. Em pouco tempo ele os encontrou e pegou um em cada mão, voltando a ficar de pé.

Elric cambaleou em direção ao outro lado da praça onde Smiorgan e J'osui C'reln Reyr já estavam agachados de tanto medo.

Uma luz forte brilhava agora dos olhos do Homem de Jade e dos lábios de jade entreabertos.

– *Está feito, Elric!* – disse uma voz grave.

J'osui C'reln Reyr começou a soluçar.

– Então vá, Arioque.

– Eu irei. A maldição será retirada de R'lin K'ren A'a e de J'osui C'reln Reyr, mas uma maldição maior agora recai sobre todo o seu plano.

– Como assim, Arioque? Explique-se – gritou Elric.

– Em breve você terá a sua explicação. Adeus!

As enormes pernas de jade moveram-se rapidamente e, com apenas um passo, ultrapassaram as ruínas e abriram passagem pela selva. Em um instante o Homem de Jade tinha desaparecido.

Em seguida, a Criatura Condenada a Viver riu. Foi uma alegria estranha que ela expressou. Smiorgan tampou os ouvidos.

– E agora – gritou J'osui C'reln Reyr. – Agora sua lâmina deve levar minha vida. Eu posso morrer, finalmente!

Elric passou a mão em seu rosto. Como se mal tivesse conhecimento claro de qualquer um dos eventos recentes.

– Não – ele disse em um tom perturbado. – Eu não posso...

E Stormbringer voou de sua mão. Voou para o corpo da Criatura Condenada a Viver e enterrou-se em seu peito.

E enquanto morria, J'osui C'reln Reyr riu. Ele caiu no chão e seus lábios se moveram. Um sussurro veio deles. Elric aproximou-se para ouvir.

– A espada tem meu conhecimento agora. Meu fardo me deixou.

Os olhos fecharam-se.

Os dez mil anos de vida de J'osui C'reln Reyr tinham terminado.

Debilmente, Elric retirou Stormbringer e a embainhou. Ele olhou para o corpo da Criatura Condenada a Viver e depois olhou, interrogativamente, para Smiorgan.

O corpulento senhor do mar virou-se.

O sol começou a nascer. Um amanhecer cinzento. Elric observava o cadáver de J'osui C'reln Reyr virar pó, que foi espalhado pelo vento e se misturou com a poeira das ruínas. Ele caminhou para o outro lado da praça, onde estava o corpo do duque Avan, e caiu de joelhos ao lado dele.

– Você foi avisado, duque Avan Astran da Velha Hrolmar, que o mal recai a quem ligar seu destino ao de Elric de Melniboné. Mas você pensava diferente. Agora você sabe – com um suspiro, ele se pôs de pé.

Smiorgan ficou ao lado dele. O sol já estava tocando as partes mais altas das ruínas. Smiorgan estendeu a mão e agarrou o ombro do amigo.

– Os Olab desapareceram. Eu acho que eles já tiveram sua cota de feitiçaria.

– Outro homem foi destruído por mim, Smiorgan. Será que estou condenado a ficar ligado a esta espada amaldiçoada? Eu preciso descobrir uma maneira de me livrar dela ou a minha consciência pesada vai me levar para baixo, até que eu não consiga mais me levantar.

Smiorgan limpou a garganta, mas continuou em silêncio.

– Eu vou sepultar o duque Avan – disse Elric. – Volte para onde deixamos o navio e diga aos homens que vamos partir.

Smiorgan caminhou pela praça em direção ao leste.

Elric ternamente pegou o corpo do duque Avan e foi na direção oposta da praça, à sala subterrânea onde a Criatura Condenada a Viver tinha passado sua vida durante dez mil anos.

Parecia tão irreal para Elric agora, mas ele sabia que não tinha sido um sonho, pois o Homem de Jade foi embora. Suas pegadas podiam ser vistas através da selva. Restos de árvores amontoavam-se por onde ele havia passado.

Elric chegou ao local, desceu as escadas e deitou o duque Avan na cama de folhas secas. Então pegou a adaga do duque e, como não havia outra coisa para usar, mergulhou-a no sangue do duque e escreveu na parede acima do cadáver:

Este foi o duque Avan Astran da Velha Hrolmar. Ele explorou o mundo e trouxe muito conhecimento e tesouros de volta para Vilmir, sua terra. Sonhou e se perdeu no sonho de outro e assim morreu. Enriqueceu os Reinos Jovens e, dessa maneira, encorajou outro sonho. Morreu para que a Criatura Condenada a Viver pudesse morrer, como desejava...

Elric hesitou. Então arremessou a adaga. Ele não podia justificar seus próprios sentimentos de culpa compondo um epitáfio altissonante para o homem que ele havia matado.

Ele ficou ali, respirando pesadamente, e mais uma vez pegou o punhal.

Ele morreu porque Elric de Melniboné desejou uma paz e um conhecimento que ele nunca poderia encontrar. Morreu pela Espada Negra.

Lá fora, no meio da praça, ao meio-dia, estava ainda o corpo solitário do último tripulante vilmiriano. Ninguém sabia o nome dele. Ninguém sentiu dor por ele ou tentou compor um epitáfio para ele. O vilmiriano tinha morrido sem nenhum propósito elevado, sem ter seguido nenhum sonho fabuloso. Mesmo na morte o seu corpo não iria cumprir nenhuma função. Nesta ilha não havia nenhum verme para se alimentar dele. Na poeira da cidade não havia nenhuma terra para fertilizar.

Elric voltou para a praça e viu o corpo. Por um momento, para Elric ele simbolizava tudo o que havia ocorrido ali, e o que ocorreria depois.

– Não há nenhum propósito – ele murmurou.

Talvez seus ancestrais remotos tivessem, afinal, percebido isso, mas não haviam se importado. Foi preciso o Homem de Jade para fazê-los se importar e, depois, enlouquecer na sua angústia. A sabedoria fez com que fechassem as suas mentes.

– Elric!

Smiorgan retornou. Elric olhou para cima.

– Eu encontrei um único sobrevivente na trilha. Antes de morrer ele me disse que os Olabs atacaram a tripulação e o navio antes de virem atrás de nós. Eles estão todos mortos. O barco está destruído.

Elric lembrou-se de algo que a Criatura Condenada a Viver lhe dissera.

– Há um outro barco – disse ele. – No lado leste da ilha.

Levou o resto do dia e toda aquela noite para eles descobrirem onde J'osui C'reln Reyr havia escondido seu barco. Puxaram-no para a água na luz difusa da manhã e o inspecionaram.

– É um barco robusto – disse o conde Smiorgan em aprovação. – Pela aparência dele, é feito do mesmo estranho material que vimos na biblioteca de R'lin K'ren A'a – ele escalou para dentro do barco e revistou os barracões trancados.

Elric ficou olhando para a cidade, pensando em um homem que poderia ter se tornado seu amigo, assim como o conde Smiorgan tornou-se seu amigo. Ele não tinha amigos, senão Cymoril, em Melniboné. Suspirou.

Smiorgan abriu vários barracões e sorriu satisfeito com o que encontrou lá.

– Rezo aos deuses para que eu retorne são e salvo para as Cidades Púrpuras! Encontrei o que eu procurava! Olha, Elric! O tesouro! Nós nos beneficiamos desta campanha, afinal!

– Sim... – a mente de Elric estava em outras coisas. Ele forçou-se a pensar em assuntos mais práticos. – Mas as joias não vão nos alimentar, conde Smiorgan – disse ele. – Vai ser uma longa viagem para casa.

– Casa? – o conde Smiorgan endireitou a grande coluna, um punhado de colares em cada punho. – Melniboné?

– Os Reinos Jovens. Você me convidou para ir a sua casa, se bem me lembro.

– Para ficar o resto de sua vida, se desejar. Você salvou a minha vida, amigo Elric, agora me ajudou a salvar a minha honra.

– Esses eventos que acabamos de passar não perturbaram você? Você viu o que minha lâmina pode fazer... a inimigos, bem como a amigos.

– Não ficamos lamentando, nós das Cidades Púrpuras – disse o conde Smiorgan, sério. – E não somos volúveis nas nossas amizades. Você tem uma angústia, príncipe Elric, que eu nunca vou sentir, nem nunca vou compreender. Mas já lhe dei a minha confiança. Por que eu deveria pegá-la de volta? Não é assim que somos ensinados a nos comportar nas Cidades Púrpuras – o conde Smiorgan coçou sua barba escura e piscou. – Eu vi alguns pacotes de suprimentos entre os destroços da escuna de Avan. Vamos navegar ao redor da ilha e apanhá-los.

Elric tentou sacudir os sentimentos sombrios de si, mas era difícil, pois havia matado um homem que confiara nele, e a conversa de Smiorgan sobre confiança só fez a culpa ficar mais pesada.

Juntos, eles lançaram o barco na água espessa e Elric olhou para trás mais uma vez, para a floresta silenciosa, e um arrepio passou por ele. Pensou em todas as esperanças que alimentou durante a viagem rio acima e amaldiçoou a si mesmo por ter sido um tolo.

Tentou olhar para trás, para descobrir como tinha vindo parar neste lugar, mas muito do passado estava confuso com esses sonhos singularmente vívidos aos quais ele estava propenso. Será que Saxif D'Aan e o mundo do sol azul foram reais? Este lugar era real? Havia algo de sonho quanto a isso. Parecia que ele havia navegado em muitos mares fatídicos desde que fugira de Pikarayd. Agora, a promessa de paz das Cidades Púrpuras era muito estimada por ele.

Logo virá o tempo em que ele deve retornar para Cymoril e a Cidade dos Sonhos, para decidir se está pronto para assumir as responsabilidades do Império Reluzente de Melniboné, mas até esse momento chegar, ele irá se hospedar com seu novo amigo, Smiorgan, e aprender os caminhos do povo mais simples dos Menii.

Quando levantaram a vela e o barco começou a mover-se com a corrente, Elric disse para Smiorgan:

– Você confia em mim, então, conde Smiorgan?

O senhor do mar estava um pouco surpreso com a franqueza da pergunta. Ele tocou a barba.

– Sim – disse ele finalmente – como um homem. Mas vivemos em tempos cínicos, príncipe Elric. Mesmo os deuses perderam sua inocência, não?

Elric ficou intrigado.

– Você acha que um dia irei traí-lo... Como traí Avan, lá na ilha?

Smiorgan balançou a cabeça.

– Não é da minha natureza especular sobre tais assuntos. Você é leal, príncipe Elric. Você finge cinismo, mas raramente encontrei um homem com tanta necessidade de um pouco de cinismo real – ele sorriu. – Sua espada te traiu, não foi?

– Para me servir, eu suponho.

– Sim. Há uma ironia nessa situação. Um homem pode confiar no outro, príncipe Elric, mas talvez nunca teremos um mundo verdadeiramente são até que os homens aprendam a confiar na espécie humana. Isso significaria a morte da magia, creio eu.

E parecia a Elric, então, que sua espada rúnica tremeu ao seu lado, gemendo muito fracamente, como se tivesse sido perturbada pelas palavras do conde Smiorgan.

O DESTINO DO LOBO BRANCO

PRÓLOGO

O sonho do conde Aubec

No qual aprendemos sobre como a Era dos Reinos Jovens emergiu e o papel desempenhado pela Dama Negra, Myshella, cujo destino seria posteriormente entrelaçado com o de Elric de Melniboné.

Através da janela sem vidro da torre de pedra, era possível observar o vasto rio fluindo livre entre as margens marrons pelo terreno coberto de vegetação verde e densa que se misturava gradualmente à floresta. E, fora desta, o penhasco se erguia, cinza e verde-claro, bem para o alto. A pedra escurecida coberta por líquen mesclava-se às pedras mais baixas e ainda mais maciças do castelo que se sobressaía na região campestre em três direções, do rio, do penhasco ou da floresta, atraindo os olhares daqueles que vinham. Seus muros eram altos e feitos de granito, havia torres; um campo denso delas, agrupadas de forma que projetavam sombras umas nas outras.

Aubec de Malador maravilhava-se e perguntava-se como construtores humanos poderiam tê-lo construído, se não por meio de bruxaria. Sombrio e misterioso, parecia que o castelo exibia um ar hostil, por estar ali nos confins do mundo.

O dia terminava lançando uma estranha luz amarela-escura nas faces ocidentais das torres, intensificando o negrume das partes não iluminadas.

Enormes massas de céu azul laceravam o cinza predominante e nuvens vermelhas se arrastavam tentando se mesclar, produzindo uma diversidade de tonalidades sutis. Contudo, embora o céu estivesse deslumbrante, não era possível desviar o olhar da digna série de penhascos construídos por mãos humanas que formava o Castelo Kaneloon.

O conde Aubec de Malador permaneceu à janela até estar totalmente escuro lá fora: a floresta, o penhasco e o castelo tornaram-se manchas sombrias contra a escuridão geral. Passou a mão calosa e pesada pela cabeça calva e, pensativo, caminhou em direção ao amontoado de palha que formava sua cama improvisada.

A palha estava empilhada num nicho construído junto a um botaréu e à parede externa. O ambiente estava bem iluminado pela lamparina de Malador. Mas o ar estava frio quando ele se deitou na palha com a mão apoiada na sua longa espada de tamanho prodigioso. Aquela era sua única arma. Parecia até que havia sido forjada para um gigante – Malador era mesmo praticamente um – com seu largo guarda-mão, o punho incrustado de pedras, a enorme lâmina brilhante de um metro e meio. Ao lado, a antiga e pesada armadura, o elmo apoiado em cima com suas plumas negras levemente em farrapos, balançando suavemente com a corrente de ar que vinha da janela.

Malador dormiu.

Seus sonhos, como sempre, eram turbulentos: de exércitos poderosos lançando-se por paisagens escaldantes, agitando os estandartes com os brasões de centenas de nações, florestas de pontas de lança, mares de elmos, a explosão bárbara do ruído das cornetas de batalha, o patear dos cascos e as canções, choros e gritos dos soldados. Eram sonhos de tempos remotos, de sua juventude, quando, pela rainha Eloarde de Klante, havia conquistado todas as nações do Sul – quase nos confins do mundo. Ele somente não havia conquistado Kaneloon, bem na beirada do mundo, e isto porque nenhum exército o seguiria até lá.

Para alguém de aparência tão marcial, estes sonhos eram surpreendentemente importunos, e Malador acordou diversas vezes naquela noite, balançando a cabeça numa tentativa de se livrar deles.

Ele preferia ter sonhado com Eloarde, mesmo sendo tal a causa de sua inquietação, mas ela não aparecia nos seus sonhos; nem seu cabelo preto e macio que caía em torno de seu rosto pálido, nem seus olhos verdes e lábios vermelhos ou sua postura arrogante e desdenhosa. Eloarde o havia convocado para uma busca da qual ele não se encontrava disposto a iniciar, embora não tivesse escolha. Além de sua amante, ela era também sua rainha. Tradicionalmente, o Campeão era o seu amante – e era impensável para o conde Aubec que qualquer outra condição devesse existir. Era o seu papel, como Campeão de Klant, obedecer e ir sozinho, de seu palácio, à procura do Castelo de Kaneloon para conquistá-lo e declará-lo parte do seu império, para que pudesse ser dito que o domínio da rainha Eloarde avançou do Mar do Dragão aos Confins do Mundo.

Nada havia além dos Confins do Mundo – nada além da matéria sem forma do Caos que se estendia além dos Penhascos de Kaneloon para a eternidade, turvos e tumultuosos, multicoloridos, repleto de semiformas monstruosas –, pois a Terra por si era cheia de Ordem e constituída de matéria ordenada, à deriva no mar do Caos – como tem sido por éons.

Pela manhã, o conde Aubec de Malador apagou a lamparina que havia deixado acesa, vestiu a armadura e a cota de malha, colocou o elmo com plumas pretas sobre a cabeça, passou a espada sobre o ombro e partiu da torre de pedra, que era tudo que havia sobrado daquele antigo palácio.

Seus pés calçados com couro tropeçaram nas pedras que pareciam parcialmente dissolvidas, como se o Caos tivesse marulhado ali em vez de contra os penhascos elevados de Kaneloon. Isso, claro, era praticamente impossível, uma vez que os confins da Terra eram conhecidos pela sua constância.

O Castelo de Kaneloon parecia mais próximo na noite anterior, e agora ele percebia que isso acontecia porque ele era enorme. Ele seguiu o rio, seus pés afundando no solo argiloso, os enormes galhos das árvores lançando sombras sobre ele com o sol cada vez mais quente à medida que avançava em direção aos penhascos. Agora Kaneloon estava fora do campo de visão, bem acima dele. Muitas vezes, utilizava sua espada como um machado para abrir caminho onde a folhagem estava muito densa.

Descansou diversas vezes, bebendo da água fresca do rio e molhando a cabeça e o rosto. Estava sem pressa, não desejava visitar Kaneloon. Ressentia-se pelo rompimento com Eloarde, que ele acreditava ter merecido. Além disso, também nutria um pavor supersticioso pelo castelo misterioso, que afirmavam ser habitado por uma única ocupante humana – a Dama Negra, uma feiticeira impiedosa que comandava uma legião de demônios e outras criaturas do Caos.

Ele observava com atenção os penhascos ao meio-dia e o caminho que levava ao alto com uma mistura de cautela e alívio. Imaginou que teria de escalar os penhascos. No entanto, não era o tipo de pessoa que escolheria uma rota difícil quando outra mais fácil era apresentada, então laçou uma corda em torno da espada e a colocou nas costas, uma vez que era muito longa e desajeitada para ser levada de lado. Ainda de mau humor, começou a escalar o caminho tortuoso.

As rochas cobertas por líquen eram evidentemente antigas, ao contrário das especulações de certos filósofos que indagavam por que se havia ouvido a respeito de Kaneloon somente por algumas poucas gerações. Malador acreditava em uma resposta genérica para esta questão. E exploradores nunca haviam se aventurado tão longe até muito recentemente. Lançou os olhos para o caminho percorrido e viu as copas das árvores abaixo, a folhagem se movendo suavemente na brisa. A torre na qual havia passado a noite era visível na distância e, além daquilo, ele sabia, não havia civilização, nenhum posto avançado por muitos dias de viagem em direção ao norte, leste ou oeste. O Caos poderia estar no sul? Ele nunca havia estado tão próximo dos confins do mundo antes e imaginava como a visão de matéria não formada afetaria seu cérebro.

Finalmente, escalou o penhasco até o topo e, com as mãos na cintura, fitou o Castelo de Kaneloon que se elevava a mais de um quilômetro de distância, suas torres mais altas escondidas entre as nuvens, seus imensos muros enraizados na pedra e se espalhando ao longe, limitados somente pelas bordas do penhasco em ambos os lados. Do outro lado deste, Malador assistia à Substância do Caos se agitando e saltando, predominantemente cinza, azul, marrom e amarela e, naquele momento, suas cores mudavam constantemente, cuspia como a água do mar espirrando a poucos metros do castelo.

Um indescritível e profundo sentimento o preencheu de forma que poderia permanecer ali, naquela posição, por muito tempo, totalmente oprimido pela sensação de sua própria insignificância. Finalmente, percebeu que qualquer pessoa que habitasse o Castelo de Kaneloon deveria ter uma mente vigorosa ou enlouqueceria. Então suspirou e marchou em direção a seu objetivo, percebendo que o chão estava perfeitamente liso, sem defeitos, verde, como obsidiana refletindo de forma imperfeita a Substância do Caos, da qual desviou o olhar o quanto pôde.

Kaneloon tinha muitas entradas, todas escuras e hostis, e se todas não tivessem tamanhos e formas regulares, iriam se parecer com várias entradas para cavernas.

Malador parou antes de escolher qual entrada pegar e caminhou propositadamente em direção a uma delas. Adentrou a escuridão que parecia estender-se sem fim. Ela estava fria, vazia; e ele, sozinho.

Logo se viu perdido. Seus passos não faziam eco, o que era inesperado; então a escuridão começou a dar lugar a uma série de contornos angulares, como as paredes de um corredor retorcido. Paredes que não alcançavam o telhado, mas terminavam a vários metros de sua cabeça: era um labirinto. Ele parou e olhou para trás, percebendo, assustado, que o labirinto se espalhava para várias direções, mesmo com a certeza de ter seguido um caminho reto que vinha do lado de fora.

Por um instante, sua mente tornou-se difusa e a loucura ameaçou engoli-lo, mas ele se preparou e sacou a espada, tremendo. Para qual lado? E então, incapaz de dizer se havia avançado ou recuado, ele continuou.

A loucura espreitando as profundezas do seu cérebro foi filtrada e tornou-se medo e, imediatamente após essa sensação apareceram as criaturas. Formas que se moviam rapidamente, surgidas de várias direções diferentes, falantes, demoníacas, absolutamente horríveis.

Uma dessas criaturas tentou tomar posse dele, mas ele a golpeou com sua espada. Ela fugiu, porém parecia não estar ferida.

Veio outra e mais outra, e ele esqueceu o pânico, enquanto as golpeava, fazendo que recuassem até que todas tivessem fugido. Parou e apoiou-se sobre a espada, ofegante. Então, enquanto olhava ao redor, o medo o invadiu novamente e mais criaturas apareceram. Criaturas com olhos de fogo e garras, com faces malévolas que zombavam dele, criaturas de rostos familiares. Algumas eram reconhecidas como sendo de velhos amigos e parentes, mas distorcidas em imitações terríveis. Ele gritava e corria em direção a elas, girando sua espada enorme, cortando-as e golpeando-as. Então, passou rapidamente por um grupo e, ao virar numa curva do labirinto, encontrou outro grupo.

Risadas malignas soavam pelos corredores tortuosos, seguindo-o enquanto ele corria. Ele tropeçou e caiu contra a parede. À primeira vista, a parede parecia feita de pedra sólida, mas tornou-se macia lentamente e ele afundou, passando através dela, metade do seu corpo deitado em um corredor e a outra metade noutro. Arrastou-se apoiado nas mãos e nos joelhos, olhou para cima e viu Eloarde, mas uma Eloarde cujo rosto envelhecia conforme ele observava.

– Estou louco – ele pensou. – Isto é realidade ou fantasia? Ou ambos?

Ele estendeu uma mão:

– Eloarde.

Ela desapareceu, mas foi substituída por uma horda de demônios. Ele ficou em pé, açoitando sua espada ao redor do corpo, mas eles saltavam fora do alcance de seu raio. Ele gritava conforme os demônios avançavam. Momentaneamente, enquanto lutava para manter o foco, o medo o abandonou novamente, fazendo assim que as visões também desaparecessem e ele percebesse que o medo precedia as manifestações, então tentou controlá-lo.

Ele quase conseguiu, o que o fez relaxar, mas o medo brotou mais uma vez e as criaturas borbulharam pelas paredes, com suas vozes estridentes e cheias de sarcasmo.

Desta vez ele não as atacou com sua espada, mas manteve sua posição, tentando permanecer calmo e concentrado, apesar da sua condição mental. Conforme o fez, as criaturas começaram a desaparecer e, então, as paredes do labirinto se dissolveram e ele teve a sensação de estar num vale pacífico, calmo e idílico. No entanto, pairando próximo à sua consciência, tinha a sensação de observar as paredes do labirinto como um contorno muito fraco, e formas repulsivas movendo-se de lá para cá ao longo das diversas passagens.

Ele percebeu que a visão que tinha do vale era, na verdade, uma ilusão, assim como a visão do labirinto e, a partir desta conclusão, tanto o vale como o labirinto desapareceram, e ele viu-se na gigantesca entrada de um castelo, que só poderia ser Kaneloon.

Apesar da excelente mobília, o saguão estava desocupado, e ele não conseguia ver a brilhante e uniforme fonte de luz. Caminhou em direção a uma mesa onde havia pergaminhos amontoados, e seus pés produziram um eco agradável. Havia várias portas robustas de batente de metal no saguão, mas, por enquanto, elas não seriam investigadas. O plano era examinar os pergaminhos e descobrir se poderia desvendar o mistério de Kaneloon.

Apoiou a espada na mesa e estudou o primeiro pergaminho, mas as palavras não significavam nada para ele.

Tratava-se de um lindo manuscrito em velino vermelho, mas o que estava escrito nele não fazia sentido algum. Estava perplexo. Embora os dialetos variassem entre os lugares, ainda havia uma única língua em todas as terras do planeta. Outro pergaminho tinha símbolos diferentes e um terceiro, que ele desenrolou, apresentava uma série de figuras extremamente estilizadas que reapareciam em vários lugares de tal forma que ele desconfiou que formavam algum tipo de alfabeto.

Aborrecido, ele arremessou o pergaminho, pegou sua espada, suspirou profundamente e gritou:

– Quem habita este lugar? Saiba, então, que Aubec, conde de Malador, Campeão de Klant e Desbravador do Sul reivindica este castelo em nome da rainha Eloarde, imperatriz de todas as Terras do Sul – ao gritar estas palavras tão conhecidas, ele sentiu-se, de certa forma, mais aliviado, mas não obteve resposta. Levantou seu elmo e coçou o pescoço.

Assim, pegou a espada, equilibrou-a sobre o ombro e caminhou em direção à porta maior.

Antes que pudesse alcançá-la, a porta saltou e uma coisa enorme de aparência humana, com mãos como âncoras de ferro, sorriu para ele.

Ele deu um passo para trás, e mais um, então percebeu que a coisa não avançava e permaneceu no lugar, observando-a.

A coisa era aproximadamente trinta centímetros mais alta do que ele, com olhos elípticos e multifacetados que, por sua natureza, pareciam vazios. Tinha um rosto angular com brilho metálico. A maior parte do seu corpo consistia de metal polido, articulado como uma armadura. Acima da cabeça havia um capuz apertado revestido em bronze. Havia nele um ar de poder insensato e espantoso, mesmo sem estar se movendo.

– Um golem! – Malador gritou, exclamando ao lembrar que tais criaturas eram obras dos homens e, portanto, apareciam somente em lendas. – Que tipo de bruxaria criou você?

O golem não respondeu, mas suas mãos, que na realidade consistiam de quatro cravos de metal, começaram a flexionar lentamente; e, em silêncio, o golem sorriu.

Malador sabia que esta coisa não tinha a mesma qualidade amorfa de suas visões anteriores. Aquilo era sólido, real e forte, o que fazia parecer que não importaria o quanto aplicasse sua força viril, não conseguiria derrotar tal criatura. Tampouco conseguiria espantá-la.

Com um rangido das articulações de metal, o golem entrou no saguão e esticou suas mãos reluzentes em direção ao conde.

Malador podia atacar ou fugir, mas fugir não faria sentido. Ele atacou.

Segurando sua enorme espada com ambas as mãos, ele a balançou de um lado para o outro em direção ao torso do golem, que parecia ser o ponto mais fraco, o qual abaixou o braço, e a espada estremeceu contra seu corpo, produzindo um som metálico que fez Malador estremecer e cambalear. O golem o seguiu impiedosamente.

Malador olhou para trás procurando o saguão, na esperança de encontrar uma arma que fosse mais poderosa que sua espada, mas encontrou somente escudos ornamentais na parede ao seu lado direito. Virou e correu para a parede, arrancando um dos escudos do lugar e deslizando-o em seu braço. Era um objeto alongado, de madeira texturizada. Era inadequado, mas o fez se sentir um pouco melhor enquanto voltava rapidamente para enfrentar o golem.

O golem avançou, e Malador achou que havia notado algo familiar nisso, da mesma forma como os demônios do labirinto pareciam familiares, mas a impressão era vaga. Concluiu que a estranha bruxaria de Kaneloon estava afetando sua mente.

A criatura levantou os espinhos do seu braço direito e os mirou na cabeça de Malador, que se esquivou, utilizando sua espada como proteção. Os espinhos colidiram contra a espada, e o braço esquerdo do golem encontrou o abdômen de Malador. O escudo deteve o golpe, embora os espinhos tivessem cravado profundamente nele. Ele os removeu do escudo, golpeando-os contra as articulações das pernas do golem.

Ainda fitando a meia distância, com aparente falta de interesse em Malador, o golem avançou como um homem cego enquanto o conde virava e pulava para cima da mesa, espalhando os pergaminhos. Golpeou o crânio do golem com sua enorme espada e os cravos de metal faiscaram. A coisa cambaleou e segurou-se na mesa, erguendo-a do chão de tal forma que Malador foi obrigado a pular para fora dela. Desta vez, conseguiu chegar à porta, puxando-a violentamente, mas ela não abria.

A espada estava lascada e cega. Ele encostou-se à porta até que o golem o alcançou e segurou na borda superior do escudo com sua mão metálica. O escudo se despedaçou e uma dor terrível subiu pelo braço de Malador, que golpeou o golem, mas, como não estava acostumado a segurar sua enorme espada daquela maneira, o golpe saiu desajeitado.

Malador sabia que estava condenado. Suas habilidades de força e combate não eram suficientes contra a terrível força do golem. No golpe seguinte deste, ele desviou para o lado, mas foi pego por um de seus dedos afiados que rasgou-lhe a armadura, tirando-lhe sangue. Porém, nesse momento, sem dor.

Ele se desvencilhou, se livrando do domínio do golem e dos fragmentos de madeira que ficaram no escudo, segurando sua espada firmemente.

– O demônio sem alma não tem ponto fraco – ele pensou. – Já que não tem uma verdadeira inteligência, não adianta apelar. Do que um golem teria medo?

A resposta era simples. O golem temeria algo que seria tão ou mais forte do que ele mesmo.

Malador precisava ser astuto.

Correu para a mesa revirada, sendo seguido pelo golem, a pulou e girou, e a criatura tropeçou, mas não caiu como ele esperava. No entanto, o tropeço a atrasou, e Aubec tirou vantagem disso para correr para a porta. Ela abriu. Entrou em um corredor tortuoso, escuro, não muito diferente do primeiro labirinto que encontrara em Kaneloon. A porta fechou, mas ele não encontrou nada que pudesse mantê-la trancada. Correu para o corredor após o golem derrubar a porta e vir se movendo com dificuldade atrás dele.

O corredor fazia curvas para todas as direções e, embora ele não pudesse ver o golem o tempo todo, podia ouvi-lo e sentia um medo doentio de que, a qualquer momento, ao fazer uma curva, avançaria direto para cima da criatura. Isso não aconteceu. Mas ele chegou a uma porta e, ao abri-la, viu-se novamente no saguão do Castelo de Kaneloon.

Ele quase se sentiu aliviado pela visão familiar, mas então ouviu o golem, com suas partes de metal rangendo, continuar a persegui-lo. Era necessário outro escudo, mas a parte da entrada do castelo em que ele se encontrava naquele momento não tinha paredes com escudos – apenas um enorme espelho redondo de metal brilhante. Era muito pesado para servir de alguma coisa, mas ele arrancou-o do gancho onde estava pendurado e o arrastou com ele enquanto tentava fugir do golem que havia surgido na sala mais uma vez.

Malador segurou com força as correntes nas quais o espelho estava fixado, enquanto o golem aumentava de velocidade e avançava para cima dele. Ele ergueu seu escudo improvisado, e o golem gritou.

Malador estava estupefato. O monstro parou de repente e esquivou-se do espelho, amedrontado. Malador o empurrou em direção ao golem e a coisa lhe deu as costas e fugiu pela porta que havia entrado, emitindo um uivo metálico.

Aliviado e confuso, Malador sentou-se no chão e estudou o espelho. Certamente não havia nada mágico nele, embora fosse de boa qualidade. Sorriu e disse em voz alta:

– A criatura teme alguma coisa. Ela teme a si própria.

Ele jogou a cabeça para trás e riu alto, aliviado. Então, franziu o cenho:

– Agora é preciso encontrar os bruxos que o criaram e vingar-se deles – levantou-se, torceu as correntes do espelho com mais força em torno de seu braço e dirigiu-se para outra porta, com receio que o golem completasse seu circuito do labirinto e retornasse por aquela entrada. Essa nova porta não se movia, então ele levantou a espada e golpeou a tranca algumas vezes até ela ceder. Caminhou por uma passagem bem iluminada que parecia ter outra porta no final – e a porta estava aberta.

Um aroma almiscarado chegou a suas narinas enquanto ele avançava pela passagem. Um aroma que o fazia se recordar de Eloarde e dos confortos de Klant.

Ao chegar a uma câmara circular, ele viu que se tratava de um quarto. O quarto de uma mulher tomado pelo perfume que ele havia sentido na passagem. Ele controlou a direção que sua mente tomava, pensou na lealdade e em Klant e foi para outra porta que dava para fora do quarto. Ele a abriu num solavanco e descobriu uma escadaria de pedra que subia em espiral. Subiu, passando por vitrais que pareciam ter um brilho de esmeralda ou rubi, atrás dos quais formas sombrias tremulavam de modo que ele sabia estar no lado do castelo que contemplava o Caos.

A escada parecia levar a uma torre, e quando finalmente alcançou uma pequena porta no topo, ele estava sem fôlego e parou antes de entrar. Então, empurrou a porta para abri-la e entrou.

Havia uma janela enorme de vidro cristalino em uma das paredes, através da qual ele podia observar a Substância do Caos saltando. Havia uma mulher parada na janela, como se estivesse esperando por ele.

– Você é realmente um vencedor, conde Aubec – ela disse através de um sorriso que poderia ser irônico.

– Como você sabe o meu nome?

– Não por meio de bruxaria, conde de Malador. Você gritou seu nome bem alto quando viu o saguão pela primeira vez na sua forma verdadeira.

– *Aquilo* então não foi bruxaria? – perguntou rispidamente. O labirinto, os demônios, mesmo o vale... O golem não foi criado por bruxaria? Esse castelo amaldiçoado não é obra de bruxaria?

Ela deu de ombros.

– Chame de bruxaria, então, se prefere não conhecer a verdade. Pelo menos na sua mente, bruxaria é algo bruto que somente faz alusão aos verdadeiros poderes que existem no Universo.

Ele não respondeu. Estava extremamente impaciente perante tais afirmações. Havia aprendido, observando filósofos de Klant, que palavras misteriosas frequentemente disfarçavam ideias e coisas banais. Em vez disso, ele a fitou zangado e com exagerada franqueza.

Ela tinha pele clara, olhos verde-azulados e feições pálidas. Seu longo manto tinha uma cor semelhante à cor de seus olhos. Ela era, de um jeito secreto, muito bela, e, como todos os habitantes que ele já havia encontrado, um pouco familiar.

– Você reconhece Kaneloon? – ela perguntou.

Ele repudiou o questionamento dela.

– Basta disso tudo! Leve-me aos mestres desse lugar!

– Não há ninguém além de mim, Myshella, a Dama das Trevas – e eu sou a senhora deste local.

Ele estava desapontado.

– Foi só para conhecer você, que tive de enfrentar tantos perigos?

– Sim, foi. E há perigos ainda maiores do que você imagina, conde Aubec. Aqueles eram apenas monstros da sua própria imaginação!

– Não me insulte, senhora.

Ela riu.

– Eu falo de boa-fé. O castelo criou suas defesas a partir da sua mente. É raro um homem capaz de enfrentar e derrotar sua própria imaginação. Tal homem jamais esteve aqui nos últimos duzentos anos. Todos pereceram de medo... até agora.

Ela sorriu para ele. Era um sorriso caloroso.

– E qual é o prêmio para um feito como esse? – ele disse grosseiramente.

Ela gargalhou novamente e gesticulou apontando a janela que dava para fora, na beirada do mundo e o Caos além.

– Lá fora nada existe ainda. Se você se aventurar por lá, será confrontado novamente por criaturas de sua imaginação oculta, pois nada mais há para se contemplar.

Ela o encarou em admiração e ele tossiu, embaraçado.

– Vez ou outra – ela disse – vem um homem a Kaneloon que pode resistir a tal provação. Então que as fronteiras do mundo se expandam, pois quando um homem se põe contra o Caos, este deve retroceder e novas terras surgir!

– É esse então o destino que você tem em mente para mim, feiticeira?

Ela lançou-lhe um olhar quase afetado. Sua beleza parecia aumentar enquanto ele olhava para ela. Ele agarrou com força o cabo de sua espada enquanto ela se movia graciosamente até ele e o tocou, como se por acaso.

– Há uma recompensa para sua coragem – ele olhou para dentro de seus olhos e nada mais disse sobre a recompensa, pois era claro o que ela lhe oferecia. – E depois... faça o que lhe peço e combata o Caos.

– Senhora, não sabe que o ritual exige do Campeão de Klant que ele seja o leal consorte da rainha? Eu não trairia minha palavra e minha fé! – ele deu uma gargalhada vazia. – Vim aqui para acabar com uma ameaça ao reino de minha soberana – não para ser seu amante e lacaio!

– Não há nenhuma ameaça aqui.

– Isso parece ser verdade...

Ela recuou como se o apreciasse com um novo olhar. Para ela, era algo sem precedentes. Nunca antes uma oferta sua havia sido recusada.

Ela estava gostando deste homem íntegro que também combinava coragem e imaginação em seu caráter. Era incrível, ela pensou, como em um punhado de séculos tais tradições poderiam crescer... tradições que poderiam unir um homem a uma mulher que ele provavelmente nem mesmo amava. Ela olhou para ele enquanto estava lá, seu corpo rígido, seus modos nervosos.

– Esqueça Klant – ela disse. – Pense no poder que você pode possuir, o poder da verdadeira criação!

– Senhora, eu clamo este castelo para Klant. É para isso que vim aqui e é isso que farei. Se eu sair daqui vivo, devo ser considerado o conquistador e você deve obedecer.

Ela mal podia ouvi-lo. Pensava em diversos planos que pudessem convencê-lo que sua causa era superior a dele. Talvez ela ainda pudesse seduzi-lo? Ou usar de alguma poção para encantá-lo? Não, ele era muito forte para tais coisas. Ela precisava pensar em algum outro tipo de estratagema.

Ela sentiu seus seios se intumescerem involuntariamente enquanto olhava para ele. Preferia tê-lo seduzido. Isso sempre foi tanto sua recompensa como a dos heróis que haviam vencido os perigos de Kaneloon. E então ela achou que sabia o que dizer.

– Pense, conde Aubec – ela sussurrou. – Pense em novas terras para o império da sua rainha!

Ele franziu as sobrancelhas.

– Por que não expandir as fronteiras do império? – ela continuou. – Por que não fazer novos territórios? – ela o observou ansiosamente enquanto ele removia o elmo e coçava sua pesada cabeça calva.

– Você levantou uma questão a ser considerada – ele disse duvidosamente.

– Pense nas honras que você receberia em Klant se conseguisse conquistar não apenas Kaneloon, mas o que existe *além*!

Ele agora coçou o queixo.

– Sim – ele disse – Sim... – suas grandes sobrancelhas franziram profundamente.

– Novas planícies, novas montanhas, novos mares, novos povos, e mesmo novas cidades repletas de pessoas jovens, mas com a memória de gerações de ancestrais! Tudo isso pode ser feito por você, conde de Malador. Para a rainha Eloarde e Lormyr!

Ele esboçou um sorriso vago, sua imaginação fora finalmente atiçada.

– Sim! Se eu posso derrotar tantos perigos aqui... então posso fazer o mesmo mundo afora! Será a maior aventura da história! Meu nome se tornará uma lenda. "Malador, Mestre do Caos!"

Ela o olhou com ternura, mesmo tendo-o enganado. Ele equilibrou a espada no ombro.

– Vou tentar, senhora.

Eles estavam em pé, juntos à janela, observando a Substância do Caos sussurrando e rugindo até a eternidade diante deles. Ela nunca havia se sentindo completamente confortável com a Substância do Caos, pois esta se alterava o tempo todo. Agora suas cores mescladas estavam predominantemente vermelhas e pretas. Fios violetas e laranjas espiralavam para fora da massa e retorciam-se.

Formas estranhas esvoaçavam para lá e para cá, seus contornos nunca eram claros, nunca totalmente reconhecíveis.

Ele disse a ela:

– Os Senhores do Caos regem esse território. O que será que eles vão dizer?

– Nada têm a dizer e pouco podem fazer. Até eles têm de obedecer à Lei do Equilíbrio Cósmico que determina que, se um homem pode ficar contra o Caos, então é seu dever estabelecer as regras e torná-lo legítimo. Assim, a Terra cresce lentamente.

– Como eu entro nessa terra?

Ela aproveitou a oportunidade para segurar seu braço robusto e apontou através da janela.

– Veja: uma estrada no pântano que vai desta torre ao penhasco – lançou-lhe um olhar intenso. – Você vê?

– Ah! Eu não havia notado, mas agora eu vejo. Sim, uma estrada no pântano. – parada, logo atrás dele, ela sorriu discretamente.

– Eu vou remover a barreira – ela disse.

Ele endireitou o elmo sobre a cabeça.

– Por Klant e Eloarde, e somente eles, eu embarco nesta aventura. – ela andou em direção à parede e abriu a janela. Ele não olhou para trás para observá-la enquanto dava passadas largas em direção à estrada no pântano, rumo à névoa multicolorida.

Enquanto o observava desaparecer, ela sorriu para si própria. Como foi fácil iludir o homem mais forte do mundo, fingindo seguir seu caminho! Ele poderia acrescentar terras ao seu império, porém, seria possível que o povo dessas terras não aceitasse Eloarde como sua imperatriz. De fato, se Aubec fizesse seu trabalho corretamente, então seria mais uma ameaça a Klant do que Kaneloon havia sido.

Mesmo assim ela o admirava, sentia-se atraída por Aubec talvez porque ele não era tão acessível; um pouco mais do que ela havia sido àquele herói que antes havia reivindicado a terra do próprio Aubec do Caos apenas duzentos anos atrás. Ah, e que homem havia sido ele! Mas ele, como a maioria daqueles que vieram antes dele, não necessitaram ser persuadidos de nenhuma outra forma além da promessa de seu corpo.

A fraqueza do conde Aubec estava em sua força, ela pensou. Mas agora ele havia desaparecido na névoa cada vez mais intensa.

Um resquício de tristeza surgiu em seu coração, e dessa vez a tarefa que lhe foi outorgada pelos Senhores da Ordem não trouxe o prazer habitual.

Talvez, pensou, sentiu um prazer mais sutil na firmeza dele e nos meios que ela havia utilizado para convencê-lo.

Por séculos, os Senhores da Ordem a haviam incumbido de Kaneloon e seus segredos. Mas o progresso era lento devido aos poucos heróis capazes de sobreviver aos perigos de Kaneloon – eram poucos capazes de derrotar os perigos que eles próprios criavam.

Mesmo assim, ela determinou com um sorriso sutil nos lábios que a tarefa tinha várias recompensas. Ela foi para a outra câmara para preparar a transição do castelo para a nova fronteira do mundo.

Assim foram lançadas as sementes da Era dos Reinos Jovens, a Era dos Homens, que iria provocar a queda de Melniboné.

I – A CIDADE DOS SONHOS

Que conta a história de como Elric voltou a Imrryr, o que ele fez lá e como, finalmente, seu destino lançou-se sobre ele.

UM

Que horas são? – o homem de barba escura arrancou seu elmo dourado e o arremessou para longe, sem se preocupar onde iria cair. Tirou suas luvas de couro e aproximou-se do fogo crepitante, permitindo que o calor inundasse seus ossos congelados.

– Já passamos da meia-noite faz tempo – murmurou um dos homens vestidos com armadura, sentado em volta das labaredas. – Você ainda tem certeza de que ele virá?

– Dizem que ele é um homem de palavra, se isso te alivia. – foi um jovem alto de rosto pálido que falou. Seus lábios finos formavam palavras e a cuspiam maliciosamente. Ele esboçou um sorriso malicioso e fitou o recém-chegado nos olhos, zombando dele.

O recém-chegado virou as costas, dando de ombros.

– É verdade. Por toda sua ironia, Yaris. Ele virá – falou como um homem que necessita de autoafirmação.

Agora havia seis homens em volta do fogo. O sexto era Smiorgan. Conde Smiorgan Baldhead das Torres Púrpuras. Um homem baixo e forte de cinquenta anos com o rosto desfigurado, parcialmente coberto por um tufo preto de pelos. Seus olhos ardiam melancolicamente e seus dedos calosos tangiam nervosamente no punho de sua espada longa. Ele não tinha cabelo, o que lhe dava o seu nome, e de sua armadura adornada em dourado pendia uma capa de lã tingida de púrpura.

Smiorgan disse rispidamente:

– Ele não tem amor pelo primo. Tornou-se um homem amargo. Yyrkoon ocupa o Trono de Rubi e o proclamou um traidor. Elric necessita de nós para reaver seu trono e sua noiva. Podemos confiar nele.

– Você está cheio de confiança hoje, Conde – Yaris esboçou um sorriso irônico. – Algo raro de ser encontrado nesses tempos conturbados. Digo isso... – fez uma pausa e respirou profundamente, olhando para seus companheiros, analisando-os. Seu olhar ia de Dharmit de Jharkor para Fadan de Lormyr, que esticava os lábios e fitava o fogo.

– Fale, Yaris – insistiu o nobre patrício vilmiriano, Naclon. – Vamos ouvir o que tem a dizer, homem, se é que vale a pena.

Yaris olhou em direção a Jiku, o dândi, que bocejou grosseiramente e coçou seu longo nariz.

– Muito bem! – Smiorgan estava impaciente. – O que você diz, Yaris?

– Eu digo que deveríamos começar agora e não perder mais tempo com a diversão de Elric às nossas custas! Ele zomba de nós em alguma taverna a centenas de quilômetros daqui. Ou ainda pode estar tramando com os Príncipes dos Dragões para nos armar uma cilada. Planejamos essa invasão por anos. Pouco tempo nos resta para agir, nossa frota é muito grande, como você percebeu. Mesmo que Elric não tenha nos traído, espiões logo estarão correndo em direção ao leste para avisar os Dragões que há uma enorme frota preparada contra eles. Nós estamos prestes a alcançar um destino fabuloso. Dominar a maior cidade mercantil do mundo, colher riquezas imensuráveis. Ou teremos a morte terrível nas mãos dos Príncipes dos Dragões se esperarmos em demasia. Vamos ganhar tempo e içar velas antes que nosso prêmio descubra o plano e traga reforços!

– Você sempre desconfia de qualquer um, Yaris. – o Rei Naclon de Vilmir falou pausadamente, lançando um olhar cuidadosamente desagradável ao jovem irrequieto.

– Não conseguiríamos chegar a Imrryr sem o conhecimento de Elric do labirinto de canais que leva aos seus portos secretos. Se Elric não se juntar a nós, então nosso esforço será inútil, infrutífero. Nós precisamos dele. Temos de esperar por ele, ou então desistir de nossos planos e retornar às nossas terras.

– Pelo menos estou disposto a correr o risco – gritou Yaris, a raiva saltando de seus olhos. – Vocês estão ficando velhos, todos vocês. Tesouros não são conquistados através de atitudes cuidadosas e premeditadas, e sim através de assassinatos brutais e ataques destemidos.

– Tolo! – a voz de Dharmit estrondou no saguão inundado pelo fogo. Ele riu cansadamente. – Era dessa forma que eu falava na juventude. E perdi uma excelente frota pouco tempo depois. A astúcia e sabedoria de Elric vão nos ajudar a conquistar Imrryr. Isto e a frota mais poderosa a navegar o Mar Suspirante, desde que os estandartes de Melniboné tremularam sobre todas as nações da Terra. Aqui estamos! Os mais poderosos Senhores dos Mares do mundo, mestres de mais de uma centena de velozes navios. Nossos nomes são temidos e famosos, nossas frotas causaram desolação em um bom número de nações. Nós temos o *poder*! – ele cerrou seu enorme punho e o chacoalhou na cara de Yaris. Seu tom tornou-se mais brando, e ele esboçou um sorriso malvado, olhando fixamente para o jovem e escolhendo suas palavras com precisão.

– Mas tudo isso não tem valor, não tem sentido, sem o poder que Elric possui, o poder do conhecimento. Da feitiçaria, se é que posso utilizar essa palavra amaldiçoada. Seus pais conheciam o labirinto que protegia Imrryr de ataques pelo mar e eles lhe passaram esse segredo. Imrryr, a Cidade dos Sonhos, sonha em paz. E vai continuar assim a menos que tenhamos um guia que nos ajude a encontrar um caminho pelas águas traiçoeiras que levam aos portos. Precisamos de Elric, sabemos disso. E ele também sabe disso. Essa é a verdade!

– Tal confiança, cavalheiros, é um alento ao coração. – havia ironia na voz pesada que vinha da entrada do saguão. As cabeças dos seis Senhores dos Mares voltaram-se para a porta.

Yaris sentiu sua autoconfiança esvair-se conforme seu olhar cruzou com o de Elric de Melniboné. Eram olhos experientes em um rosto jovem e refinado. Olhos cor de sangue que fitavam a eternidade. Yaris estremeceu e ficou de costas para Elric, preferindo fitar o brilho crepitante do fogo.

Elric sorriu cordialmente quando Smiorgan apertou seu ombro. Havia certa amizade entre ambos. Ele acenou com desdém aos outros quatro e andou graciosamente em direção ao fogo. Yaris abriu passagem. Elric era alto, magro e de ombros largos. Seu cabelo estava emaranhado e preso na nuca e, por uma razão obscura, vestia-se como um bárbaro do sul. Utilizava botas de couro de corça, um peitoral estranhamente ornado com prata, um gibão de linho azul e branco, calças de lã púrpura e um manto de veludo verde farfalhante. No quadril, repousava sua espada rúnica de ferro negra – a temida Stormbringer, forjada por antiga bruxaria hostil.

Sua vestimenta bizarra era insossa e espalhafatosa, e nada tinha a ver com seu rosto sensível, dedos longos em mãos quase delicadas. Mesmo assim, ele se pavoneava, uma vez que isso enfatizava o fato de ele não pertencer a nenhuma tripulação, que ele era um estranho, um rejeitado. Mas, na verdade, ele não tinha motivos para vestir-se de forma tão bizarra – seus olhos e sua pele eram suficientes para que ele se fizesse notar.

Elric, o Último Senhor de Melniboné, era um puro albino que se alimentava da força de uma fonte secreta e terrível.

Smiorgan suspirou.

– Bem, Elric, quando nós atacaremos Imrryr?

Elric deu de ombros.

– Tão logo desejarem. Não faz diferença para mim. Permitam-me apenas um tempo para organizar alguns assuntos.

– Amanhã? Que tal zarparmos amanhã? – Yaris disse, hesitando, ciente da estranha força dormente no homem que ele havia há pouco acusado de traição. Elric sorriu, ignorando a pergunta do jovem.

– Em três dias – ele disse. – Três... ou mais.

– Três dias! Mas Imrryr será alertada de nossa presença até então! – Fadan disse cautelosamente.

– Cuidarei para que sua frota não seja encontrada – Elric prometeu. – Eu preciso ir para Imrryr primeiro e retornar.

– Você não vai conseguir fazer a viagem em três dias. O navio mais rápido não conseguiria. – Smiorgan o interrompeu.

– Estarei na Cidade dos Sonhos em menos de um dia – Elric disse calmamente, mas com determinação.

Smiorgan deu de ombros.

– Se você diz, acreditarei. Mas por que essa necessidade de visitar a cidade antes da invasão?

– Eu tenho meus motivos, conde Smiorgan. Mas não se preocupe, não trairei vocês. Eu vou liderar o ataque, estejam certo disso – seu rosto pálido era sinistramente iluminado pelo fogo, e seus olhos vermelhos queimavam. Ele segurou firmemente a espada rúnica pelo punho e parecia respirar mais pesadamente. – Imrryr caiu, em espírito, há quinhentos anos. Ela cairá completamente em breve, para sempre! Eu tenho uma pequena dívida a liquidar. Essa é minha única razão para apoiá-los. Como sabe, estabeleci somente algumas condições. Que vocês destruam a cidade totalmente, poupando apenas um homem e uma mulher. Refiro-me a meu primo Yyrkoon e sua irmã Cymoril...

Os lábios de Yaris ficaram desconfortavelmente secos. Muito do seu jeito tempestuoso era resultado da morte de seu pai. O velho rei do mar havia morrido deixando o jovem Yaris como o novo soberano de suas terras e tropas. Yaris não tinha certeza de que era capaz de comandar um reino tão grande, então procurou demonstrar mais confiança do que realmente sentia. Disse:

– Como iremos esconder a frota, lorde Elric?

O melniboneano refletiu sobre a questão.

– Eu a esconderei para vocês – ele prometeu. – Farei isso agora mesmo, mas cuide para que todos os seus homens estejam fora dos navios primeiro. Você vai cuidar disso, Smiorgan?

– Sim – resmungou o encorpado conde.

Ele e Elric saíram juntos do saguão, deixando cinco homens para trás; cinco homens que sentiam a atmosfera gelada do destino suspensa no ar do salão aquecido.

– Como ele pode esconder uma frota tão poderosa quando nós, que conhecemos esse fiorde como ninguém, não conseguimos encontrar nenhum lugar em que isso fosse possível? – Dharmit de Jharkor perguntou, confuso.

Não houve resposta.

Eles esperaram apreensivos e nervosos enquanto o fogo tremulava e se extinguia. Finalmente Smiorgan voltou, produzindo um alto ruído no chão de tábua enquanto caminhava. Havia uma aura de terror pairando sobre ele, quase tangível, e ele tremia muito. Ondulações sufocantes varriam seu corpo e o deixaram com falta de ar.

– E então? Elric escondeu a frota inteira? O que ele fez? – Dharmit falou impacientemente, preferindo não dar atenção à condição detestável de Smiorgan.

– Ele a escondeu – foi tudo que Smiorgan disse. Sua voz estava fraca como a de um homem doente acometido pela febre.

Yaris dirigiu-se para a entrada e tentou enxergar além do fiorde, onde muitas fogueiras queimavam, tentando distinguir os contornos dos mastros e cordames dos navios, mas não pôde ver nada.

– A névoa da noite está muito espessa – ele murmurou. – Não sei dizer se nossos navios estão ancorados no fiorde ou não – Então, ele começou a ofegar involuntariamente quando um rosto pálido surgiu da névoa espessa.

– S-Saudações, lorde Eric – ele gaguejou, notando o suor escorrendo do semblante exausto do melniboneano.

Elric passou por ele cambaleando para dentro do saguão.

– Vinho – ele resmungou. – Eu fiz o que foi necessário e me custou bastante – Dharmit buscou uma jarra de um forte vinho cadsandriano e, com a mão trêmula, despejou um pouco num cálice de madeira entalhada. Em silêncio, ele passou o cálice a Elric, que sorveu o líquido rapidamente. – Agora preciso dormir – disse, ajeitando-se numa cadeira e cobrindo-se com seu manto verde. Fechou seus olhos vermelhos e caiu em sono profundo.

Fadan correu até a porta, fechando-a e empurrando a pesada barra de ferro para trancá-la.

Nenhum dos seis homens dormiu muito naquela noite. Pela manhã, a barra de ferro havia sido removida e Elric não estava em sua cadeira. Quando saíram, a névoa estava tão pesada que logo perderam um ao outro de vista, embora estivessem a apenas um metro de distância uns dos outros.

Elric estava de pé, com suas pernas afastadas na falésia da praia estreita. Olhou para trás para observar o fiorde e viu, com satisfação, que a névoa tornava-se mais espessa, embora estivesse apenas sobre o fiorde, camuflando a poderosa frota. Em outros lugares, o céu estava limpo e um sol pálido de inverno brilhava forte nas rochas negras dos penhascos escarpados que dominavam a costa. Adiante dele, o mar subia e descia monotonamente, como o peito de um gigante da água adormecido, puro cinza, reluzindo na fria luz do sol. Elric passou os dedos sobre as runas do cabo da sua longa espada negra e um vento sereno do norte soprou nas volumosas dobras de seu manto verde escuro, fazendo que se enrolasse ao redor de seu corpo alto e magro.

O albino sentia-se mais preparado do que na noite anterior, quando despendeu toda sua força conjurando a névoa. Ele conhecia muito bem a natureza da magia, mas não possuía as reservas de energia que os Imperadores Magos de Melniboné possuíam quando governavam o mundo. Seus ancestrais haviam passado seus conhecimentos a ele, mas não a vitalidade mística, e muitos dos feitiços e segredos que ele possuía não podiam ser utilizados, uma vez que Elric não tinha um suprimento de força para o corpo ou para a alma suficiente para executá-los. Mas Elric conhecia apenas outro homem que dividia com ele todo esse conhecimento: seu primo Yyrkoon. Sua mão segurava o cabo com mais força quando pensava no primo que havia traído sua confiança duas vezes, e forçou-se em concentrar-se na atual tarefa, o pronunciamento dos feitiços para ajudá-lo em sua jornada para a Ilha dos Mestres dos Dragões, cuja única cidade, Imrryr, a Majestosa, era objeto de concentração em massa dos Senhores dos Mares.

Içado na praia, um pequeno barco à vela encontrava-se perto do pequeno navio de Elric, robusto e muito mais forte, muito mais antigo do que parecia. O mar inquieto atirava espuma em torno de suas vigas conforme a maré recuava, e Elric percebeu que tinha pouco tempo para executar sua magia.

Seu corpo enrijeceu e sua consciência dissipou-se, evocando os segredos das profundidades escuras de sua alma. Agitados, seus olhos olhavam sem conseguir enxergar, seus braços sacudiam à sua frente. Produzindo sinais profanos no ar, ele começou a falar num tom monótono e sibilante. Aos poucos, ergueu o tom de sua voz, lembrando um assobio distante de uma ventania que se aproxima – então, repentinamente, sua voz aumentou até produzir um uivo selvagem em direção aos céus, e o ar começou a tremer. Formas sombrias começaram a se formar lentamente, agitadas, pairando em torno do corpo de Elric enquanto ele se dirigia ao barco com suas pernas pesadas.

Sua voz inumana uivava selvagemente, invocando os elementais do vento. Os silfos da brisa... Os sharnahs, criadores das tempestades... Os h'Haarshanns, que produzem os furacões... Obscuros e amorfos, moviam-se em círculos em torno de Elric enquanto ele suplicava pelo auxílio deles utilizando as estranhas palavras dos seus antepassados, que tempos atrás haviam firmado pactos impensáveis com os elementais, a fim de obter seus serviços.

Ainda com os membros rígidos, Elric entrou no barco, como se fosse um autômato, seus dedos percorrendo a amurada do navio.

Então, uma enorme onda subiu repentinamente do mar sereno, se elevando cada vez mais alto, até cobrir o barco. Quando a onda arrebentou, ela levantou a embarcação e a arrastou para alto-mar.

Sentado com um olhar vazio na proa, Elric continuou murmurando sua horrenda canção de bruxaria ao passo que os espíritos do ar sopravam a vela e enviavam o barco sobre as águas mais rápido do que qualquer navio mortal poderia navegar. Durante o tempo todo, o grito profano e ensurdecedor dos elementos preenchia o ar em torno do barco, enquanto a costa desaparecia e o mar aberto era tudo que restava diante dos olhos.

DOIS

E foi assim, com demônios do vento como seus companheiros de bordo, que Elric, o último príncipe da linhagem real de Melniboné, retornou à última cidade ainda governada por sua própria raça. A última cidade e o que restou da arquitetura melniboneana. Os tons de rosa nebulosos levemente amarelados das torres mais próximas surgiram à vista poucas horas depois de Elric partir do fiorde. Logo que ele se distanciou da praia da Ilha dos Mestres do Dragão, os elementais deixaram o barco e voaram de volta para seus antros secretos entre os picos das montanhas mais altas do mundo. Elric despertou do transe e foi saudado pelas maravilhas e pela beleza das delicadas torres da sua própria cidade, que eram visíveis mesmo de tão longe, protegidas somente pela formidável parede de mar com seu enorme portão, o labirinto de cinco portas e os canais de muros altos, dos quais somente um levava ao porto interno de Imrryr.

Elric sabia que não deveria ousar adentrar o porto através do labirinto, embora conhecesse o caminho perfeitamente. Em vez disso, decidiu atracar o barco mais à frente, na costa, num pequeno braço de mar que conhecia. Com mãos ágeis e certeiras guiou a pequena embarcação em direção ao braço secreto de mar, que se tornava obscuro pela crescente quantidade de arbustos carregados de estranhos mirtilos de um tipo decididamente venenoso ao homem, uma vez que seu suco cegou um homem e o enlouqueceu lentamente. Esse fruto era encontrado somente em Imrryr, assim como outras raras plantas letais.

Fragmentos de nuvens baixas moviam-se lentamente pelo céu colorido pelo sol, como finas teias de aranha levadas por uma brisa repentina. O mundo parecia azul, dourado, verde e branco, e Elric, arrastando seu barco na areia, inspirou o ar limpo e cortante do inverno, enquanto saboreava o aroma de vegetação rasteira. Em algum lugar, uma raposa fêmea latia de prazer para seu parceiro, e Elric lamentou o fato de que sua raça não mais apreciava a beleza natural, preferindo estar próxima à cidade e passar os dias em inatividade entorpecida. Não era a cidade que sonhava, mas seus habitantes demasiadamente civilizados. Elric, sentindo os aromas do inverno, estava plenamente feliz por ter o direito de nascença e não ter governado a cidade como se tivesse nascido para fazê-lo.

Por outro lado, Yyrkoon, seu primo, se esparramava sobre o Trono Rubi de Imrryr, a Majestosa, odiando Elric porque sabia que o albino, mesmo com todo seu desgosto por coroas e reinos, ainda era o rei legítimo da Ilha do Dragão, e que ele, Yyrkoon, era um usurpador, não escolhido por Elric para o trono, como a tradição melniboneana ordenava.

Mas Elric tinha razões mais justificáveis para odiar seu primo. Por essas razões, a antiga capital cairia em todo seu magnífico esplendor e o último fragmento do glorioso império seria obliterado quando as torres rosa, amarela, púrpura e branca caíssem... se Elric cumprisse sua missão e os Senhores dos Mares tivessem sucesso.

Elric avançou para o interior da ilha, em direção a Imrryr, e, conforme percorria as milhas de grama macia, o sol derramava uma luz pálida sobre a terra e declinava, cedendo lugar a uma noite escura, sem lua, triste e repleta de mau agouro.

Finalmente, chegou à cidade. Ela se destacava por sua silhueta demasiadamente escura, uma cidade de fantástico esplendor, na sua concepção e execução. Era a cidade mais antiga do mundo, construída por artistas e idealizada mais como uma obra de arte do que um lugar de morada, mas Elric sabia que a miséria espreitava em muitas de suas ruas estreitas e que os Senhores de Imrryr deixaram muitas de suas torres vazia e inabitadas, em vez de permitir que a população bastarda da cidade habitasse aquele lugar. Apenas poucos Mestres dos Dragões haviam restado; poucos que iriam reivindicar o sangue melniboneano.

Construída para seguir o formato do solo, a cidade tinha uma aparência orgânica, com ruas tortuosas que espiralavam até a crista da montanha onde ficava o castelo, alto e imponente, com pontas espiraladas, soberana obra do artista esquecido que o havia construído. Mas não havia ruídos de vida emanando de Imrryr, a Majestosa, somente uma impressão de sonolenta desolação. A cidade dormia – e os Mestres dos Dragões, suas damas e seus escravos sonhavam sonhos entorpecidos de grandeza e incrível horror, enquanto o resto da população, ordenada pelo toque de recolher, encontrava-se atirada em colchões baratos, tentando simplesmente não sonhar.

Elric, com sua mão sempre próxima ao cabo de sua espada, cruzou um portão desprotegido no muro da cidade e começou a andar cuidadosamente pelas ruas escuras. Dirigiu-se para a parte superior da cidade, através de ruas tortuosas, em direção ao grande palácio de Yyrkoon.

O vento suspirou pelos quartos vazios das torres dos Dragões e, por vezes, Elric foi obrigado a se recolher em lugares onde as sombras eram mais escuras, quando ele ouvia o ruído de pés que passavam com o dever de verificar se o toque de recolher estava sendo rigidamente obedecido. Muitas vezes ouvia risadas desenfreadas, ecoando de uma das torres, ainda iluminadas pelas tochas luzentes e chamejantes que formavam sombras perturbadoras nas paredes; muitas vezes, também, ele ouvia um grito deprimente e um berro frenético de algum pobre escravo perdendo a vida em obscena agonia para satisfazer seu mestre.

Elric não se sentiu intimidado pelos sons e visões sombrias. Apreciava tudo aquilo, afinal era um melniboneano... Seu justo líder, caso escolhesse reaver os poderes do reinado. E embora tivesse um ímpeto obscuro por perambular e provar os prazeres menos sofisticados do mundo exterior, dez mil anos de uma cultura cruel, maliciosa e brilhante o guiavam e seu pulso ancestral batia forte em suas veias deficientes.

Elric bateu impacientemente na pesada porta de madeira. Havia chegado ao palácio e agora estava em uma pequena entrada na parte de trás, observando ao redor cautelosamente, pois sabia que Yyrkoon havia dado aos guardas ordens para assassiná-lo se entrasse em Imrryr.

Houve um súbito movimento do outro lado da porta e então alguém entrou. Um rosto magro, com uma cicatriz, afrontou Elric.

– É o rei que está aí? – sussurrou o homem, surgindo da escuridão. Ele era alto, extremamente magro, com membros tortos que se deslocavam de forma desajeitada conforme movia-se para mais perto, apertando seus pequenos olhos para conseguir enxergar Elric.

– É o príncipe Elric – disse o albino. – Mas você esquece, Tanglebones, meu amigo, que um novo rei ocupa o Trono Rubi. – Tanglebones balançou a cabeça e seu cabelo esparso caiu sobre o rosto. Ele o colocou para trás balançando a cabeça e abriu espaço para Elric passar.

– A Ilha do Dragão tem somente um rei, e seu nome é Elric, qualquer que seja o usurpador que estiver sentado no trono. – Elric ignorou a afirmação, mas sorriu sutilmente e esperou que o homem colocasse o ferrolho de volta no lugar.

– Ela ainda dorme, majestade – Tanglebones murmurou enquanto subia as escadas escuras. Elric o seguiu.

– Logo imaginei – disse Elric. – Eu não subestimo os poderes mágicos de meu primo.

Em silêncio, ambos subiram as escadas até chegarem a um corredor iluminado por uma tocha tremulante. As paredes de mármore refletiam as chamas e mostravam a Elric, se esgueirando com Tanglebones atrás de um pilar, que a sala na qual ele estava interessado era protegida por um forte arqueiro – pelo jeito, um eunuco –, que estava acordado e muito alerta.

O homem era careca e grande, sua armadura preta e azul estava apertada contra a pele, seus dedos estavam curvados em torno do seu pequeno arco de osso e havia uma flecha fina apoiada na corda. Elric imaginou que este homem era um dos excelentes arqueiros eunucos, um membro da Guarda Silenciosa, o mais qualificado destacamento de guerreiros de Imrryr.

Tanglebones, que havia ensinado ao jovem Elric a arte da esgrima e arquearia, ouvira a respeito da presença da guarda e estava preparado.

Ele havia colocado um arco atrás do pilar. Silenciosamente ele o pegou e, curvando-o atrás do seu joelho, ajustou a corda. Ajeitou a flecha nela, mirou-a no olho direito do guarda e a deixou voar exatamente no momento em que o eunuco virou o rosto para encará-lo. Errou o alvo. A flecha bateu contra o gorjal do homem e caiu, inofensiva, nas pedras do chão.

Então, Elric agiu rapidamente, saltando para frente, sacando sua espada rúnica com uma força extraordinária. Ela uivou enquanto seu aço negro cortava o arco feito de osso, o qual o eunuco achava que poderia desviar o golpe. O guarda ofegava, seus lábios grossos molhados enquanto tentava buscar o ar para gritar. Quando abriu a boca, Elric viu o que já esperava: o homem estava sem a língua. Ele sacou a própria espada e conseguiu aparar o golpe seguinte de Elric. Faíscas voavam do choque dos metais e Stormbringer cortou a lâmina precisamente amolada do eunuco. Ele cambaleou e foi jogado para trás diante da espada necromante que parecia ser dotada de vida própria. O tinido do metal ecoou pelo corredor e Elric amaldiçoou o destino que fez que o homem se virasse justo naquele momento. Ágil e severo, ele acabou com a defesa desajeitada do eunuco.

O eunuco só viu de relance seu oponente atrás da espada negra rodopiante que parecia tão leve e que tinha o dobro do comprimento da sua espada. Imaginou, furiosamente, quem seria seu agressor e acreditou reconhecer seu rosto. Então, uma explosão raivosa escureceu sua visão. Sentiu uma agonia ardente no rosto e, racionalmente – pois eunucos são necessariamente dados a certo fatalismo –, percebeu que iria morrer.

Elric examinou o corpo inchado do eunuco e puxou sua espada do crânio do cadáver, limpando a mistura de cérebro e sangue na capa do seu oponente. Tanglebones havia desaparecido sabiamente. Elric ouviu o ruído de sandálias que subiam as escadas. Abriu a porta e adentrou a sala que estava iluminada por duas pequenas velas colocadas uma em cada lado de uma enorme cama de refinada tapeçaria. Dirigiu-se até a cama e observou a garota de cabelos negros que ali dormia.

A boca de Elric estremeceu e lágrimas caíram de seus olhos vermelhos. Tremia quando se voltou para a porta. Guardou a espada de volta na bainha e colocou os ferrolhos de volta. Retornou para junto da cama e ajoelhou-se ao lado da moça adormecida. Ela exibia traços delicados e parecia-se com Elric, mas sua beleza era rara. Sua respiração era fraca, num sono não induzido por exaustão natural, mas pela bruxaria demoníaca de seu irmão.

Elric tomou uma de suas mãos. Seus dedos eram finos. Ele a aproximou de seus lábios e a beijou.

– Cymoril – ele murmurou, com uma velha angústia ao pronunciar aquele nome. – Cymoril, acorde! – a garota não se moveu, sua respiração continuou fraca e seus olhos permaneceram fechados. Elric contorceu o rosto pálido e seus olhos vermelhos queimavam enquanto tremia com ódio apaixonado. Ele apertou a sua mão, completamente sem forças, como a mão de um cadáver; apertou-a com tanta força que teve que se conter por medo que pudesse esmagar os dedos delicados.

Um soldado que gritava começou a bater na porta.

Elric colocou a mão de volta no seio firme da moça e olhou, sem compreender, em direção à porta.

Uma voz mais firme e fria interrompeu os gritos do soldado:

– O que está acontecendo? Alguém está tentando ver minha pobre irmã adormecida?

– Yyrkoon, o filho negro do inferno – Elric disse a si mesmo.

O soldado balbuciou algo incompreensível e a voz de Yyrkoon elevou-se através da porta.

– Seja lá quem for que está aí... Você será destruído mil vezes quando for pego. Não vai conseguir escapar. Se minha boa irmã for ferida de alguma forma... Você nunca vai morrer, eu prometo. Mas vai implorar pela morte para os seus deuses!

– Yyrkoon, seu canalha! Você não pode ameaçar alguém que é igual a você nas artes sombrias. Eu, Elric, sou seu mestre legítimo. Volte para a sua toca de coelho antes que eu evoque todos os poderes malignos do céu e do inferno para destruir você!

Yyrkoon soltou uma risada hesitante.

– Então você retornou, mais uma vez, para tentar despertar a minha irmã. Qualquer tentativa do gênero não irá matá-la... irá mandar sua alma para o inferno mais profundo. Para onde você também deve ir, imediatamente!

– Pelos seis seios de Arnara! Será você aquele a experimentar mil mortes muito antes.

– Chega disso – Yyrkoon elevou o tom de sua voz. – Soldados! Eu ordeno que destruam essa porta e capturem este traidor com vida. Elric, há duas coisas que você jamais terá novamente. O amor de minha irmã e o Trono Rubi. Faça o que puder com o pouco tempo que lhe resta, pois em breve estará rastejando aos meus pés e implorando pela libertação da agonia da sua alma!

Elric ignorou as ameaças de Yyrkoon e olhou para a janela estreita no quarto. Era ampla o suficiente para o corpo de um homem passar. Inclinou-se e beijou Cymoril nos lábios, e então dirigiu-se à porta e removeu os ferrolhos.

Houve um estrépito quando o soldado atirou seu corpo contra a porta. A porta oscilou e abriu, arremessando o homem para frente, que cambaleou e caiu de cara no chão. Elric sacou a sua espada, levantou-a e cortou o pescoço do guerreiro. A cabeça saltou do pescoço e Elric gritou numa voz retumbante.

– Arioque! Arioque! Eu lhe ofereço alma e sangue! Apenas ajude-me agora, poderoso Rei do Inferno, ajude seu servo, Elric de Melniboné!

Três soldados entraram no quarto juntos. Elric atacou um deles e dilacerou metade de seu rosto. O homem gritou de horror.

– Arioque! Arioque! Senhor das Trevas! Eu lhe ofereço alma e sangue. Ajude-me, maligno!

No canto do quarto, uma névoa escura começou a se formar. Mas os soldados pressionavam cada vez com mais força, e para Elric ficava cada vez mais difícil repeli-los.

Gritava incessantemente o nome de Arioque, Senhor do Inferno, enquanto era pressionado pelo peso de numerosos guerreiros. Atrás deles, Yyrkoon bradava com raiva e frustração, incitando seus homens a capturarem Elric com vida. Essa necessidade deu a Elric uma pequena vantagem – e a espada brilhava com uma estranha luminescência e com um ruído que feria os ouvidos de quem a escutava. Mais dois cadáveres sujavam agora o chão acarpetado da câmara, o sangue ensopando o tecido fino.

– Sangue e almas para o meu senhor Arioque!

A névoa negra começou a tomar forma, Elric deu uma olhadela para o canto e estremeceu, apesar de estar acostumado àquele horror infernal.

Os guerreiros tinham agora dado as costas à coisa e Elric estava próximo à janela. A massa amorfa, que era nada menos do que uma manifestação prazerosa do deus benfeitor volúvel de Elric, crescia novamente e Elric distinguia sua forma intoleravelmente estranha. A sua boca enchia-se de bile e, conforme dirigia os soldados em direção à coisa que sinuosamente continuava inundando o local, ele lutava contra a loucura.

De repente, parecia que os soldados perceberam que havia algo atrás deles. Quatro viraram-se e gritaram insanamente enquanto o terror negro concluía seu percurso final para engolfá-los. Arioque curvou-se sobre eles, sugando suas almas. Então, lentamente, seus ossos começaram a ceder e estalar e, ainda gritando bestialmente, os homens caíram no chão, como invertebrados: mesmo com a espinha quebrada, ainda estavam vivos. Elric virou-se, agradecido por Cymoril estar dormindo, e pulou pelo parapeito da janela.

Olhou para baixo e percebeu com desespero que não escaparia por aquela rota, afinal. Várias centenas de metros o separavam do chão. Correu até a porta onde Yyrkoon, com olhos arregalados de medo, tentava expulsar Arioque de volta. Este último já estava se desvanecendo.

Elric passou pelo seu primo, deu uma olhadela final para Cymoril, e então correu pelo caminho por onde havia vindo, seus pés escorregando no sangue. Tanglebones encontrou com ele no alto da escada escura.

– O que aconteceu, rei Elric? O que tem aí? – Elric agarrou Tanglebones pelo ombro magro e o fez descer as escadas.

– Não há tempo – falou ofegante – precisamos correr enquanto Yyrkoon ainda está envolvido com seu problema atual. Em cinco dias, Imrryr vai enfrentar uma nova fase em sua história. Talvez a última. Eu quero garantir que Cymoril esteja a salvo. Está claro?

– Sim, senhor, porém... – eles chegaram à porta e Tanglebones estourou os ferrolhos abrindo-a.

– Não há tempo para explicar nada mais. Devo fugir enquanto posso. Retornarei em cinco dias, trazendo companhia. Você vai compreender no momento certo. Leve Cymoril à Torre de D'a'rputna e espere por mim lá.

Assim, Elric partiu, a passos leves, correndo para dentro da noite com os gritos agonizantes dos mortos ainda ressoando através da escuridão atrás dele.

TRÊS

Elric estava de pé em silêncio na proa da nau capitânia do conde Smiorgan. Desde seu retorno ao fiorde e a subsequente partida da frota em direção ao mar aberto, ele havia falado somente para dar ordens, e em termos bem concisos. Os Senhores dos Mares murmuravam que um ódio terrível havia tomado conta dele de tal forma que envenenou sua alma e o tornou um homem perigoso para se ter como amigo ou inimigo; e mesmo o conde Smiorgan evitava o albino mal-humorado.

As proas saqueadoras se lançavam para o leste, e o mar estava negro com navios que dançavam na água cintilante em todas as direções; pareciam a sombra de uma enorme ave marinha atirando-se na água. Quase quinhentos navios de combate manchavam o oceano – todos eles de formatos semelhantes, longos e estreitos, construídos para ganhar velocidade em vez de batalhas, uma vez que eram feitos para atracar em portos e fazer comércio. As velas eram iluminadas pelo sol pálido, criando cores brilhantes sobre a lona fresca – laranja, azul, preto, púrpura, vermelho, amarelo, verde-claro ou branco. Cada navio tinha por volta de dezesseis remadores – cada remador, um guerreiro. As tripulações dos navios eram também de guerreiros que atacariam Imrryr. Não havia desperdício de força de trabalho, já que as nações marinhas eram subpovoadas e perdiam centenas de homens anualmente em suas habituais invasões.

No centro da grande frota, barcos maiores velejavam. Estes carregavam enormes catapultas em seus deques e seriam utilizados para bombardear a defesa marítima de Imrryr. O conde Smiorgan e os outros lordes observavam seus navios com orgulho, mas Elric apenas fitava além, sem nunca dormir, raramente se movendo, as ondas e o vento borrifando em seu rosto pálido, sua mão branca segurando fortemente o punho da espada.

Os navios saqueadores navegavam com velocidade constante a leste, avançando com fantástica opulência – ou horror diabólico – em direção à Ilha do Dragão. Implacáveis, impulsionados pelo destino, batiam seus remos na água em uníssono, com suas velas curvando tesas pelo bom vento.

Eles remavam para frente, em direção a Imrryr, a Majestosa, para extorquir e saquear a cidade mais antiga do mundo.

Dois dias depois de a frota içar velas, a costa da Ilha do Dragão foi avistada e o agitar dos braços substituiu o barulho dos remos, conforme a poderosa frota erguia-se e preparava-se para conquistar o que homens sensatos julgavam impossível.

Ordens foram vociferadas de navio para navio e as frotas começaram a se concentrar em formação de batalha. Os remos rangeram ao serem recolhidos e, pesadamente, com as velas dobradas, a frota movia-se novamente.

Era um dia claro, frio e fresco e havia uma atmosfera tensa sobre todos os homens, conforme refletiam sobre o futuro próximo e o que traria. As proas de serpente curvavam-se em direção ao grande muro de pedra que bloqueava a primeira entrada do porto. Tinha quase cem metros de altura e as torres eram construídas sobre ele, de forma mais funcional do que as formas espirais das torres da cidade que brilhavam ao longe, atrás deles. Os navios de Imrryr eram os únicos autorizados a passar pelo grande portão no centro do muro, e a rota através do labirinto era um segredo muito bem guardado de estranhos.

No muro junto ao mar, que agora se agigantava sobre a frota, guardas pasmados se apertavam freneticamente em seus postos. Para eles, era impensável a ameaça de um ataque, e ali estava ela... Uma frota incrível, a maior que já haviam visto, vindo na direção de Imrryr, a Majestosa. Eles tomaram seus postos, colocaram seus mantos, seus *kilts* roçavam, as armaduras de bronze se chocavam, mas se moviam como se estivessem sem rumo, como se recusassem a aceitar o que viam. E tomaram seus postos com desespero fatalista, sabendo que, mesmo que os navios nunca adentrassem o labirinto, não sairiam com vida para testemunhar o fracasso dos saqueadores.

Dyvim Tarkan, comandante do muro, era um homem sensível que amava a vida e seus prazeres. Era culto e belo, com um fino tufo de barba e um pequeno bigode. Ficava bem de armadura de bronze e elmo com plumas altas; não queria morrer. Distribuiu ordens sucintas a seus homens e, com extrema precisão, foi obedecido. Ouviu, preocupado, os gritos distantes que vinham dos navios e imaginou qual seria a primeira ação dos saqueadores. A resposta não tardou.

Uma catapulta em um dos principais navios deu um zunido rouco e seu braço de arco arremessou uma grande rocha que viajou, graciosamente, em direção à parede. Ela não atingiu o alvo e caiu no mar que espumava contra as pedras do muro.

Engolindo a seco, esforçando-se para controlar o tremor em sua voz, Dyvim Tarkan ordenou que sua própria catapulta fosse disparada. Com um estampido, a fisga foi cortada e uma bola de ferro de retaliação foi arremessada violentamente contra a frota inimiga. Os navios estavam tão próximos uns dos outros que era impossível errar o alvo – a bola de ferro atingiu o deque da nau capitânia de Dharmit de Jharkor, esmagando suas vigas. Em poucos segundos, acompanhado pelos gritos dos homens feridos que se afogavam, o navio afundou com Dharmit nele. Alguns membros da tripulação foram levados a bordo de outros navios, mas os feridos foram abandonados para se afogar.

Outra catapulta soou e, desta vez, uma torre repleta de arqueiros foi atingida em cheio. A construção explodiu e aqueles que ainda sobreviveram caíram vertiginosamente para morrer nas ondas que açoitavam o muro. Desta vez, enfurecidos pelas mortes de seus companheiros, os arqueiros de Imrryr lançaram de volta um ataque de flechas delgadas nos seus inimigos. Saqueadores urravam enquanto as flechas emplumadas enterravam-se sedentas na carne. Eles devolviam as flechas e, em pouco tempo, somente um punhado de homens restou no muro enquanto outras pedras de catapultas atingiam torres e homens, destruindo sua única máquina de guerra e parte do muro adjacente.

Dyvim Tarkan ainda vivia, mesmo com sangue manchando sua túnica amarela e uma flecha projetando-se do seu ombro esquerdo. Estava vivo quando o primeiro navio-esporão moveu-se obstinadamente em direção ao grande portão de madeira e chocou-se contra ele, destruindo-o. Um segundo navio navegava ao lado deste e, entre eles, arrebentaram o portão e deslizaram pela entrada; os primeiros navios não imrryrianos a cometer tal façanha. Parece que o espanto causado pela cena fez o pobre Dyvim Tarkan perder o equilíbrio no topo do muro, cair gritando e quebrar o pescoço no deque da nau capitânia do conde Smiorgan que navegava triunfante pelo portão.

Agora os navios-esporão abriam caminho para o barco do conde Smiorgan, pois Elric precisava liderar a passagem pelo labirinto. À frente deles surgiram cinco entradas bem altas, escancaradas, todas iguais em tamanho e forma. Elric apontou para a terceira à esquerda e, com movimentos curtos, os remadores começaram a levar o barco para dentro da abertura escura da entrada. Por alguns minutos, navegaram na escuridão.

– As tochas! – Elric gritou. – Acendam as tochas! – elas já haviam sido preparadas e agora eram acesas. Os homens perceberam que estavam em um grande túnel formado de rocha natural retorcida em todas as direções.

– Fiquem próximos – Elric ordenou com sua voz ampliada pelo eco da caverna. As labaredas das tochas faziam o rosto dele parecer uma máscara de sombras e luzes saltitantes conforme liberavam longas línguas de chama no telhado gélido. Atrás dele, era possível ouvir homens murmurando com espanto e, à medida que outras tripulações adentravam o labirinto e acendiam suas tochas, Elric via outras que oscilavam quando os homens que a portavam tremiam em pavor supersticioso. Teve certo desconforto quando sentiu os olhos queimando pela chama.

Com extrema monotonia, os remos batiam na água levando a frota adiante e, quando o túnel alargou, apareceram diversas entradas de cavernas.

– A entrada do meio – Elric ordenou. O timoneiro acenou e guiou o navio em direção à entrada indicada por Elric. Apesar do murmúrio brando de alguns poucos homens e o som dos remos batendo na água, um silêncio desconfortável e agourento tomava conta da imponente caverna.

Elric fitou a água gélida, escura e estremeceu.

Finalmente, navegavam novamente à luz do sol brilhante e os homens olhavam para cima, maravilhados com a altura das enormes paredes que os circundavam. Em cima dessas paredes, havia homens agachados, arqueiros com seus escudos amarelos e armaduras de bronze. Quando o navio do conde Smiorgan abriu caminho para fora das cavernas escuras, com as tochas ainda queimando no ar gélido, flechas começaram a ser lançadas no cânion estreito, rasgando gargantas e membros.

– Mais rápido! – urrou Elric. – Reme mais rápido, a velocidade é a nossa única arma agora!

Com energia frenética, os remadores curvaram-se aos seus remos e os navios começaram a tomar velocidade, mesmo com as flechas de Imrryr causando grandes danos à tripulação dos saqueadores. Agora, o canal de muros altos seguia em linha reta e Elric viu o cais de Imrryr à frente.

– Mais rápido! Mais rápido! Nossa recompensa está à vista!

Então, de repente, o navio quebrou a arrebentação e entrou nas águas calmas do porto, encarando os guerreiros que se agrupavam no cais. O navio parou à espera de reforços para mergulhar para fora do canal e unir-se a eles. Após a passagem de vinte navios, Elric deu o comando para atacar o cais e Stormbringer urrou na bainha. A nau capitânia bateu contra o cais e foi atacada por uma chuva de flechas. As setas zuniam em torno de Elric que, milagrosamente, não foi ferido enquanto liderava um bando que gritava para a terra firme.

Imrryrianos carregando machados agruparam-se para enfrentar os saqueadores, mas era claro que eles estavam sem espírito de luta – desconcertados devido ao curso que os fatos tomaram.

O escudo negro de Elric chocou-se com fúria na garganta do líder inimigo e cortou sua cabeça. Com um uivo demoníaco de quem agora tinha, mais uma vez, provado o sangue, a espada, procurando carne fresca para devorar, se debateu quando Elric a agarrou. Havia um sorriso sinistro nos lábios pálidos do albino e seus olhos estavam apertados enquanto ele atacava os guerreiros sem discriminação.

Planejava deixar a luta para aqueles a quem ele havia liderado a Imrryr, pois tinha urgência com outros planos. Atrás dos soldados fardados em amarelo, as torres altas de Imrryr emergiam belas em suas cores suaves e cintilantes de rosa coral e roxo-azulado, dourado e amarelo pálido, branco e verde-claro. O objetivo de Elric era uma torre específica – a torre de D'a'rputna, para onde ele havia dado ordens a Tanglebones que levasse Cymoril – sabendo que, com a confusão, isso seria possível.

Elric seguiu pelo caminho encharcado de sangue através daqueles que tentavam detê-lo, e os homens caíam, gritando de horror enquanto a espada bebia suas almas.

Então Elric havia passado por eles, deixando-os para enfrentar as lâminas brilhantes dos saqueadores que atacavam pelo cais, e corria pelas ruas tortuosas, sua espada tirando a vida daqueles que tentavam impedir seu avanço. Como o demônio pálido que era, com as roupas em farrapos e ensanguentadas, a armadura lascada e arranhada, correu com velocidade pelas pedras das ruas tortuosas e chegou, finalmente, à imponente torre azul acinzentada e levemente dourada – a Torre de D'a'rputna. Sua porta estava aberta, mostrando que alguém estava em seu interior. Elric correu e adentrou a enorme câmara no piso inferior. Ninguém apareceu para recebê-lo.

– Tanglebones! – gritou, sua voz rugindo alto, mesmo para seus próprios ouvidos – Tanglebones, você está aqui? – subiu a escada saltando os degraus, gritando o nome do seu criado. Ao chegar ao terceiro andar, parou repentinamente, ouvindo um gemido que vinha de um dos quartos. – Tanglebones, é você? – Elric chegou ao quarto e ouviu uma respiração sufocada. Abriu a porta e sentiu o estômago se contorcer dentro de si ao ver o velho homem deitado no chão frio da câmara, lutando em vão para deter o fluxo de sangue que jorrava de uma enorme ferida.

– O que houve, homem? Onde está Cymoril? – o rosto de Tanglebones contorcia-se em dor e aflição.

– Ela... Eu... a trouxe, amo, conforme ordenou. Mas... – ele tossiu e o sangue escorreu pelo seu queixo fino. – Mas... Príncipe Yyrkoon... ele... ele me deteve. Deve ter nos seguido até aqui. Ele... me derrubou e levou Cymoril de volta com ele. Disse... que ela estaria segura na Torre de B'aal'nezbett. Mestre... eu sinto muito...

– Deveria sentir mesmo – Elric retrucou brutalmente. Mas depois abrandou o tom de voz. – Não se preocupe, velho amigo. Eu me vingarei por nós dois. Ainda consigo alcançar Cymoril agora que sei para onde Yyrkoon a levou. Obrigado pela tentativa, Tanglebones. Que a longa viagem para o último rio seja tranquila.

Girou os calcanhares abruptamente e saiu da câmara, descendo as escadas correndo e novamente foi para a rua.

A Torre de B'aal'nezbett era a mais alta no Palácio Real. Elric a conhecia bem, pois fora ali que seus ancestrais estudaram magias obscuras e conduziram experimentos assustadores. Ele estremeceu quando imaginou o que Yyrkoon poderia estar fazendo com a própria irmã.

As ruas da cidade pareciam silenciosas e estranhamente desertas, mas Elric não tinha tempo para ponderar a razão. Em vez disso, correu em direção ao palácio, encontrou o portão principal desguardado e a entrada principal para o prédio abandonada. Aquilo era muito estranho, mas Elric acreditou estar com sorte enquanto subia as escadas, através de caminhos que conhecia tão bem e o levariam para a torre mais alta.

Finalmente, chegou a uma porta de cristal cintilante que não possuía tranca. Freneticamente, golpeou o cristal com sua espada mágica, mas ele pareceu somente se deformar para depois retomar sua forma original. Seus golpes não surtiam efeito.

Elric se esforçou para tentar recordar a única palavra mágica que faria a porta abrir. Não ousou entrar em um transe que pudesse, depois de algum tempo, fornecer a palavra a seus lábios. Em vez disso, precisou vasculhar o subconsciente para trazer a palavra à tona. Era perigoso, mas havia pouco para fazer. Seu corpo todo estremeceu, seu rosto se contorceu e seu crânio começou a tremer. A palavra estava vindo e com isso suas cordas vocais sofriam espamos em sua garganta e o peito ofegava.

Ele tossiu a palavra, seu corpo todo e sua mente doíam com o esforço. Então, gritou:

– Eu te ordeno: abra!

Ele sabia que, uma vez que a porta fosse aberta, seu primo estaria ciente de sua presença, mas precisava arriscar. O cristal expandiu, pulsou e fervilhando começou a se dissolver. Ele dissolveu-se no nada, para além do universo físico, para além do tempo. Elric respirou aliviado e entrou na Torre B'aal'nezbett. Mas um fogo lúgubre, aterrorizante e perturbador lambia Elric enquanto ele lutava para subir as escadas em direção à câmara central. Havia uma estranha música ao redor dele, uma música nefasta que o circundava, pulsava, soluçava e martelava sua mente.

Lá em cima, viu Yyrkoon, que o fitava com maldade, com uma espada negra em sua mão, igual àquela que Elric segurava.

– Cria do inferno! – Elric disse rispidamente. – Vejo que você recuperou Mournblade, pois bem, ponha à prova os poderes dela contra sua espada irmã, se tiver coragem. Eu vim destruí-lo, primo.

Stormbringer gemia um som peculiar acima da música soluçante e sobrenatural que acompanhava o fogo aterrorizante. A espada rúnica estremeceu no punho fechado de Elric que teve dificuldade em controlá-la. Reunindo todas as suas forças, saltou os últimos degraus e mirou um golpe violento em Yyrkoon. Além do fogo sinistro, uma lava amarelo-esverdeada borbulhava, em todos os lados, acima e abaixo. Os dois homens estavam cercados somente pelo fogo sombrio e a lava que espreitava além das chamas. Elric e Yyrkoon estavam fora da Terra, enfrentando-se em uma batalha final. A lava fervia e começava a escorrer para dentro, dispersando o fogo.

As duas espadas se chocaram e ouviu-se um terrível grito agudo. Elric sentiu o seu braço inteiro adormecendo e formigando. Sentiu-se como um boneco. Não era mais senhor de si – sua espada decidia suas ações por ele. Ela, com Elric logo atrás, zuniu quando passou pela sua irmã e provocou uma ferida profunda no braço esquerdo de Yyrkoon. Ele gritou de olhos arregalados pela dor. Mournblade golpeou Stormbringer de volta, certeira em Elric, no mesmo ponto onde havia ferido Yyrkoon. Ele soluçou de dor, mas continuou a mover-se adiante, atingindo Yyrkoon no lado direito com um golpe violento suficiente para matar qualquer homem.

Yyrkoon ria como um demônio das profundezas mais obscuras do inferno. Sua sanidade havia sido finalmente perdida, e Elric agora tinha alguma vantagem. Mas a poderosa bruxaria que seu primo havia evocado ainda surtia efeito e Elric sentia-se como se um gigante o tivesse segurando, esmagando-o. Enquanto impunha sua vantagem, o sangue de Yyrkoon jorrava da ferida e cobria Elric também. A lava recuava aos poucos e Elric pôde ver a entrada para a câmara central. Atrás de seu primo, outra forma se movia. Cymoril havia despertado e, com horror estampado no rosto, gritava para ele.

A espada ainda oscilou em um arco, derrubando a espada de Yyrkoon e passando pela guarda do usurpador.

– Elric! – Cymoril gritava desesperadamente. – Salve-me! Salve-me agora, ou estaremos condenados para sempre.

Elric estava confuso com as palavras da moça. Ele não conseguia compreender o sentido delas. Agressivamente, levou Yyrkoon para cima, em direção à câmara.

– Elric! Livre-se de Stormbringer. Guarde sua espada na bainha, ou seremos novamente separados.

Mas, mesmo se pudesse ter controlado sua espada, Elric não conseguiria tê-la guardado. O ódio dominava seu ser e ele a enterraria no coração miserável do primo antes que pudesse guardá-la.

Cymoril chorava, agora, implorando. Mas Elric nada podia fazer. O ser repugnante e idiota que um dia havia sido Yyrkoon de Imrryr, voltou-se para os gritos da irmã, olhando-a de soslaio. Rindo, esticou a mão trêmula para agarrá-la pelo ombro. Ela lutou, tentando fugir, mas Yyrkoon ainda tinha sua força maligna.

Tirando vantagem da distração de seu oponente, Elric o rasgou profundamente, quase separando-o de seu tronco. E, mesmo assim, espantosamente, Yyrkoon ainda estava vivo, sugando sua vitalidade da espada que ainda chocava-se com a espada rúnica de Elric. Com um empurrão final, Yyrkoon atirou Cymoril para frente e ela morreu gritando na ponta de Stormbringer.

Então, Yyrkoon deu uma última gargalhada estridente – sua alma negra foi uivando rumo ao inferno.

A torre retomou as dimensões normais, todo fogo e lava haviam desaparecido. Elric estava confuso – incapaz de guiar seus pensamentos. Ele olhou para os corpos do irmão e da irmã. Primeiro, os viu apenas como cadáveres – de um homem e de uma mulher.

Então, a verdade sombria elucidou seus pensamentos e ele gritou de dor, como um animal. Assassinou a moça que amava. A espada rúnica caiu de sua mão, manchada pelo sangue vital de Cymoril, e despencou pela escada. Chorando convulsivamente, Elric jogou-se ao lado da moça morta e a segurou em seus braços.

– Cymoril – ele gemia, seu corpo todo tremia. – Cymoril, eu matei você.

QUATRO

Elric observava de longe as crepitantes e esfaceladas ruínas de Imrryr e ordenava que seus remadores trabalhassem mais rápido. O navio, com a vela ainda recolhida, dava solavancos devido a uma corrente de vento oposta, e Elric era forçado a agarrar-se à lateral do navio para não ser arremessado para fora. Olhou para Imrryr e sentiu um aperto na garganta ao perceber que agora havia perdido suas raízes; um renegado e assassino de mulheres – mesmo que o último tivesse sido involuntário. Havia perdido a única mulher que amava em sua lascívia cega por vingança. Agora estava acabado – tudo estava acabado. Não via futuro, pois este estava ligado ao passado, e o passado agora queimava em ruínas atrás dele. Soluços secos circundavam seu peito e ele agarrou-se à amurada do navio com ainda mais força.

Sua mente divagava, relutantemente, sobre Cymoril. Ele deitou seu corpo em uma poltrona e ateou fogo à Torre. Então, quando voltou, encontrou os saqueadores felizes caminhando de volta para seus navios, abarrotados de objetos roubados e moças escravas, ateando fogo às enormes e belas construções por onde passavam.

Ele havia causado a destruição da última prova de que o grandioso e magnífico Império Brilhante havia existido. Sentiu que uma grande parte de si mesmo havia se acabado com ela.

Elric vislumbrou Imrryr, que havia ficado pra trás, e, de repente, uma tristeza maior tomou conta dele quando uma torre, como se fosse um laço fino e delicado, rachou e tombou com as chamas que saltavam dela.

Ele tinha despedaçado o último grande monumento à mais antiga raça – sua própria raça. Os homens poderiam aprender novamente, um dia, a construir torres altas como aquelas de Imrryr, mas agora o conhecimento estava morrendo com o imenso caos da queda da Cidade dos Sonhos e a extinção da raça de Melniboné.

Mas e os Mestres dos Dragões? Nem eles, nem seus navios dourados haviam se deparado com os saqueadores – somente seus soldados em terra haviam estado lá para defender a cidade. Teriam eles escondido seus navios em águas secretas e fugido para a ilha quando os invasores destruíram a cidade? Foi uma batalha breve demais para terem sido realmente derrotados. Fácil demais. Agora que os navios estavam recuando, estariam eles planejando uma retaliação repentina? Elric sentia que talvez tivessem esse plano – talvez um plano que envolvesse dragões. Tremeu. Nada havia dito aos outros a respeito dos monstros que os melniboneanos controlavam há séculos. Naquele mesmo momento, alguém poderia estar abrindo os portões subterrâneos das Cavernas dos Dragões. Tentou desviar a mente desse desfecho desanimador.

Enquanto a frota navegava em direção ao mar aberto, os olhos de Elric ainda fitavam Imrryr com tristeza, fazia uma homenagem silenciosa à cidade de seus antepassados e à Cymoril, agora morta. Quando a lembrança da morte causada pela sua própria espada o invadiu violentamente, sentiu-se sendo tomado por uma amargura, que o queimava. Lembrou-se de que ela o havia alertado, quando ele a deixou para aventurar-se pelos Reinos Jovens, sobre colocar Yyrkoon no Trono Rubi como regente e renunciar ao poder por um ano. Amaldiçoou a si mesmo por isso. Então, um murmúrio, como um trovão distante, espalhou-se pela frota e ele virou abruptamente procurando descobrir a causa da consternação.

Trinta barcaças de velas douradas de batalha melniboneanas surgiram em ambos os lados do porto, saindo de duas bocas do labirinto. Elric concluiu que deviam estar escondidas em outros canais, esperando o momento certo de atacar a frota quando retornassem satisfeitos e esgotados. Eram grandes navios guerreiros, os últimos de Melniboné, e o segredo de como haviam sido construídos era desconhecido. Tinham um aspecto antigo e de poder imutável à medida que remavam rapidamente, cada qual com quatro ou cinco pás, para cercar os navios inimigos.

A frota de Elric parecia diminuir diante de seus olhos até que os pequenos navios começaram a se parecer com folhas secas contra o esplendor altaneiro das deslumbrantes barcaças de batalha. Estas estavam bem equipadas e preparadas para a luta, enquanto os saqueadores pareciam extremamente cansados da batalha. Elric sabia que havia apenas uma maneira de salvar uma pequena parte da frota. Precisaria invocar um vento místico para mover as velas. A maior parte das naus capitânias estava ao redor dele, que agora ocupava o navio de Yaris, pois o jovem havia ficado terrivelmente embriagado e morreu pela faca de uma escrava meretriz melniboneana. Próximo do navio de Elric, estava o do conde Smiorgan, e o robusto Senhor dos Mares franziu o cenho, pois sabia que ele e seus navios, mesmo em número superior, não sobreviveriam a uma luta no mar.

A invocação de ventos que fossem fortes o bastante para deslocar muitos navios era algo perigoso, pois liberaria um poder colossal, e os elementais que controlam os ventos seriam capazes de voltar-se contra o próprio feiticeiro, se este não tomasse cuidado. Porém, era a única chance, caso contrário os esporões das proas douradas iriam esmagar os navios saqueadores até se tornarem pouco mais que madeira flutuante.

Procurando fortalecer-se, Elric começou a falar os nomes cheios de vogais dos anciãos presentes no ar. Mais uma vez, ele não poderia se arriscar no estado de transe, onde havia sinais dos elementais que se voltavam contra ele. Elric os invocou num discurso que ora era alto e aos gritos, ora era como uma onda próxima à costa que rugia, e as formas embaçadas dos Poderes do Vento começaram a voar diante de sua visão turva. Seu coração vibrava desenfreado em suas costelas e suas pernas estavam fracas. Ele reuniu toda a força e evocou o vento, que, caótico, emitiu um som agudo em torno dele, balançando até mesmo os maiores navios melniboneanos. Então ele direcionou o vento e o enviou às velas de alguns dos quarenta navios dos saqueadores. Muitos não puderam ser salvos por estarem fora de seu alcance.

Mas quarenta da frota escaparam dos esporões esmagadores e, em meio ao som do vento uivando e das vigas separadas, as ondas saltavam, e os mastros rangiam conforme as ondas se chocavam contra as velas. Os remos foram arrancados das mãos dos remadores, deixando um sulco de madeira quebrada na trilha de sal branco que espumava atrás de cada um dos navios dos saqueadores.

Repentinamente, estavam além do círculo lento de navios melniboneanos, movendo-se rápido por mar aberto, enquanto todas as tripulações sentiam uma diferença no ar e tinham visões rápidas de formas estranhas e difusas ao redor deles. Havia uma demoníaca sensação desconfortável a respeito das criaturas que os auxiliavam, algo incrivelmente sobrenatural.

Smiorgan acenou para Elric e sorriu agradecido.

– Estamos a salvo, graças a você, Elric! – ele gritou para o outro navio. – Eu sabia que você nos traria sorte!

Elric o ignorou.

Agora os Senhores dos Dragões, sedentos por vingança, começaram a perseguição. As barcas douradas de Imrryr eram quase tão rápidas quanto as da frota saqueadora impulsionada por magia, e alguns navios dos saqueadores, cujos mastros quebraram e racharam sob a força do vento, foram apanhados.

Elric viu atrás de si enormes ganchos de metal serem lançados dos deques dos navios a remo imrryrianos nos navios da frota que se encontravam avariados e sem energia. O fogo saltava das catapultas dos navios dos Senhores do Dragão em direção aos navios dos saqueadores em fuga. As chamas sibilavam como lava pelos conveses dos navios. Homens gritavam, tentando, em vão, bater o fogo das suas roupas. Alguns se jogavam ao mar, mas, mesmo assim, não conseguiam extinguir o fogo. Outros se afogavam no mar e era possível observar a chama, enquanto desciam, ardendo mesmo abaixo da superfície; homens e navios se debatiam até chegar ao fundo, como mariposas exaustas.

Os conveses dos navios perseguidos intocados pelo fogo ficaram vermelhos do sangue dos saqueadores enquanto os guerreiros de Imrryr desciam pelas cordas e se lançavam no meio dos invasores, carregando espadas enormes e machados de batalha, espalhando terrível destruição. As flechas e os dardos imrryrianos mergulhavam dos conveses altos das suas galeras, levando pânico aos homens nos navios inimigos.

Elric testemunhou tudo isso enquanto ele e seus navios começaram lentamente a se distanciar do navio principal de Imrryr, a nau capitânia do almirante Magum Colim, comandante da frota melniboneana.

Elric conversava com o conde Smiorgan.

– Conseguimos escapar deles! – gritou através do vento uivante para o navio próximo, onde Smiorgan fitava o céu de olhos arregalados. – Mas mantenha seus navios navegando a oeste ou será o nosso fim!

Mas Smiorgan não respondeu. Ainda fitava o céu com horror nos olhos; os olhos de um homem que, antes disso, nunca havia provado do tremor do medo. Constrangido, Elric deixou que seus próprios olhos seguissem o olhar de Smiorgan. Então ele os avistou.

Eram dragões, sem dúvida! Os répteis maiores estavam distantes, mas Elric conhecia as marcas dos monstros voadores. A envergadura destas criaturas quase extintas tinha aproximadamente nove metros. Seus corpos em formato de cobra começavam na cabeça com um focinho estreito e terminavam na cauda de quinze metros com um terrível chicoteio e, embora não expelissem o fogo e fumaça lendários, Elric sabia que o veneno era inflamável e poderia atear fogo em contato com madeira ou tecido.

Os guerreiros de Imrryr montavam nas costas dos dragões. Armados com aguilhões em formato de lança, sopravam trombetas de estranhos formatos que emitiam notas musicais curiosas através do mar turbulento e sob o céu calmo e azul. Aproximando-se da frota dourada, agora a meia légua de distância, o dragão líder planava e circulava sobre o enorme navio almirante dourado, suas asas emitindo um som que lembrava um relâmpago percorrendo o ar.

O monstro cinza-esverdeado e cheio de escamas pairava sobre o navio dourado que se erguia no mar turbulento de espuma branca. Em contraste com o céu sem nuvens, o dragão estava em perfeita perspectiva e Elric conseguia obter uma visão nítida dele. O aguilhão que levava a bandeira era um mastro longo no qual o estranho estandarte preto e amarelo com linhas em zigue-zague, mesmo àquela distância, era notável. Elric reconheceu o símbolo nele.

Dyvim Tvar, amigo da juventude de Elric, Senhor das Cavernas dos Dragões, estava liderando seu ataque para clamar vingança por Imrryr, a Majestosa.

Elric gritou através da água para Smiorgan.

– Estas são suas principais ameaças agora. Faça o possível para evitá-las! – houve um barulho de ferro quando os homens preparavam--se, quase sem esperança, para repelir a nova ameaça. Um vento mágico daria pouca vantagem sobre os dragões que voavam tão rápido. Agora Dyvim Tvar evidentemente havia acordado com Magum Colim e sua espora bateu no pescoço do dragão. Com um solavanco, o enorme réptil começou a ganhar altitude. Onze outros dragões se juntaram atrás dele.

Aparentemente devagar, os dragões batiam as asas inflexivelmente em direção à frota saqueadora, enquanto a tripulação dela rezava para seus próprios deuses por um milagre.

Estavam condenados. Não havia como escapar. Cada navio saqueador estava ameaçado e o ataque havia sido um fracasso.

Elric via o desespero nos rostos dos homens conforme os mastros dos navios saqueadores continuavam a curvar-se sob a força do vento maligno. Nada poderiam fazer agora, iriam morrer.

O albino lutou para livrar sua mente do turbilhão de incertezas que o preenchia. Sacou a espada e sentiu o poder maligno pulsante que se apossava de Stormbringer. Mas odiava aquele poder agora – pois este o havia feito matar o único ser humano que ele amava. Sabia que devia toda a sua força para a espada de ferro negra de seus antepassados e o quão fraco ele ficaria sem ela. Elric era um albino e aquilo significava que ele não tinha a vitalidade de um ser humano normal. Grosseira e futilmente, conforme a névoa na sua mente era substituída por um medo incontrolável, amaldiçoou as intenções de vingança que possuía, amaldiçoou o dia em que havia concordado em liderar o ataque a Imrryr e, acima de tudo, amargamente desprezou o falecido Yyrkoon e sua inveja distorcida que foram a causa de todo o curso amaldiçoado dos acontecimentos recentes.

No entanto era tarde demais para praguejar. O som alto do bater das asas do dragão preencheu o ar, e os monstros perseguiam o navio fugitivo. Ele precisava tomar algum tipo de decisão – mesmo que não tivesse amor pela vida, recusava-se a morrer pelas mãos de seu próprio povo. Quando morresse, prometeu a si mesmo que seria por suas próprias mãos. Decidiu-se, odiando a si próprio.

Invocou o vento místico enquanto o veneno do dragão caía queimando sobre o último navio da fila.

Concentrou todos seus poderes para mandar um vento mais forte para as velas de seu próprio barco, enquanto seus companheiros, desnorteados nos navios que repentinamente ficaram lentos, o chamaram questionando desesperadamente o motivo de seu ato. O navio de Elric navegava rapidamente e poderia fugir dos dragões. Assim ele esperava.

Deixou pra trás o homem que confiou nele, conde Smiorgan, e assistiu enquanto o veneno se esparramou do céu e o engoliu em uma chama fulgurante verde e vermelha. Elric fugiu, evitando pensar no futuro, e soluçou alto, como um príncipe orgulhoso de suas ruínas; amaldiçoou os deuses malignos pelo dia tenebroso quando, sem nada para fazer e apenas por diversão, eles deram origem ao homem.

Atrás dele, os últimos navios saqueadores emitiam um brilho terrível e repentino. Embora um pouco aliviados por estarem livres do mesmo destino dos seus camaradas, a tripulação olhou para Elric, acusadoramente. Ele continuava soluçando, sem dar atenção a eles, com uma dor devastadora lhe rasgando a alma.

Na noite seguinte, ao largo da costa de uma ilha chamada Pan Tang, quando o navio estava seguro de terríveis retaliações dos Mestres dos Dragões e suas feras, Elric estava pensativo na popa do navio enquanto os tripulantes o encaravam com medo e ódio, murmurando a respeito de traição e covardia. Parecia que não se lembravam do medo que eles próprios passaram e de terem sido salvos pelo albino.

Imerso em seus pensamentos, Elric segurou a espada rúnica com as duas mãos. Stormbringer era mais do que uma espada comum de batalha, isso ele soube por anos, mas, naquele momento, percebia que ela possuía mais sensibilidade do que imaginara. O objeto assustador havia utilizado sua influência e feito Elric destruir Cymoril. Mesmo assim, ele era terrivelmente dependente dela: compreendia isso com uma certeza que lhe rasgava a alma. Mas temia, ressentido, o poder da espada – odiava-a amargamente pelo caos que havia causado em sua mente e espírito. Com agonia e incerteza, segurou-a em suas mãos e forçou-se a pensar nos fatores envolvidos. Sem a espada sinistra, perderia o reinado – talvez mesmo a vida –, mas poderia finalmente conhecer a tranquilidade apaziguadora do descanso pleno; e, com isso, teria poder e força. A espada, contudo, o guiaria em um futuro amaldiçoado. Ele poderia saborear o poder, mas nunca a paz.

Respirou profundamente, soluçando e, influenciado por um cego pressentimento, jogou a espada no mar banhado pela luz da lua.

Incrivelmente, ela não afundou. Sequer flutuou na água. A espada caiu na vertical no mar e ali parou, estremecendo como se estivesse fincada em algo sólido. Permaneceu pulsando na água, quinze centímetros de sua lâmina imersa, e emitiu um grito estranho e demoníaco – um grito terrível e maligno.

Praguejando, Elric esticou sua mão branca e fina, tentando recuperar a espada infernal. Esticou-se ainda mais, debruçando-se sobre a amurada. Não conseguia alcançá-la, apesar de ela estar a poucos metros dele. Ofegante, uma sensação nauseante de derrota tomava conta dele. Caiu para o lado e mergulhou na água gelada, dando braçadas grotescas, em direção à espada flutuante. Ele fora derrotado, a espada venceu.

Ele a alcançou e colocou os dedos em torno do punho dela. Imediatamente, ela se ajustou a sua mão e Elric sentiu o poder invadindo aos poucos o seu corpo dolorido. Então, percebeu que ele e a espada eram interdependentes. Embora ele necessitasse da espada, Stormbringer era um parasita que precisava de um usuário. Sem um homem para empunhá-la, a espada também não possuía poder algum.

– Precisamos estar unidos um ao outro, então – Elric murmurou em desespero. – Unidos pelas correntes forjadas no inferno e por um destino maldito. Bom, então que assim seja. Os homens terão motivo para tremer quando ouvirem os nomes de Elric de Melniboné e Stormbringer, sua espada. Somos iguais – surgidos em uma era que nos abandonou. Vamos dar a esta era uma *razão* para nos odiar!

Com a força regenerada, Elric retornou Stormbringer à bainha e a espada ajustou-se ao seu lado; então, com braçadas vigorosas, começou a nadar em direção à ilha enquanto os homens que havia deixado no navio respiravam aliviados e especulavam se ele viveria ou pereceria nas águas gélidas daquele estranho mar sem nome

II – ENQUANTO OS DEUSES RIEM

Enquanto os deuses riem, o vórtex do mundo sou eu;
Turbilhão de paixões naquele mar oculto
Cujas ondas de todos os tempos se marulham em minha praia
E em curto espaço as águas escuras enchem.

Mervyn Peake, *Shapes and Sounds*, 1941.

UM

Certa noite, quando Elric se sentou taciturnamente bebendo sozinho em uma taverna, uma mulher sem asas de Myyrrhn apareceu deslizando para fora da tempestade e repousou seu corpo ágil contra o dele.

Seu rosto era magro e de ossos frágeis, quase tão branco quanto a pele albina de Elric, usava vestes verdes e opacas que contrastavam com seu cabelo vermelho escuro.

A taverna estava iluminada com a chama de uma vela e tomada por discussões sussurradas e risadas violentas, mas as palavras da mulher de Myyrrhn eram claras, sobrepondo-se ao barulho acalorado.

– Tenho procurado você há vinte dias – ela disse para Elric, que a fitou insolentemente através de seus olhos vermelhos cobertos por um capuz e folgadamente sentado em uma cadeira de espaldar alto; tinha uma taça de vinho prateada na mão direita de dedos longos e a mão esquerda no punho de sua espada rúnica enfeitiçada, Stormbringer.

– Vinte dias – murmurou baixinho o melniboneano, como se falando para si mesmo; deliberadamente rude. – Um longo tempo para uma mulher bela e solitária estar vagando pelo mundo. – ele abriu os olhos um pouco mais e falou diretamente para ela – Eu sou Elric de Melniboné, como você evidentemente sabe. Não concedo favores e também não peço nenhum. Tendo isso em mente, diga-me por que você me procura há vinte dias.

Da mesma maneira, a mulher respondeu, sem se intimidar com o tom arrogante do albino. – Você é um homem amargo, Elric. É assombrado pela amargura por motivos que já são lendas. Não lhe peço nenhum favor, apenas vim lhe fazer uma proposta. O que você mais deseja no mundo?

– Paz – Elric lhe disse simplesmente. Então sorriu ironicamente e acrescentou – Eu sou um homem do mal, senhora, e meu destino é amaldiçoado, mas não sou imprudente, nem injusto. Deixe-me lembrá-la um pouco da verdade. Chame isso de lenda, se você preferir, eu não me importo... Uma mulher morreu há um ano pela lâmina de minha espada.

Ele tocou a lâmina rispidamente e seus olhos ficaram de repente duros, como se zombasse de si mesmo. – Desde então, não tenho cortejado nem desejado mulher alguma. Por que eu deveria romper com esses hábitos seguros? Se solicitado, eu garanto que poderia recitar poemas para você, e dizer que você tem uma graça e beleza que me movem a especulações interessantes, mas eu não iria carregar qualquer parte do meu fardo escuro sobre alguém tão delicada como você. Qualquer relação entre nós, que não seja formal, necessitaria que eu deslocasse, sem vontade, parte desse fardo. – ele parou por um instante e depois prosseguiu lentamente – Tenho de admitir que eu grito durante o sono, às vezes, e sou frequentemente torturado por uma repugnância por mim mesmo. Vá enquanto pode, senhora, e se esqueça de Elric, pois ele só poderá trazer sofrimento para a sua alma.

Com um movimento rápido, ele desviou o olhar dela e levantou sua taça prateada, drenando o vinho e repondo-o de um jarro ao seu lado.

– Não – disse a mulher sem asas de Myyrrhn calmamente. – Eu não vou esquecer. Venha comigo.

Ela levantou-se e gentilmente pegou a mão de Elric. Sem saber por que, Elric se permitiu ser levado da taverna para a tempestade turbulenta sem chuva que uivava em torno da cidade filkhariana de Raschil.

Um sorriso cínico e protetor pairou sobre sua boca enquanto ela o arrastava em direção ao cais, onde ela lhe disse seu nome. Shaarilla da Bruma Dançante, filha sem asas de um necromante morto, um aleijado em sua terra estranha, e um pária.

Elric se sentiu desconfortavelmente atraído por essa mulher de olhos calmos que desperdiçava poucas palavras. Sentiu também uma grande onda de emoção bem dentro dele; emoção que nunca tinha pensado em experimentar novamente, e desejava tocar em seus ombros finamente moldados e apertar seu corpo magro contra o dele. Mas ele reprimiu o desejo e estudou sua delicadeza de mármore e seu cabelo desarranjado que deslizava pelo vento sobre sua cabeça.

O silêncio descansava confortavelmente entre eles enquanto o vento caótico uivava tristemente sobre o mar. Ali, Elric podia ignorar o mau cheiro quente da cidade e sentir-se quase relaxado. Por fim, olhando ao longe em direção ao mar agitado, com o manto ondulando ao vento, ela disse:

– Você já ouviu falar, é claro, do Livro dos Deuses Mortos.

Elric assentiu. Estava interessado, apesar da necessidade que sentia de dissociar-se tanto quanto possível de seus pares. Acreditava-se que o livro mítico continha conhecimento que poderia resolver muitos problemas que atormentavam os homens há séculos. Ele detinha uma sabedoria sagrada e poderosa que todo feiticeiro desejaria provar. Mas supunha-se que o livro havia sido destruído, jogado ao sol, quando os Deuses Antigos morreram nos desertos cósmicos que se estendiam além dos confins do Sistema Solar. Outra lenda, aparentemente de origem posterior, falava vagamente dos seres sombrios que interromperam o curso do livro em direção ao sol e o roubaram antes que fosse destruído. A maioria dos estudiosos desconsiderava esta lenda, argumentando que, a esta altura, o livro teria vindo à tona se ainda existisse.

Elric falou sem rodeios, para que parecesse desinteressado, ao responder para Shaarilla.

– Por que você menciona o livro?

– Eu sei que ele existe – Shaarilla respondeu assertivamente. – E sei onde ele está. Meu pai descobriu isso pouco antes de morrer. Você pode ter a mim e ao livro se me ajudar a encontrá-lo.

Será que o segredo da paz estaria contido no livro? Elric indagou. Será que, se ele o encontrasse, seria capaz de dispensar Stormbringer?

– Se você o deseja tanto assim para buscar a minha ajuda – disse ele, por fim. – Por que não deseja guardá-lo para você?

– Porque eu teria medo de ter uma coisa dessas perpetuamente sob minha custódia. Não é um livro para uma mulher possuir, mas você é, possivelmente, o último grande necromante que restou no mundo e é justo que você deva possuí-lo. Além disso, você poderia querer me matar para obtê-lo. Eu nunca estaria segura com um livro desses em minhas mãos. Eu preciso apenas de uma pequena parte de sua sabedoria.

– E que parte é essa? – Elric perguntou, estudando sua beleza aristocrática com uma nova disposição se agitando dentro dele.

A boca de Shaarilla se assentou e as pálpebras caíram sobre os olhos.

– Quando tivermos o livro em nossas mãos, então você terá a sua resposta. Não antes.

– Esta resposta é boa o bastante – destacou Elric rapidamente, vendo que ele não teria mais nenhuma informação nesse momento. – E me agrada. – então, antes que se desse conta, ele agarrou os ombros dela em suas mãos finas e pálidas e apertou seus lábios incolores à sua boca escarlate.

Elric e Shaarilla foram para o oeste, em direção à Terra Silenciosa, através das planícies verdejantes de Shazaar, onde o navio deles havia atracado dois dias antes. O país que fazia fronteira entre Shazaar e a Terra Silenciosa era um trecho isolado do território, desocupado até mesmo por habitações camponesas; uma terra de ninguém, embora fértil e repleta de riquezas naturais. Os habitantes de Shazaar deliberadamente se abstiveram de estender suas fronteiras para mais adiante, pois, embora os moradores da Terra Silenciosa raramente se aventurassem além dos Pântanos de Névoa, a fronteira natural entre as duas terras, os moradores de Shazaar tinham por seus vizinhos desconhecidos um medo quase supersticioso.

A viagem tinha sido limpa e rápida, embora sinistra, com várias pessoas que nada sabiam de seus propósitos alertando os viajantes do perigo que se aproximava. Elric meditou, reconhecendo os sinais de perdição, mas optando por ignorá-los e nada comunicar a Shaarilla que, por sua vez, parecia satisfeita com o silêncio dele. Falavam pouco durante o dia e assim guardavam a respiração para o selvagem jogo de amor à noite.

O baque dos cascos dos dois cavalos sobre a relva macia, o rangido abafado e o ruído do arreio e da espada de Elric eram os únicos sons a quebrar o silêncio do dia claro de inverno enquanto a dupla andava firmemente, se aproximando das trilhas traiçoeiras dos Pântanos de Névoa.

Numa noite sombria, chegaram às fronteiras da Terra Silenciosa, marcada pelo pântano, pararam e prepararam o acampamento, armando sua tenda de seda em uma colina com vista para o ermo envolto em névoa.

Amontoados como travesseiros negros contra o horizonte, as nuvens pareciam sinistras. A lua escondia-se atrás delas, às vezes perfurando-as o suficiente para enviar um raio pálido e tentativo para o pântano brilhante ou suas esfarrapadas fronteiras gramadas. Por um breve momento, um raio de luar de um brilho prateado iluminou a silhueta escura de Elric, mas, como se repelida pela visão de uma criatura viva naquele monte deserto, a lua mais uma vez se esgueirou por trás de sua nuvem-escudo, deixando Elric pensando profundamente na escuridão que ele desejava.

Um trovão retumbou sobre montanhas distantes, soando como o riso dos deuses longínquos. Elric estremeceu, puxou seu manto azul com mais força sobre ele e continuou a olhar sobre as terras baixas cobertas de névoa.

Shaarilla logo veio até ele, e ficou ao seu lado, envolta em um grosso manto de lã que não poderia conter todo o frio úmido no ar.

– Terra Silenciosa – ela murmurou. – As histórias são verdadeiras, Elric? Você aprendeu sobre isso na velha Melniboné? – Elric franziu a testa, irritado por ela ter perturbado os seus pensamentos. Virou-se abruptamente para ela, fitando-a através de seus olhos vermelhos por um momento e, em seguida, respondeu categoricamente:

– Os habitantes são desumanos e temíveis. Poucos homens se aventuraram no seu território. Nenhum deles jamais retornou, pelo que sei. Mesmo nos dias em que Melniboné era um império poderoso, essa foi uma nação que meus antepassados nunca governaram. Nem sequer desejaram fazê-lo. Os habitantes da Terra Silenciosa são uma raça em extinção, muito mais maligna do que meus ancestrais jamais foram, que apreciavam o domínio sobre a Terra muito antes dos homens terem ganhado qualquer tipo de poder. Eles raramente se aventuram além dos limites do seu território, hoje em dia, rodeado por pântanos e montanhas.

Shaarilla riu, com pouco humor.

– Eles são desumanos, Elric? Então, e quanto ao meu povo, que tem relação com eles? E quanto a mim, Elric?

– Você é humana o suficiente para mim – respondeu Elric despreocupadamente, olhando-a nos olhos. Ela sorriu.

– Não é exatamente um elogio – disse ela –, mas eu vou considerá-lo como tal. Até que sua língua volúvel encontre um melhor.

Naquela noite, eles dormiram inquietos e, como Elric previra, ele gritou de agonia em seu sono turbulento, cheio de terror noturno. E chamou um nome que fez os olhos de Shaarilla se encherem de dor e ciúme – Cymoril. Com os olhos arregalados em seu sono sombrio, Elric parecia estar olhando para aquela a quem ele chamou, falando palavras numa língua sibilante que fez Shaarilla tapar seus ouvidos e estremecer.

Na manhã seguinte, quando levantaram acampamento, dobrando o tecido farfalhante de seda amarela da tenda entre eles, Shaarilla evitou olhar para Elric diretamente, mas, mais tarde, já que ele não demonstrou nenhuma intenção de falar, ela lhe fez uma pergunta com uma voz um tanto trêmula. Era uma pergunta que ela precisava fazer, que veio dura aos lábios.

– Por que você deseja o Livro dos Deuses Mortos, Elric? O que você acha que vai encontrar nele?

Elric deu de ombros, descartando a pergunta, mas ela repetiu suas palavras menos lentamente, com mais insistência.

– Muito bem, então – disse ele finalmente. – Mas não é fácil de responder-lhe em poucas frases. Eu desejo conhecer uma de duas coisas.

– E o que é, Elric?

O albino alto deixou cair a barraca dobrada na grama e suspirou. Seus dedos tocavam nervosamente o punho da sua espada rúnica.

– Pode um Deus supremo existir, ou não? Isso é o que eu preciso saber, Shaarilla, se a minha vida tiver de ter algum sentido, no final das contas. Os Senhores da Ordem e do Caos agora governam nossas vidas. Mas será que existe algum ser superior a eles?

Shaarilla colocou a mão no braço de Elric.

– Por que você precisa saber isso? – ela disse.

– Desesperadamente, às vezes, eu busco o conforto de um Deus benigno, Shaarilla. Minha mente viaja, despertando à noite, buscando através da aridez das trevas por algo, qualquer coisa, que me leve a esse algo, que me aqueça, me proteja, que me diga que existe ordem na desordem caótica do universo; que ele é consistente, uma precisão dos planetas, não simplesmente uma breve e brilhante faísca de sanidade em uma eternidade de anarquia malévola.

Elric suspirou e seu tom tranquilo ficou tingido de desesperança.

– Sem alguma confirmação da ordem das coisas, meu único conforto é aceitar a anarquia. Desta forma, posso me deleitar com o caos e saber, sem medo, que estamos todos condenados desde o início... Que a nossa breve existência é sem sentido e amaldiçoada. Eu posso aceitar, então, que estamos mais do que abandonados, porque nunca houve nada lá para nos abandonar. Eu avaliei a prova, Shaarilla, e devo acreditar que a anarquia prevalece, apesar de todas as leis que aparentemente governam nossas ações, nossa magia e sua lógica. Eu vejo apenas o caos no mundo. Se o Livro que buscamos me disser o contrário, então eu acreditarei de bom grado. Até então, vou colocar minha confiança somente em minha espada e em mim próprio.

Shaarilla encarou Elric estranhamente.

– Não é possível que esta sua filosofia tenha sido influenciada pelos recentes acontecimentos em seu passado? Você teme as consequências do assassinato que cometeu e a traição? Não é mais reconfortante para você acreditar em desertos que são raramente oportunos?

Elric se voltou para ela, os olhos vermelhos ardentes de raiva, mas, assim que começou a falar, a raiva fugiu e ele baixou os olhos para o chão, ocultando-os do olhar dela.

– Talvez – disse ele sem jeito. – Eu não sei. Essa é a *única* verdade real, Shaarilla. *Eu não sei.*

Shaarilla assentiu, com o rosto iluminado por uma simpatia enigmática; mas Elric não viu o olhar que ela lhe deu, pois seus próprios olhos estavam cheios de lágrimas cristalinas, que desceram pelo seu rosto magro e branco, e tomaram a força e a vontade momentaneamente dele.

– Eu sou um homem possuído – ele gemeu – e sem essa lâmina demoníaca que carrego, nem mesmo um homem eu seria.

DOIS

Eles montaram em seus velozes cavalos negros e os esporearam com selvageria descendo a encosta em direção aos Pântanos, suas capas chicoteando atrás deles quando o vento os atingia. Ambos viajavam com expressões endurecidas, recusando-se a reconhecer a incerteza dolorosa que se escondia dentro deles.

De repente, os cascos dos cavalos afundaram no atoleiro antes de conseguirem parar.

Praguejando, Elric esticou suas rédeas com força, puxando seu cavalo de volta para terra firme. Shaarilla também lutou contra seu próprio garanhão em pânico e guiou o animal para a segurança do solo seco.

– Como vamos atravessar? – Elric perguntou a ela, impaciente.

– Havia um mapa... – Shaarilla falou, hesitante.

– Onde está?

– Eu o perdi. Mas me esforcei para memorizá-lo. Acho que vou ser capaz de nos levar com segurança ao outro lado.

– Como você o perdeu? E por que você não me contou isso antes? – Elric se enfureceu.

– Sinto muito, Elric, mas, por um dia inteiro, pouco antes de eu ter encontrado você naquela taverna, eu tinha perdido a memória. De algum modo, eu sobrevivi um dia sem nada saber... e quando despertei, o mapa havia sumido.

Elric franziu a testa.

– Há algum tipo de força contra nós, tenho certeza – ele murmurou –, mas o que é, eu não sei. Ele ergueu a voz e continuou – Vamos torcer para que sua memória não esteja muito falha agora. Estes Pântanos são infames em todo o mundo, mas, de acordo com a opinião geral, apenas os riscos naturais esperam por nós. – ele fez uma careta e colocou os dedos ao redor do punho de sua espada rúnica. – Melhor ir primeiro, Shaarilla, mas fique perto. Mostre o caminho.

Ela assentiu com a cabeça, em silêncio, e virou seu cavalo em direção ao norte, galopando ao longo da margem até chegar a um lugar onde havia uma rocha grande e cônica. Ali, um caminho graminoso, com menos de 1,5 metro de diâmetro, levava para dentro do pântano enevoado. Eles só podiam ver um pouco à frente por causa da névoa densa, mas parecia que a trilha permanecia sólida por alguma razão. Shaarilla conduziu seu cavalo pelo caminho e foi para frente em um trote lento. Elric seguiu imediatamente atrás dela.

Através da névoa pesada que tinha um brilho esbranquiçado, os cavalos se moveram hesitantes e seus cavaleiros tiveram de mantê-los em rédea curta. A névoa recheou o pântano com silêncio e o lodo úmido e cintilante ao redor deles exalava putrescência fétida. Nenhum animal corria, nenhum pássaro gritava acima deles. Todo o lugar estava num silêncio carregado de medo que deixou os cavalos e seus cavaleiros inquietos.

Com pânico em suas gargantas, Elric e Shaarilla continuaram a cavalgar, cada vez mais para o fundo dos Pântanos de Névoa, com os olhos desconfiados e até mesmo as narinas trêmulas de cheirar o perigo no pântano fedorento.

Horas mais tarde, quando o sol estava muito além do seu apogeu, o cavalo de Shaarilla empacou, gritando e relinchando.

Ela gritou para Elric, suas belas feições distorcidas de medo quando olhou para a névoa. Ele esporeou seu cavalo e se juntou a ela.

Algo se moveu, lentamente, de forma ameaçadora na brancura persistente da névoa. A mão direita de Elric rapidamente foi para o seu lado esquerdo e agarrou o cabo de Stormbringer.

A lâmina gritou para fora da bainha, um fogo negro brilhando por toda sua lâmina e um estranho poder fluindo dela para o braço de Elric e através de seu corpo. Uma luz estranha e profana saltou para os olhos vermelhos de Elric e sua boca ficou deformada em um sorriso hediondo quando ele forçou o cavalo assustado ainda mais em meio à névoa.

– Arioque, Senhor das Sete Trevas, esteja comigo agora! – Elric gritou quando discerniu a forma mutável à frente dele. Era branca como a neblina, mas de alguma forma mais escura. A coisa se esticou bem acima da cabeça dele. Tinha por volta de 2,5 metros de altura e era quase tão larga quanto. Mas era, ainda, apenas um contorno, aparentando não ter face ou membros... somente movimento: um movimento brusco e malévolo! E Arioque, o seu deus patrono, escolheu não lhe dar ouvidos.

Elric podia sentir o grande coração de seu cavalo batendo entre suas pernas enquanto o animal avançava sob o controle férreo de seu cavaleiro. Shaarilla estava gritando alguma coisa atrás dele, mas ele não conseguia ouvir suas palavras.

O albino golpeou a forma branca com sua espada, mas Stormbringer encontrou apenas névoa e uivou com raiva. O cavalo, louco de medo, já não se movia de jeito nenhum e Elric foi forçado a desmontar.

– Mantenha o controle do cavalo – ele gritou para trás em direção a Shaarilla, e moveu-se com passos leves para a forma bruta que pairava à sua frente, bloqueando seu caminho.

Dois olhos amarelos se destacavam bem no alto da criatura e havia uma fenda obscena como boca, cheia de dentes, pouco abaixo dos olhos. A coisa não tinha nariz ou ouvidos que Elric conseguisse ver. Quatro apêndices saíam da parte superior e inferior de seu corpo deslizando até o chão, sem apoio de membros. Os olhos de Elric ardiam quando a olhava. Era algo incrivelmente nojento de se ver e seu corpo amorfo exalava um cheiro de morte e decadência. Lutando contra o medo, o albino avançou com cautela, a espada erguida para aparar qualquer ataque que a criatura pudesse fazer com seus braços. Elric reconheceu-a de uma descrição em um de seus grimórios. Era um Gigante da Névoa, possivelmente o *único* Gigante da Névoa, Bellbane. Até mesmo os mais sábios magos não sabiam exatamente quantos deles existiam – se um ou se muitos. Era um demônio do pântano que se alimentava de almas e do sangue de homens e animais. Mas os Pântanos de Névoa ficavam bem a leste da toca de Bellbane.

Elric deixou de se perguntar por que tão poucos animais habitavam aquele trecho do pântano. Acima, o céu começava a escurecer.

Stormbringer pulsava em seus punhos, enquanto ele chamava os nomes dos antigos deuses-demônios de seu povo. O demônio nauseante obviamente reconhecia os nomes. Por um instante, ele recuou. Elric fez suas pernas se moverem em direção à coisa. Naquele momento, viu que a criatura não era toda branca, porém não havia nenhuma cor que Elric pudesse reconhecer. Via o que parecia ser um alaranjado listrado com um doentio amarelo esverdeado, e não via as cores com seus olhos. Ele apenas *sentia* as cores, estranhas e profanas.

Então Elric correu em direção à criatura, gritando os nomes que agora não tinham qualquer significado para sua consciência.

– Balaan-Marthim! Aesma! Alastor! Saebos! Verdelet! Nizilfkm! Haborym! Haborym dos Fogos que Destroem! – toda a sua mente estava partida em duas. Parte dele queria correr, se esconder, mas ele não tinha nenhum controle sobre o poder que agora o agarrava e o empurrava para conhecer o horror.

Sua espada cortou e lacerou a criatura. Era como tentar cortar água, uma água pulsante. Mas Stormbringer surtiu efeito. Toda a forma da coisa estremeceu com uma dor terrível. Elric sentiu-se arremessado no ar e sua visão se apagou, não conseguia ver nada, fazer nada, senão cortar e cortar na direção da coisa que agora o segurava.

O suor escorria dele enquanto lutava às cegas.

Era uma dor que não era física, uma dor mais intensa e terrível, que enchia seu ser enquanto ele berrava em agonia e golpeava continuamente a massa flexível que o abraçava e o puxava lentamente em direção à sua goela escancarada. Ele lutava e se contorcia no aperto obsceno da coisa. Com braços poderosos, a criatura segurava Elric, quase lascivamente, puxando-o para mais perto, como um amante ríspido agarrando sua amada. Até mesmo o poder intrínseco à espada rúnica não parecia suficiente para matar o monstro. Seus esforços estavam sendo um pouco mais fracos do que antes, e a coisa ainda puxava Elric para mais perto de sua boca, rangendo os dentes.

Elric gritou os nomes de novo, enquanto Stormbringer dançava e cantava uma canção maligna em sua mão direita. Em agonia, Elric se contorcia, rezando e implorando, mas, ainda assim, ele era atraído centímetro por centímetro em direção à goela arreganhada.

Horrivelmente, lutou e novamente gritou por Arioque. Uma mente tocou a dele, sardônica e poderosa. E ele sabia que Arioque respondera, finalmente! Quase imperceptivelmente, o Gigante da Névoa enfraqueceu. Elric aproveitou sua ligeira vantagem, e o conhecimento de que a criatura estava perdendo sua força deu-lhe mais vigor. Às cegas, com a agonia perfurando cada nervo de seu corpo, ele lutou e lutou.

Então, de repente, estava caindo.

Parecia cair por horas, lentamente, sem peso, até que caiu em cima de uma superfície que cedia abaixo dele. Começou a afundar.

Distante além do tempo e espaço, ouviu uma voz distante chamando por ele. Não queria ouvi-la; estava contente onde estava, enquanto a coisa fria e reconfortante onde ele estava arrastava-o lentamente para dentro de si mesmo.

Então algum sexto sentido o fez perceber que era a voz de Shaarilla chamando-o e ele se obrigou a arrancar o sentido de suas palavras.

– Elric... O pântano... Você está no pântano. Não se mexa!

Ele sorriu para si mesmo. Por que deveria se mover?

Estava afundando, lentamente, calmamente, para o fundo do pântano acolhedor... Houve algum outro momento como este; outro pântano? Com uma sacudida mental, a plena consciência da situação voltou para ele e Elric virou os olhos abertos.

Acima dele havia a neblina. De um lado, uma poça de coloração inominável estava evaporando lentamente, exalando um odor fétido. Por outro lado, ele poderia distinguir uma forma humana, gesticulando nervosamente. Para além da forma humana estavam as formas quase imperceptíveis de dois cavalos. Shaarilla estava lá.

Embaixo dele estava o pântano.

Uma lama grossa e mal cheirosa o estava arrastando para baixo enquanto ele se deitava de braços abertos sobre ela, já quase submerso. Stormbringer ainda estava em sua mão direita e ele só conseguia vê-la se virasse a cabeça. Cuidadosamente, tentou levantar a metade superior de seu corpo do pântano. Ele conseguiu, só para sentir suas pernas afundarem ainda mais. Sentado, gritou para a menina:

– Shaarilla! Rápido, uma corda!

– Não há corda, Elric! – ela começou a arrancar a parte de cima da roupa, freneticamente, rasgando-a em tiras.

Elric ainda afundava, seus pés não encontravam nenhum ponto de apoio.

Shaarilla apressadamente atou as tiras de pano de sua roupa e jogou a corda improvisada para o albino, mas não conseguiu alcançá-lo. Ela jogou a corda novamente. Desta vez, a tateante mão esquerda dele conseguiu pegar a corda. A menina começou a puxar e Elric sentiu ter subido um pouco, mas depois parou.

– Não está dando certo... Eu não tenho força – praguejando para ela, Elric gritou: – O cavalo! Amarre no cavalo!

Ela correu em direção a um dos cavalos e enrolou o pano em volta na maçaneta da sela. Então segurou nas rédeas do animal e começou a puxá-lo.

Lentamente, Elric foi arrastado do lodo que o prendia e, ainda segurando Stormbringer, foi puxado para a segurança da faixa de relva.

Ofegante, tentou se levantar, mas suas pernas estavam incrivelmente fracas. Levantou-se; cambaleou e caiu. Shaarilla ajoelhou-se ao lado dele.

– Você está ferido?

Elric sorriu, apesar de sua fraqueza.

– Acho que não.

– Foi terrível. Eu não conseguia ver direito o que estava acontecendo. Você pareceu desaparecer e, então... você gritou aquele... aquele nome! – ela estava tremendo, com o rosto pálido e tenso.

– Qual nome? – Elric estava genuinamente perplexo. – Que nome eu gritei?

Ela balançou a cabeça.

– Isso não importa, mas o que quer que fosse, ele te salvou. Você reapareceu pouco tempo depois e caiu no pântano...

O poder de Stormbringer ainda estava fluindo para o albino. Ele já se sentia mais forte.

Com esforço, se levantou e cambaleou até seu cavalo.

– Tenho certeza de que o Gigante da Névoa não costuma assombrar este pântano. Ele foi enviado para cá. Por que, ou por quem, eu não sei, mas temos de chegar a um terreno mais firme enquanto podemos.

Shaarilla disse:

– Para que direção? Para trás ou para frente?

Elric franziu a testa.

– Ora, para a frente, é claro. Por que pergunta? – ela engoliu em seco e balançou a cabeça. – Vamos nos apressar, então – disse ela.

Eles montaram em seus cavalos e caminharam com cautela até que o pântano e seu manto de névoa estivessem atrás deles.

Naquele momento, a viagem ganhou uma nova urgência quando Elric percebeu que alguma força estava tentando colocar obstáculos no caminho deles.

No quinto dia, estavam andando em um terreno estéril e rochoso, e uma leve chuva caía.

O chão estava tão escorregadio que eles foram forçados a andar mais devagar, se debruçando sobre os pescoços ensopados de seus cavalos, vestindo capas que mal os protegiam da garoa intensa. Eles cavalgaram em silêncio por algum tempo antes de ouvirem um cacarejar medonho à frente deles e o barulho de cascos.

Elric apontou para uma grande rocha à sua direita.

– Vamos nos abrigar lá – disse ele. – Alguma coisa vem em nossa direção, possivelmente mais inimigos. Com sorte, vão passar por nós. – Shaarilla obedeceu em silêncio e, juntos, esperaram enquanto o cacarejar hediondo aproximava-se.

– Um cavaleiro... Várias outras feras – disse Elric, ouvindo atentamente. – Os animais seguem ou perseguem o cavaleiro – em seguida, eles estavam à vista, correndo através da chuva.

Um homem freneticamente esporeando um cavalo igualmente assustado. E atrás dele, a distância diminuindo, uma matilha do que a princípio pareciam ser cães. Mas estes não eram cães. Eram criaturas meio cães e meio pássaros, com corpo e pernas peludos de cães, mas possuindo garras de pássaros no lugar de patas, e bicos curvados no lugar de focinhos.

– Os cães de caça dos Dharzi! – Shaarilla engasgou. – Eu pensei que eles, como seus senhores, estavam há muito extintos!

– Eu também – disse Elric. – O que estão fazendo por estas bandas? Nunca houve contato entre os Dharzi e os habitantes desta terra.

– Foram trazidos aqui por alguma coisa – Shaarilla sussurrou. Esses cães dos infernos vão sentir nosso cheiro, pode ter certeza.

Elric apanhou sua espada rúnica.

– Então, não perderemos nada se auxiliarmos a presa deles – disse ele, atiçando sua montaria para a frente. – Espere aqui, Shaarilla.

A esta altura, a matilha diabólica e o homem perseguido passavam correndo pela rocha onde estavam abrigados, acelerando para um desfiladeiro estreito. Elric esporeou o cavalo para baixo da encosta.

– Ei, você! – ele gritou para o cavaleiro apressado. – Vire-se e fique de pé, meu amigo. Estou aqui para ajudá-lo!

Erguendo alto sua espada rúnica, Elric avançou para cima dos cães diabólicos que uivavam, e os cascos de seu cavalo se chocaram contra um deles com um impacto que quebrou a espinha da fera. Havia ainda cerca de cinco ou seis dos estranhos cães. O cavaleiro virou seu cavalo e sacou um longo sabre de uma bainha em sua cintura. Ele era um homem pequeno, com uma boca grande e feia. Sorriu aliviado.

– Foi uma grande sorte este encontro, bom mestre! – isso foi tudo o que ele teve tempo de dizer antes de dois dos cães saltarem sobre ele, pois foi obrigado a dedicar toda a sua atenção a se defender de suas garras cortantes e bicos afiados.

Os outros três cães concentraram sua atenção sobre Elric. Um saltou bem alto, seu bico apontado para a garganta do albino. Ele sentiu o mau hálito em seu rosto e rapidamente usou Stormbringer num golpe que dividiu o cão em dois. O sangue imundo do animal espirrou nele e em seu cavalo, e o fedor parecia aumentar a fúria do ataque dos outros cães. Mas o mesmo sangue fez a espada rúnica vibrar em uma melodia quase como num êxtase e Elric sentiu-a se contorcer em suas mãos e perfurar outro dos cães hediondos. A ponta acertou bem no centro do peito do animal, que gritou em terrível agonia e tentou segurar a lâmina com seu bico. Quando o bico tocou o metal escuro da espada, um cheiro fétido de carne queimando invadiu as narinas de Elric e a fera soltou um grito agudo.

Ocupado com o cão-demônio que havia restado, Elric olhou de relance para o cadáver enegrecido. Seu cavalo estava empinando bem alto, tentando acertar com seus cascos o último dos estranhos animais. O cão evitou o ataque do cavalo e foi para cima de Elric. O albino desviou na sela e acertou com a espada na cabeça da criatura, abrindo-a e esparramando miolos e sangue no chão encharcado. Ainda vivo, o cão tentou bicar Elric, mas o melniboneano ignorou seu ataque inútil e voltou sua atenção para o pequeno homem que havia dispensado um de seus adversários, mas estava tendo dificuldade com o segundo. O cão tinha agarrado o sabre com seu bico, prendendo a espada perto do cabo.

Suas garras avançaram na direção do pescoço do pequeno homem quando ele tentava se desvencilhar do bico que segurava seu sabre. Elric atacou com sua espada rúnica apontando-a para onde o cão infernal pendurava-se no ar, suas garras tentando atingir a carne de sua antiga vítima. Stormbringer acertou a fera na barriga e a perfurou, fazendo uma abertura na criatura até o pescoço. A coisa soltou o sabre do homem e caiu no chão, se contorcendo. O cavalo de Elric pisoteou-o sobre o chão rochoso. Respirando pesadamente, o albino embainhou Stormbringer e cautelosamente observou o homem que tinha salvado. Ele não gostava de contato desnecessário com qualquer um e não queria se sentir constrangido por uma demonstração de emoção por parte do homem.

Ele não ficou decepcionado, pois a boca grande e feia dividiu-se em um sorriso alegre e o homem inclinou-se na sela, enquanto devolvia sua lâmina curva à bainha.

– Obrigado, bom senhor – ele disse. – Sem sua ajuda, a batalha poderia ter durado muito mais. Você me privou de alguns momentos de diversão, mas foi com boas intenções. Meu nome é Moonglum.

– E eu sou Elric de Melniboné – replicou o albino, mas sem obter nenhuma reação do rosto do pequeno homem. Isso era estranho, pois o nome de Elric era agora infame por quase toda a maior parte do mundo. A história de sua traição e do assassinato de sua prima Cymoril foi contada e recontada em tavernas por todos os Reinos Jovens. Por mais que odiasse, estava acostumado a receber alguma indicação de reconhecimento por aqueles que ele conhecia. O fato de ser albino já era marcante por si só.

Intrigado pela ignorância de Moonglum e se sentindo estranhamente atraído pelo pequeno e arrogante cavaleiro, Elric estudou-o em um esforço para descobrir de qual terra ele vinha. Moonglum não usava armadura e suas roupas eram de um material azul desbotado, manchadas pelo uso e desgastadas. Uma cinta de couro carregava o sabre, uma adaga e uma bolsa de lã. Nos pés, Moonglum usava botas até o tornozelo. Os paramentos de seu cavalo estavam bem surrados, mas eram obviamente de boa qualidade. Ele próprio, de pose altiva sobre a sela, tinha pouco mais de um metro e meio de altura, com pernas bastante longas, proporcionalmente, ao resto de seu corpo. Seu nariz era curto e inclinado, olhos verde acinzentados, de aparência inocente. Um punhado de um vívido cabelo ruivo caía desregrado sobre sua testa até o pescoço. Ele sentou-se em seu cavalo confortavelmente, ainda sorridente, mas olhando agora atrás de Elric, para onde Shaarilla foi encontrá-los com seu cavalo.

Moonglum se curvou primorosamente enquanto a moça parava seu cavalo.

Elric disse friamente:

– Esta é Lady Shaarilla. E este é o Mestre Moonglum de...?

– De Elwher – Moonglum respondeu – capital mercantil do Leste – a melhor cidade do mundo.

Elric reconheceu o nome.

– Então você é de Elwher, mestre Moonglum. Já ouvi falar desse lugar. Uma nova cidade, não é? Alguns poucos séculos de idade. Você tem andado longe de sua terra.

– De fato, senhor. Sem o conhecimento da língua utilizada por estas bandas, a viagem teria sido mais difícil, mas felizmente o escravo que me inspirou com contos de sua terra natal me ensinou também o idioma.

– Mas por que você viaja por estas terras. Já não ouviu as lendas? – Shaarilla falou incrédula.

– Essas mesmas lendas é que me trouxeram aqui, e eu estava fazendo pouco caso delas, até que esses filhotes desagradáveis vieram para cima de mim. Por qual razão me perseguiram, eu não sei, pois não lhes dei nenhuma razão para que antipatizassem comigo. Esta terra é mesmo uma terra de bárbaros.

Elric se sentia desconfortável. A conversa mole do tipo que Moonglum parecia gostar era contrária à sua própria natureza contemplativa. Mas, apesar disso, percebeu que estava gostando do homem mais e mais.

Foi Moonglum que sugeriu que eles viajassem juntos por um tempo. Shaarilla se opôs, dando a Elric um olhar de advertência, mas ele ignorou.

– Muito bem, amigo Moonglum, visto que três são mais fortes do que dois, gostaríamos muito da sua companhia. Vamos montar em direção às montanhas. – Elric estava se sentindo em um clima mais alegre.

– E o que vocês procuram lá? – Moonglum perguntou.

– Um segredo – disse Elric, e seu companheiro recém-descoberto foi discreto o bastante para desistir de perguntar.

TRÊS

Então cavalgaram ao passo que a chuva aumentava e esguichava por entre as rochas, com o céu nublado acima deles e o vento cantando uma canção triste em seus ouvidos. Três pequenas figuras andando cuidadosamente em direção à barreira da montanha negra que se erguia sobre o mundo como um Deus pensativo. E talvez fosse um Deus que às vezes ria enquanto se aproximavam do sopé da serra, ou talvez fosse o vento assobiando através do mistério sombrio de cânions e precipícios. Nuvens trovejantes formavam-se em torno desses picos e relâmpagos caíam com estrondo como um dedo monstruoso cavando a terra em busca de vermes. O trovão sacudiu a região, e Shaarilla enfim falou o que estava pensando para Elric; falou-lhe assim que as montanhas apareceram à vista.

– Elric... Vamos voltar, eu lhe imploro. Esqueça o livro. Há muitas forças atuando contra nós. Preste atenção aos sinais, Elric, ou estaremos condenados!

Mas Elric permaneceu em completo silêncio, pois há muito percebeu que a menina estava perdendo o entusiasmo pela missão que ela mesmo havia começado.

– Elric, por favor. Nós nunca vamos conseguir chegar ao livro. Elric, volte.

Ela cavalgava ao lado dele, puxando-lhe as roupas, até que ele encolheu os ombros para se livrar de seus agarrões e disse:

– Estou intrigado demais para parar agora. Ou você continua a indicar o caminho, ou me diga o que sabe e fique por aqui. Você desejou provar a sabedoria do livro outrora, mas agora alguns pequenos contratempos em nossa jornada parecem ter assustado você. O que é que você precisava descobrir, Shaarilla?

Ela não lhe respondeu a questão, mas disse em vez disso:

– E o que foi que você desejou, Elric? Paz, você me disse. Bem, fique avisado, você não vai encontrar paz naquelas montanhas sombrias... Se é que vamos conseguir chegar até elas.

– Você não foi franca comigo, Shaarilla – disse Elric friamente, ainda olhando à sua frente para os picos negros. – Você sabe alguma coisa sobre as forças que procuram nos deter.

Ela encolheu os ombros.

– Eu pouco sei. Meu pai deu-me apenas algumas advertências vagas antes de morrer, isso é tudo.

– O que ele disse?

– Ele disse que Aquele que guarda o Livro usaria todo o seu poder para impedir a humanidade de usar sua sabedoria.

– O que mais?

– Nada mais. Mas isso é o suficiente, agora que vejo que o aviso do meu pai era sincero. Foi esse guardião que o matou, Elric. Ou um dos asseclas do guardião. Eu não desejo sofrer esse destino, apesar do que o livro possa fazer por mim. Eu tinha pensado que você fosse poderoso o suficiente para me ajudar, mas agora eu duvido disso.

– Eu protegi você até agora – disse Elric. – Agora me diga o que você pretende com o livro?

– Tenho vergonha – Elric não pressionou a questão, mas, depois, ela falou baixinho, quase sussurrando. – Eu procuro minhas asas – disse ela.

– Suas asas... Você está dizendo que o livro poderia lhe dar um feitiço para que você possa ganhar asas? – Elric sorriu ironicamente. – E é por isso que você busca o recipiente de sabedoria mais poderoso do mundo?

– Se você fosse visto como um deformado na sua própria terra... Seria importante o suficiente para você – ela gritou em desafio.

Elric virou o rosto para ela, com os olhos ardendo de uma emoção estranha. Ele colocou a mão na sua pele branca e um sorriso lhe torceu os lábios.

– Eu também me sentia como você – disse ele quietamente. Isso foi tudo o que ele mencionou, e Shaarilla foi para trás dele envergonhada novamente.

Eles cavalgaram em silêncio até que Moonglum, que estava discretamente à frente, ergueu a grande cabeça para um lado e de repente puxou as rédeas.

Elric se juntou a ele.

– O que foi, Moonglum?

– Eu ouço cavalos vindo para cá – disse o homenzinho. – E vozes que são perturbadoramente familiares. Mais daqueles cães-demônios, Elric, e desta vez acompanhados por cavaleiros!

Elric também ouviu os sons e gritou para avisar Shaarilla.

– Parece que você estava certa – ele afirmou. – Mais problemas vêm em nossa direção.

– E agora? – disse Moonglum, franzindo a testa.

– Continuem em direção às montanhas – Elric respondeu – assim ainda poderemos nos distanciar deles.

Eles esporearam seus cavalos para acelerar o galope e correram em direção às colinas.

No entanto a fuga era impossível. Pouco tempo depois puderam ver uma mancha escura no horizonte e os latidos dos cães-demônios estavam cada vez mais perto. Elric olhou para trás, na direção de seus perseguidores. A noite estava começando a cair e a visibilidade estava diminuindo a cada momento, mas ele tinha uma vaga impressão dos cavaleiros que vinham atrás das feras. Estavam envoltos em mantos escuros e carregavam longas lanças. Seus rostos eram invisíveis, ocultos nas sombras dos capuzes que cobriam suas cabeças.

Agora Elric e seus companheiros estavam forçando seus cavalos a subir por um declive íngreme, buscando o abrigo das rochas.

– Vamos parar aqui – Elric ordenou – e tentar mantê-los longe. Em campo aberto eles poderiam facilmente nos cercar. – Moonglum acenou afirmativamente, concordando com o bom senso contido nas palavras de Elric. Eles colocaram seus corcéis exaustos para descansar e se prepararam para se juntar à batalha com a matilha que uivava e seus mestres camuflados com capuzes.

Logo, os primeiros dos cães-demônios subiram pela inclinação, seus bicos-mandíbulas babando e suas garras arranhando as pedras. De pé entre duas rochas, bloqueando a passagem com seus corpos, Elric e Moonglum se depararam com o primeiro ataque e rapidamente despacharam três dos animais. Vários outros tomaram o lugar dos mortos e o primeiro dos cavaleiros estava visível por trás deles quando a noite ficou cada vez mais iminente.

– Arioque! – praguejou Elric, repentinamente reconhecendo os cavaleiros. – Estes são os Senhores de Dharzi... mortos há dez séculos. Estamos lutando contra homens mortos, Moonglum, e os fantasmas de seus cães. A menos que eu possa pensar em um feitiço para derrotá-los, nós estamos condenados!

Os homens-zumbis pareciam não ter nenhuma intenção de tomar parte do ataque no momento. Eles estavam esperando, seus olhos mortos misteriosamente luminosos, quando os cães-demônios tentaram romper a barreira de aço das espadas de Elric e seu companheiro. Elric estava vasculhando sua mente, tentando desenterrar um feitiço de sua memória que pudesse livrá-los desses mortos-vivos. Então ele conseguiu, e na esperança de que as forças que tinha para invocar decidissem ajudá-lo, começou a cantar:

Que as Leis que regem todas as coisas
Não sejam assim facilmente abandonadas;
Deixe que os que ostentam os Reis da Terra
Com uma morte mais fresca sejam beijados.

Nada aconteceu.

– Eu falhei – Elric murmurou desesperado quando enfrentou o ataque de um cão-demônio e espetou a coisa com a sua espada.

Mas, em seguida, o chão balançou e parecia ferver debaixo dos pés dos cavalos nos quais os mortos estavam montados. O tremor durou alguns segundos e depois diminuiu.

– O feitiço não foi poderoso o suficiente – Elric suspirou.

A terra tremeu novamente e pequenas crateras formaram-se no solo da encosta sobre o qual os Senhores Mortos de Dharzi impassivelmente esperavam: as pedras esmigalharam-se e os cavalos bateram os cascos nervosamente. Então a terra retumbou.

– Para trás – gritou Elric em advertência. – Para trás ou vamos acabar como eles! – eles voltaram até Shaarilla e os cavalos quando o chão cedeu sob seus pés. As montarias dos Dharzi estavam empinando e bufando e os cães restantes se voltaram nervosos para observar os seus senhores com um olhar intrigado. Um gemido baixo estava vindo dos lábios dos mortos-vivos. De repente, toda a área da encosta ao redor partiu-se em rachaduras e fendas apareceram na superfície. Elric e seus companheiros lançaram-se sobre os cavalos, quando, com um grito aterrorizante, os Senhores Mortos foram engolidos pela terra, retornando para as profundezas de onde tinham sido invocados.

Uma risada diabólica veio da cratera. Era o riso de zombaria dos Reis da Terra levando suas presas de volta para seu poder. Em prantos, os cães-demônios retiraram-se para a borda do poço, farejando em torno. Em seguida, todos ao mesmo tempo, os animais atiraram-se para dentro do abismo, seguindo seus mestres para qualquer que fosse a danação que os aguardava.

Moonglum estremeceu.

– Você tem relações com pessoas estranhas, amigo Elric – disse ele com voz trêmula e virou o cavalo em direção às montanhas novamente.

Eles chegaram às montanhas negras no dia seguinte e, tensamente, Shaarilla os conduziu ao longo do percurso rochoso que ela havia memorizado. Não mais apelou para que Elric retornasse. Já havia se conformado com o destino que os aguardava. A obsessão de Elric queimava dentro dele e ele estava cheio de impaciência, certo de que iria encontrar, finalmente, a verdade definitiva sobre a existência no Livro dos Deuses

Mortos. Moonglum estava alegremente cético, enquanto Shaarilla era consumida por um mau pressentimento.

A chuva ainda caía, e a tempestade rosnava e estalava acima deles. E enquanto a chuva aumentava com insistência, chegaram, por fim, à boca de uma enorme caverna.

– Eu não posso levá-lo além deste ponto – disse Shaarilla, sentindo-se exausta. – O livro está em algum lugar além da entrada desta caverna.

Elric e Moonglum olharam de modo vago um para o outro. Nenhum dos dois estava certo do movimento a fazer em seguida. Atingir seu objetivo parecia, de alguma forma, algo anticlimático. Nada bloqueava a entrada da caverna e nada apareceu para guardá-la.

– É inconcebível – disse Elric – que os perigos que nos cercam não tenham sido engendrados por alguma coisa, mas aqui estamos nós, e ninguém procura nos impedir de entrar. Tem certeza de que esta é a caverna certa, Shaarilla?

A garota apontou para a rocha acima da entrada. Gravado nela havia um símbolo curioso que Elric reconheceu imediatamente.

– O sinal do Caos! – Elric exclamou. – Talvez eu devesse ter adivinhado.

– O que significa, Elric? – perguntou Moonglum.

– É o símbolo da ruptura eterna e da anarquia – Elric disse a ele. – Estamos de pé em território presidido pelos Senhores da Entropia ou um de seus asseclas. Então é isso o que o nosso inimigo é! O que só pode significar uma coisa: o livro é de extrema importância para a ordem das coisas neste plano, possivelmente para toda a miríade de planos que se espalham pelo universo. Foi por isso que Arioque estava relutante em me ajudar. Pois ele, também, é um Senhor do Caos!

Moonglum fitou-o perplexo.

– O que você quer dizer, Elric?

– Você não sabe que duas forças governam o mundo, em uma batalha eterna? – retrucou Elric. – Ordem e Caos. Os defensores do Caos afirmam que em um mundo governado por eles, todas as coisas são possíveis. Os opositores do Caos, aqueles que se aliam às forças da Ordem, dizem que, sem Ordem, nada material é possível.

– Alguns se distanciam, acreditando que o equilíbrio entre os dois é o estado ideal das coisas, mas não podemos fazer isso. Nós já estamos envolvidos em uma disputa entre as duas forças. O livro é valioso para qualquer dos lados, obviamente, e eu podia suspeitar que os asseclas da Entropia estão preocupados com o poder que podemos liberar se o obtivermos. Ordem e Caos raramente interferem diretamente na vida dos homens. É por isso que não temos plena consciência da sua presença. Agora, talvez, eu venha a descobrir finalmente a resposta para a pergunta que me interessa. Uma força suprema impera sobre as facções opostas da Lei e do Caos? – Elric passou pela entrada da caverna, espiando em meio à escuridão, enquanto os outros vacilantemente o seguiam.

– A caverna se estende por um longo caminho. Tudo o que podemos fazer é prosseguir até que encontremos onde termina a caverna – disse Elric.

– Vamos torcer para que esse local não se encontre tão para baixo – disse Moonglum ironicamente enquanto sinalizava para que Elric continuasse adiante.

Eles tropeçaram quando a caverna ficou totalmente escura. Suas vozes eram ampliadas e ocas a seus próprios ouvidos à medida que o chão da gruta se inclinava acentuadamente para baixo.

– Isso não é uma caverna – Elric sussurrou –, é um túnel, mas eu não tenho como adivinhar até onde ele nos leva.

Durante várias horas, eles prosseguiram pela escuridão, segurando uns nos outros, incertos de seus passos e cientes de que estavam se movendo por um declive. Perderam a noção do tempo e Elric começou a se sentir como se estivesse vivendo um sonho. Os acontecimentos pareciam tão imprevisíveis e fora de seu controle que ele não podia mais pensar neles em termos comuns. O túnel era longo e escuro, grande e frio, não oferecia nenhum conforto e o chão acabava sendo a única coisa que ele tinha mais próxima da realidade, pois estava bem firme sob seus pés. Elric começou a sentir que talvez não fosse ele que estava se movendo, mas sim o chão e ele permanecia estacionado. Seus companheiros o agarraram, mas ele não estava ciente deles. Ele estava perdido e seu cérebro estava dormente. Às vezes se desequilibrava como se estivesse à beira de um precipício. Às vezes caía e seu corpo encontrava pedras duras, refutando a proximidade do abismo no qual ele achava que podia cair.

Durante todo o tempo ele fez suas pernas realizarem movimentos de caminhada, mesmo sem ter a certeza se estava realmente se movendo para frente. E o tempo não significava nada, tornou-se um conceito sem sentido.

Até que, finalmente, ele percebeu um leve brilho azul à frente dele e soube que tinha se movido para frente. Começou a descer a ladeira correndo, mas concluiu que estava indo muito rápido. Havia um cheiro de estranheza no ar frio do túnel da caverna, e o medo era uma força fluida que subia sobre ele, algo separado de si mesmo.

Os outros, obviamente, sentiram aquilo tudo também, e mesmo que nada dissessem, Elric sabia. Lentamente, eles se moviam para baixo, atraídos como autômatos em direção ao brilho azul pálido abaixo deles.

E então chegaram à saída do túnel, olhando boquiabertos para a visão sobrenatural com que se defrontavam. Acima deles, o ar parecia da mesma estranha cor azul que os havia atraído. Estavam em uma laje que se projetava da rocha e, apesar de o ambiente ainda estar bem escuro, o estranho brilho azul iluminou um trecho da brilhante praia de prata debaixo deles. E esta era banhada por um mar escuro que se movia sem descanso como um gigante líquido no sono perturbado. Espalhadas ao longo da praia prateada, estavam as formas sombrias de destroços. Ossos de barcos peculiarmente projetados, cada um de um padrão diferente do resto. O mar sumiu na escuridão e não havia horizonte. Apenas trevas.

Atrás deles, podiam ver um penhasco que também estava perdido na escuridão além de certo ponto. E estava frio, muito frio. Pois, embora o mar se agitasse abaixo deles, não havia umidade no ar, e nenhum cheiro de sal. Era uma visão sombria e incrível e, além do mar, eram as únicas coisas que se moviam, as únicas coisas a fazerem som, pois o mar estava terrivelmente silencioso em seu movimento inquieto.

– E agora, Elric? – sussurrou Moonglum, tremendo.

Elric balançou a cabeça e eles continuaram lá por um longo tempo até que o albino – seu rosto branco e as mãos medonhas sob a estranha luz – disse:

– Uma vez que é impraticável retornar, temos de nos aventurar pelo mar – sua voz era oca e ele falou como alguém sem conhecimento de suas palavras.

Degraus, cortados na rocha bruta, levavam para baixo, na direção da praia, e agora Elric começou a descê-los. Os outros permitiram que ele os conduzisse enquanto olhavam ao redor, seus olhos iluminados por um terrível fascínio.

QUATRO

Seus pés profanaram o silêncio quando chegaram à praia de pedras cristalinas. Os olhos rubros de Elric fixaram-se em um dos objetos espalhados pela praia e ele sorriu. Balançou a cabeça freneticamente de um lado para outro, como se para limpá-la.

Trêmulo, apontou para um dos barcos, e Moonglum e Shaarilla viram que ele estava intacto, ao contrário dos outros. Era amarelo e vermelho, de um colorido vulgar ao ambiente e, ao se aproximarem, observaram que era feito de madeira, mas diferente de toda a madeira que já tinham visto. Moonglum correu os dedos grossos pelo barco.

– Duro como ferro – ele destacou. – Não é de admirar que não tenha apodrecido como os outros – ele espiou seu interior e estremeceu. – Bem, parece que o proprietário não vai se incomodar se o levarmos – disse ele ironicamente.

Elric e Shaarilla entenderam o que ele quis dizer quando viram o esqueleto estranhamente torcido que estava no piso do barco. Elric entrou e puxou a coisa para fora, arremessando-a para as pedras. O esqueleto rolou pela areia brilhante, desmontando-se e espalhando ossos. O crânio acabou parando à beira da praia, parecendo olhar cegamente para o oceano perturbador.

Enquanto Elric e Moonglum esforçavam-se para arrastar o barco, Shaarilla foi à frente deles e agachou-se, colocando a mão no molhado. Ela levantou-se bruscamente, sacudindo o material de sua mão.

– Isso não é água, pelo que estou vendo – disse ela. Eles a ouviram, mas sem dizer nada.

– Vamos precisar de uma vela – Elric murmurou. A brisa fria estava se movendo em direção ao oceano. – A capa deve servir – ele tirou sua capa e deu um nó no mastro do navio. – Dois de nós terão que esticar isso dos dois lados – disse ele. – Dessa forma, teremos pelo menos um pequeno controle sobre a direção que o barco seguirá. É improvisado, mas é o melhor que podemos fazer agora – eles afastaram-se da costa, tomando cuidado para não encostar os pés na água do mar.

O vento empurrou a vela e o barco para o oceano, movendo-o em um ritmo mais rápido do que Elric havia calculado à primeira vista. O barco começou a ser arremessado para frente como se estivesse possuído por sua própria vontade, e os músculos de Elric e de Moonglum ardiam enquanto seguravam as extremidades inferiores da vela.

Logo a praia prateada estava fora de visão e eles podiam ver pouca coisa. A pálida luz azul acima deles mal penetrava a escuridão. Foi então que ouviram o bater de asas sobre a cabeça e olharam para cima.

Descendo silenciosamente, viram três criaturas parecidas com macacos enormes, sustentados por grandes asas de couro. Shaarilla os reconheceu e engasgou.

– Clakars!

Moonglum encolheu os ombros enquanto rapidamente desembainhou sua espada.

– O que são eles? – mas ele não recebeu nenhuma resposta enquanto o primeiro dos macacos alados caiu velozmente sobre ele, balbuciando, mostrando longas presas e babando. Moonglum largou sua ponta da vela e golpeou a fera, mas ela desviou-se, suas enormes asas batendo, e voou para o alto novamente.

Elric desembainhou Stormbringer e ficou surpreso com ela. A lâmina permaneceu em silêncio, seu uivo familiar de júbilo havia silenciado. A lâmina tremeu em sua mão e, em vez da torrente de poder que geralmente fluía pelo seu braço, ele sentiu apenas um leve formigamento. O albino ficou em pânico por um momento... Sem a espada, logo perderia toda sua vitalidade. Lutando contra o medo, usou a espada para se proteger do ataque de um dos macacos alados.

O macaco agarrou a lâmina, deixando Elric perplexo, mas o animal gritou de dor quando o fio da lâmina cortou seus dedos que ficaram se contorcendo e espirrando sangue no estreito convés do barco. Elric agarrou-se na lateral do barco e pôs-se de pé novamente. Gritando de agonia, o macaco alado atacou mais uma vez, mas agora com mais cautela. Elric concentrou toda a sua força e balançou a espada com as duas mãos, arrancando uma das asas de couro, fazendo o animal mutilado cair sobre o convés. Julgando o lugar onde seu coração deveria estar, Elric enfiou a lâmina sob o osso do peito. Os movimentos do macaco diminuíram até cessar.

Moonglum estava se atracando violentamente com dois dos macacos alados que o atacavam de ambos os lados. Ele estava apoiado em um joelho, golpeando com sua espada aleatoriamente. Fez um corte no lado da cabeça de um animal, que, apesar da dor, ainda avançava sobre ele.

Elric golpeava com Stormbringer através da escuridão e fincou o animal na garganta com a ponta da espada.

O macaco agarrou o aço com os dedos e caiu com a espada ao mar. Seu cadáver flutuava no líquido, mas lentamente começou a afundar. Elric, esticando-se pelo lado do barco agarrou com os dedos frenéticos o punho da espada. Por incrível que pareça, a lâmina estava afundando com a fera. Conhecendo as propriedades de Stormbringer, Elric ficou surpreso. Uma vez, quando ele arremessou a espada rúnica no oceano, ela se recusou a afundar. Agora estava sendo arrastada para baixo como qualquer lâmina ordinária. Ele segurou o punho e puxou a espada da carcaça do macaco alado.

Sua força estava se esvaindo rapidamente. Foi incrível. Que leis estranhas governam este mundo? Ele não podia adivinhar. A preocupação dele naquele momento era recuperar sua força. Sem o poder da espada rúnica, isso era impossível!

A lâmina curva de Moonglum tinha estripado a fera restante e o homenzinho estava ocupado jogando a coisa morta para o lado. Ele virou-se, sorrindo triunfante para Elric.

– Uma boa luta – disse ele.

Elric balançou a cabeça.

– Temos que atravessar esse mar rapidamente – respondeu ele – ou estaremos perdidos – concluiu. – Minha força se foi.

– Como? Por quê?

– Eu não sei. Talvez as forças da Entropia dominem mais fortemente este lugar. Vamos nos apressar. Não há tempo para especulações.

Os olhos de Moonglum estavam perturbados, ele não podia fazer nada além de agir como Elric sugeriu.

Elric estava tremendo de fraqueza, segurando a vela ao vento com sua força sendo drenada. Shaarilla foi até ele querendo ajudá-lo, suas mãos finas perto das dele; seus olhos profundos brilhando com simpatia.

– O que eram aquelas coisas? – Moonglum falou com voz engasgada, ofegando.

– Clakars – Shaarilla respondeu. – Eles são os ancestrais primitivos do meu povo, de origem tão antiga quanto o tempo registrado. O meu povo presume ser um dos mais antigos habitantes deste planeta.

– Quem quer que esteja tentando nos impedir nessa busca de vocês, devia procurar meios mais originais – Moonglum satirizou. – Os velhos métodos não funcionam. Mas os outros dois não acharam graça, pois Elric estava quase desmaiado e a mulher estava preocupada apenas com a situação dele. Moonglum deu de ombros, olhando para diante.

Quando ele falou novamente, algum tempo depois, sua voz estava animada.

– Estamos nos aproximando da terra.

Eles estavam viajando rápido na direção da terra. Muito rápido. Elric levantou-se e falou com dificuldade.

– Solte a vela! – Moonglum obedeceu. O barco continuou acelerado, atingiu um outro trecho de praia prateada e encalhou, a proa sulcando uma cicatriz escura através da areia brilhante.

O barco parou de repente, inclinando violentamente para um lado, fazendo os três caírem contra a amurada do barco.

Shaarilla e Moonglum logo se levantaram e arrastaram o albino fraco e abatido para a praia. Levando-o entre eles, lutaram até conseguirem chegar à praia, até que a areia cristalina desse lugar a um musgo grosso e macio, fazendo seus pés afundarem. Deitaram o albino e ficaram olhando para ele, preocupados, incertos de suas próximas ações.

Elric esforçou-se para ficar de pé, mas não conseguiu.

– Me deem um tempo – suspirou. – Eu não vou morrer, mas a minha visão está sumindo. Só espero que o poder da lâmina volte a atuar, agora que estamos em terra seca.

Com um grande esforço, puxou Stormbringer da bainha e sorriu de alívio quando a espada rúnica gemeu baixinho e depois, lentamente, sua canção cresceu em intensidade quando uma chama negra cintilou por ela. Seu poder já estava fluindo para o corpo de Elric, dando-lhe vitalidade renovada. Mas, mesmo quando a sua força voltou, os olhos rubros de Elric ardiam, ainda revelando sua dor.

– Sem essa lâmina negra – ele gemeu – eu não sou nada, como vocês podem ver. Mas o que ela está fazendo comigo? Tenho de ficar ligada a ela para sempre?

Os outros não responderam, e Moonglum e Shaarilla foram movidos por uma emoção que não podiam definir. Uma emoção que era uma misturada de medo, ódio e pena... ligada a outra coisa...

Elric acabou conseguindo se levantar, tremendo e, em silêncio, levou-os pela encosta escorregadia de musgo até chegarem a um local iluminado por uma luz mais natural que vinha de cima. Eles podiam ver que a luz vinha de uma grande fissura na terra, que levava aparentemente para o alto. Por meio da luz, puderam distinguir um vulto escuro, irregular, que se erguia próximo à fenda.

Quando se aproximaram da forma, viram que era um castelo de pedra escura. Uma construção vasta coberta com líquen verde-escuro que se enrolava sobre sua antiga estrutura com um protecionismo quase consciente.

Torres aparentavam emergir aleatoriamente, cobrindo uma vasta área. Não parecia haver nenhuma janela em qualquer parte da construção, e a única entrada era uma porta nos fundos bloqueada por grossas barras de um metal que brilhava num vermelho opaco incandescente, mas sem calor nenhum. Acima deste portão havia o sinal dos Senhores da Entropia, representando oito flechas partindo de um ponto central para todas as direções. Parecia pairar no ar sem tocar a pedra escura coberta de líquen.

– Eu acho que a nossa busca termina aqui – disse Elric em tom severo. – Aqui, ou em lugar nenhum.

– Antes de ir mais longe, Elric, eu gostaria de saber o que é que você procura – Moonglum murmurou. – Eu acho que tenho esse direito.

– Um livro – disse Elric, despreocupado. – O Livro dos Deuses Mortos. Ele está dentro das paredes desse castelo, disso eu estou certo. Chegamos ao fim da nossa jornada.

Moonglum encolheu os ombros.

– Eu poderia não ter pedido – ele sorriu – que todas as suas palavras tivessem algum significado para mim. Espero que me seja permitida uma pequena parte do tesouro que ele representa.

Elric deu um sorriso largo, apesar do frio em suas entranhas, mas não respondeu a Moonglum.

– Precisamos entrar no castelo, em primeiro lugar – disse ele apenas.

Como se os portões tivessem ouvido o que ele falou, as barras de metal emitiram um brilho verde pálido que logo passou para o vermelho e, finalmente, se extinguiu. A entrada estava destrancada e o caminho parecia livre.

– Eu não gosto disso – rosnou Moonglum. – Fácil demais. Uma armadilha nos espera. Nós vamos cair nela para o prazer de quem habita o castelo?

– O que mais podemos fazer? – Elric falou calmamente.

– Volte... ou siga adiante. Evite o castelo. Não tente Aquele que guarda o Livro! – Shaarilla estava segurando o braço direito do albino, seu rosto deformado pelo medo, os olhos suplicantes. – Esqueça o livro, Elric!

– Agora? – Elric deu um riso sem graça. – Agora, depois dessa viagem? Não, Shaarilla, não quando a verdade está tão perto. Melhor morrer do que nunca ter procurado obter a sabedoria do livro quando se está tão perto.

Os dedos rígidos de Shaarilla relaxaram um pouco e seus ombros caíram em desespero.

– Não podemos entrar em batalha com os asseclas da Entropia...

– Talvez não seja preciso – Elric não acreditava em suas próprias palavras, mas sua boca estava distorcida com alguma emoção sombria, intensa e terrível. Moonglum olhou para Shaarilla.

– Shaarilla está certa – disse ele com convicção. – Você não vai encontrar nada além de amargura dentro daquelas muralhas do castelo, possivelmente apenas a morte. Vamos, em vez disso, subir os outros degraus e tentar alcançar a superfície. – ele apontou para uns degraus retorcidos que conduziam a uma abertura no teto da caverna.

Elric balançou a cabeça.

– Não. Vocês vão se quiserem.

Moonglum fez uma careta de perplexidade.

– Você é teimoso, amigo Elric. Bem, se é tudo ou nada, então eu estou com você. Mas, pessoalmente, eu prefiro o consenso.

Elric começou a caminhar lentamente até a entrada escura do castelo sombrio e imponente.

Em um pátio grande e cercado de sombras, uma figura alta, envolta em fogo escarlate, estava esperando por eles.

Elric prosseguiu, passando pelo portão. Moonglum e Shaarilla, nervosamente, o seguiram.

Uma risada tempestuosa rugiu da boca do gigante, e o fogo escarlate esvoaçou ao redor dele. Ele estava nu e sem armas, mas o poder que fluía dele quase forçou os três a recuarem. Sua pele era escamosa e de coloração roxa esfumaçada. Seu corpo maciço era cheio de músculos. Seu crânio era longo, inclinado fortemente para trás na testa e os olhos eram como lascas de aço azul, sem mostrar nenhuma pupila. Todo o seu corpo tremia em um êxtase poderoso e malicioso.

– Saudações, Lorde Elric de Melniboné. Quero parabenizá-lo por sua notável tenacidade.

– Quem é você? – Elric rosnou, com a mão sobre sua espada.

– Meu nome é Orunlu, o Guardião. E este é um baluarte dos Senhores da Entropia – o gigante sorriu cinicamente. – Você não precisa dedilhar sua lâmina insignificante tão irritantemente, pois saiba que não posso feri-lo agora. O poder que obtive para permanecer em seu reino só foi possível ao fazer esta promessa.

A voz de Elric traiu sua empolgação.

– Você não pode nos confrontar?

– Eu não me atrevo a fazê-lo, uma vez que os meus esforços evasivos falharam. Mas seus esforços tolos me deixam um tanto perplexo, eu admito. O livro é importante para nós. Mas o que ele significa para você? Eu o tenho guardado por três centenas de séculos e nunca tive a curiosidade de procurar descobrir a razão para meus mestres darem tanta importância a ele. Para se importarem em resgatá-lo de seu curso em direção ao sol e encarcerá-lo nesta esfera enfadonha de terra habitada por seres rústicos, tolos e de vida breve chamados Homens.

– Eu busco nele a verdade – disse Elric cautelosamente.

– Não há nenhuma verdade, a não ser o Eterno Embate – o gigante em chamas disse com convicção.

– O que governa acima das forças da Ordem e do Caos? – perguntou Elric. – Quem possui o controle de seus destinos assim como controla o meu?

O gigante franziu a testa.

– Essa pergunta, eu não posso responder. Eu não sei. Existe apenas o equilíbrio.

– Então, talvez o livro vá nos dizer quem detém esse controle – disse Elric propositadamente. – Deixe-me passar, diga-me onde ele está.

O gigante voltou, sorrindo ironicamente.

– Ele encontra-se em uma pequena câmara na torre central. Jurei nunca me aventurar por lá. Caso contrário, eu poderia até mostrar o caminho. Vá se você desejar. Meu dever está terminado.

Elric, Moonglum e Shaarilla passaram pela entrada do castelo, mas antes de entrarem, o gigante falou ameaçadoramente atrás deles.

– Foi-me dito que o conhecimento contido no livro poderia desequilibrar as forças da Ordem. Isso me perturba, mas, ao que parece, há outra possibilidade que me perturba ainda mais.

– E o que seria? – disse Elric.

– Isso pode criar um impacto tão tremendo sobre o multiverso que resultaria na entropia total. Meus mestres não desejam isso, pois poderia significar a destruição de toda a matéria. Nós existimos apenas para lutar. Não para ganhar, mas para preservar o Eterno Embate.

– Eu não me importo – Elric disse a ele. – Tenho pouco a perder, Orunlu, o Guardião.

– Então vá. – o gigante atravessou o pátio na direção da escuridão.

Dentro da torre, uma luz pálida iluminava os degraus que levavam para cima. Elric começou a escalá-los em silêncio, movido pelo seu próprio propósito cheio de desgraça. Hesitante, Moonglum e Shaarilla seguiram-no, seus rostos revelando um consentimento sem esperança.

A escadaria retorcia-se tortuosamente para o alto em direção a seu objetivo, até que finalmente chegaram à câmara descrita pelo guardião, tomada por uma luz ofuscante, multicor e cintilante, que não vazava para fora, mas permanecia confinada à sala que a abrigava.

Piscando, protegendo os olhos vermelhos com o braço, Elric forçou-se a ir adiante e, através das pupilas semicerradas, viu a fonte da luz sobre um pequeno estrado de pedra no centro da sala.

Igualmente incomodados com a luz brilhante, Shaarilla e Moonglum seguiram-no para dentro da sala e ficaram abismados com o que viram.

Era um livro enorme... O Livro dos Deuses Mortos. Sua capa incrustada de estranhas pedras preciosas das quais a luz era emitida. Era um brilho intenso de cores latejantes.

– Finalmente – Elric suspirou. – Enfim, a Verdade!

Ele cambaleou para frente como um homem perturbado pela embriaguez, as mãos pálidas tentando alcançar a coisa que ele tinha procurado com tanta amargura selvagem. Suas mãos tocaram a capa pulsante do livro e, tremendo, virou a capa para abri-lo.

– Agora, tenho que descobrir – disse ele, com uma satisfação um tanto maligna.

Com um estrondo, a capa caiu no chão, espalhando as gemas brilhantes sobre as pedras do pavimento.

Sob as mãos contorcidas de Elric não havia nada além de um monte de pó amarelado.

–Não! – seu grito era de uma angústia descrente. – Não! – as lágrimas corriam pelo seu rosto contorcido enquanto ele passava as mãos pela poeira fina. Com um gemido que atormentava todo o seu ser, ele caiu para frente, o rosto batendo no pergaminho desintegrado. O tempo havia destruído o livro. Intocado, possivelmente esquecido por trezentos séculos. Até mesmo os Deuses sábios e poderosos que o haviam criado haviam perecido. E o conhecimento contido nele levou-os para o esquecimento.

Eles continuavam nas encostas da montanha, olhando para os vales verdes abaixo deles. O sol brilhava e o céu estava limpo e azul. Atrás deles estava a fenda que dava para a fortaleza dos Senhores da Entropia.

Elric olhou com olhos tristes para o mundo ao redor e abaixou a cabeça com o peso do cansaço e do sombrio desespero. Ele não tinha falado nada desde que seus companheiros o arrastaram, soluçando, da câmara do livro. Agora, ele levantou o rosto pálido e falou com uma voz cheia de autoironia, acentuada pela amargura, uma voz solitária... o chamado de aves marinhas famintas voando pelo céu frio acima das margens sombrias.

– Agora – ele disse – eu vou viver minha vida sem ao menos saber por que... sem saber se há um propósito ou não. Talvez o livro pudesse ter me dito algo sobre isso. Mas eu teria acreditado, mesmo assim? Eu sou o eterno cético. Sem nunca ter a certeza de que minhas ações são minhas mesmo. Sem a certeza de que uma entidade suprema não esteja me guiando. Invejo aqueles que sabem. Tudo que posso fazer agora é continuar minha busca e esperar, sem esperança, que antes do meu tempo terminar, a verdade seja apresentada a mim.

Shaarilla tomou as mãos dele e os olhos dela estavam molhados.

– Elric, deixe-me te confortar.

O albino zombou amargamente.

– Eu nunca deveria tê-la conhecido, Shaarilla da Bruma Dançante. Por um tempo, você me deu esperança. Eu pensei estar, finalmente, em paz comigo mesmo. Mas, por sua causa, estou mais desesperançado do que antes. Não há salvação neste mundo, somente a desgraça malevolente. Adeus.

Ele tirou as mãos dela das suas e desceu a encosta da montanha.

Moonglum lançou um olhar para Shaarilla e depois para Elric. Ele tirou algo de sua bolsa e colocou na mão da moça.

– Boa sorte – disse ele, e depois correu atrás de Elric, até alcançá-lo.

Ainda a passos largos, Elric virou-se quando Moonglum se aproximou e, apesar de imerso em sua amargura, disse:

– O que foi, amigo Moonglum? Por que me segue?

– Eu o segui até aqui, Mestre Elric, e não vejo nenhuma razão para parar – sorriu o pequeno homem. – Além disso, ao contrário de você, eu sou um materialista. Vamos precisar de comida, você sabe.

Elric franziu a testa, sentindo um calor crescente dentro dele.

– O que quer dizer, Moonglum?

Moonglum riu.

– Eu obtenho vantagens de situações de todo tipo, sempre que posso – ele respondeu. Ele enfiou a mão na bolsa e estendeu sua mão exibindo algo que brilhava com um brilho deslumbrante. – É uma das joias da capa do livro. Há mais na minha bolsa – ele disse – e cada uma vale uma fortuna. – ele pegou o braço de Elric.

– Venha, Elric. Que novas terras iremos visitar para que possamos transformar essas bugigangas em vinho e companhia agradável?

Atrás deles, de pé ainda na encosta, Shaarilla olhava miseravelmente para eles, até que já não estivessem mais visíveis. A joia que Moonglum tinha dado a ela escorregou de seus dedos e caiu, saltitando e brilhando, até que se perdeu entre as urzes. Então ela se virou e a boca escura da caverna abriu-se diante dela.

III – A CIDADELA QUE CANTA

Em que Elric tem suas primeiras relações com Pan Tang, Yishana de Jharkor, o feiticeiro Theleb K'aarna, e aprende algo mais sobre os Mundos Superiores...

UM

O mar turquesa estava tranquilo sob a luz dourada do início da noite. Os dois homens na amurada do navio estavam em silêncio, olhando para o norte, para o horizonte enevoado. Um era alto e magro, envolto em um manto negro pesado, seu capuz atirado para trás revelando o cabelo comprido, branco como leite; o outro era baixo e ruivo.

– Ela era uma boa mulher e amava você – disse o homem baixo. – Por que você a deixou de forma tão abrupta?

– Ela era uma boa mulher – o mais alto respondeu –, mas teria me amado com sacrifício. Deixe-a buscar sua própria terra e ficar lá. Já matei uma mulher que eu amava, Moonglum. Eu não iria matar outra.

Moonglum encolheu os ombros.

– Às vezes me pergunto, Elric, se esse seu destino sombrio é o fruto de seu próprio estado de espírito cheio de culpa.

– Talvez – respondeu Elric despreocupado. – Mas eu não me importo em testar a teoria. Não vamos falar mais sobre isso – o mar espumava e se agitava enquanto os remos perturbavam a superfície, levando o navio rapidamente em direção ao porto de Dhakos, capital de Jharkor, um dos mais poderosos dos Reinos Jovens. Menos de dois anos atrás, o rei de Jharkor, Darmit, morreu no ataque malfadado a Imrryr, e Elric tinha ouvido dizer que os homens de Jharkor o culpavam pela morte do jovem rei, embora não tenha sido este o caso. Mas ele pouco se importava se eles o culpavam ou não, pois ainda desdenhava da maior parte da humanidade.

– Mais uma hora para anoitecer, e é improvável que navegaremos durante a noite – disse Moonglum. – Acho que vou para a cama.

Elric estava prestes a responder quando foi interrompido por um grito estridente do ninho do corvo.

– Vela na popa a bombordo!

O vigia devia estar meio sonolento, pois o navio avançando sobre eles já podia facilmente ser visto do convés. Elric abriu passagem para o capitão, um tarkeshita de rosto escuro, que vinha correndo pelo convés.

– Que tipo de navio, capitão? – chamou Moonglum.

– Um trirreme de Pan Tang, um navio de guerra. Eles estão em curso para abalroar – o capitão prosseguiu, gritando ordens ao leme para virar o navio de lado.

Elric e Moonglum cruzaram o convés para ver o trirreme melhor. Era um navio de velas pretas, pintado de preto e bem disfarçado, com três remadores para cada remo contra os dois do barco onde estavam. Era uma embarcação grande e elegante, com uma popa alta em curva e uma proa baixa. Agora eles podiam ver as águas soçobrando com o impacto de seu grande esporão de metal dourado. Ele tinha duas velas latinas encordoadas, e o vento estava a seu favor.

Os remadores entraram em pânico enquanto suavam para virar o navio de acordo com as ordens do timoneiro.

Remos subiram e caíram em confusão, e Moonglum virou-se para Elric com um meio sorriso.

– Eles nunca vão conseguir. Melhor preparar sua lâmina, amigo.

Pan Tang era uma ilha de feiticeiros, totalmente humanos, que procuravam imitar o antigo poder de Melniboné. Suas frotas estavam entre as melhores dos Reinos Jovens e atacavam com pouca perspicácia. O Teocrata de Pan Tang, chefe da sacerdotal aristocracia, era Jagreen Lern, que tinha fama de ter um pacto com os poderes do Caos e um plano para dominar o mundo.

Elric considerava os homens de Pan Tang como pretensiosos que jamais poderiam ter a ilusão de espelhar a glória de seus antepassados, mas mesmo ele teve de admitir que aquele navio era impressionante e facilmente ganharia uma luta contra a galera tarkeshita.

Logo o grande trirreme caiu sobre eles, e o capitão e o timoneiro ficaram em silêncio ao perceberem que não podiam escapar do esporão. Com um som áspero de madeira esmagada, o esporão atingiu a popa, furando a galera abaixo da linha d'água.

Elric ficou imóvel, observando enquanto ganchos de ferro do barco trirreme se agarravam ao convés da galera. Um pouco sem entusiasmo, sabendo que eles não eram páreo para a tripulação bem treinada e bem armada de Pan Tang, os tarkeshitas correram para a popa, preparando-se para resistir aos atacantes.

Moonglum gritou com convicção:

– Elric! Temos de ajudar – relutantemente, Elric assentiu. Ele odiava ter de sacar a espada rúnica da bainha. Ultimamente, o poder dela parecia ter aumentado.

Agora os guerreiros em armaduras escarlates estavam saltando onde os tarkeshitas os esperavam. A primeira onda, armada com espadas longas e machados de batalha, confrontou os marinheiros, empurrando-os para trás.

A mão de Elric desceu para o cabo de Stormbringer. Quando ele a agarrou e a puxou, a lâmina deu um gemido estranho e perturbador, como se em antecipação, e um brilho escuro cintilou ao longo de sua extensão. Naquele momento ela latejava na mão de Elric como algo vivo, enquanto o albino corria para ajudar os marinheiros tarkeshitas.

Metade dos defensores já havia sido derrubada, enquanto o resto recuava. Elric, com Moonglum em seus calcanhares, continuou adiante. As expressões dos guerreiros nas armaduras escarlates passaram de um triunfo sombrio para o espanto quando a grande lâmina negra de Elric gritou e trespassou a armadura de um homem do ombro até abaixo das costelas.

Evidentemente, eles reconheceram o homem e a espada, pois ambos eram lendários. Embora Moonglum fosse um espadachim habilidoso, todos o ignoraram quando perceberam que deviam concentrar todas as suas forças em derrubar Elric, se quisessem sobreviver.

O velho desejo de matança de seus antepassados agora dominava Elric enquanto a lâmina colhia almas. Ele e a espada tornaram-se um e era ela, não Elric, que estava no controle. Homens caíam em todos os lados, gritando mais de horror do que de dor quando percebiam o que a espada estava levando deles. Quatro vieram para cima dele com machados sibilando. Ele cortou a cabeça de um deles, fez um corte profundo na barriga de outro, arrancou um braço do terceiro, e cravou a ponta da lâmina no coração do último. Agora, os tarkeshitas estavam gritando de alegria, acompanhando Elric e Moonglum enquanto eles limpavam o convés da galera dos atacantes.

Uivando como um lobo, Elric pegou uma corda – parte do cordame do barco trirreme – e girou em direção ao convés do inimigo.

– Sigam-no! – Moonglum gritou. – Esta é a nossa única chance. Este navio está condenado!

Na proa estava o capitão, esplêndido em vermelho e azul, o rosto horrorizado com o rumo dos acontecimentos. Ele esperava conseguir o seu prêmio sem esforço, mas agora parecia que *ele* seria o prêmio!

Stormbringer cantou em tom de lamento enquanto Elric pressionava em direção à proa, uma canção que era ao mesmo tempo triunfante e enlevada. Os guerreiros restantes já não corriam até ele, mas se concentravam em Moonglum, que estava liderando o grupo de tarkeshitas, deixando aberto o caminho de Elric até o capitão.

O capitão, um membro da teocracia, seria mais difícil de vencer do que seus homens. À medida que Elric se aproximava, ele observava que a armadura do homem tinha um brilho peculiar... Ela tinha sido tratada por meio de feitiçaria.

O capitão era típico de sua espécie: atarracado, com bastante barba, olhos negros maliciosos sobre um nariz adunco. Seus lábios eram grossos e vermelhos e ele estava sorrindo um pouco quando, com o machado em uma mão e uma espada na outra, se preparou para enfrentar Elric, que estava subindo os degraus.

Elric segurou Stormbringer com as duas mãos e atacou visando o estômago do capitão, mas o homem se desviou e se defendeu com sua espada, balançando o machado com a mão esquerda na cabeça desprotegida de Elric.

O albino teve de se desviar, cambaleou e caiu no convés, rolando enquanto sua espada caía, quase lhe atingindo o ombro. Stormbringer pareceu se levantar por iniciativa própria para bloquear mais um golpe de machado. O capitão praguejou, agarrou a espada com as duas mãos e levantou-a. Novamente Stormbringer agiu uma fração de segundo mais cedo do que as próprias reações de Elric. Ele moveu a lâmina para cima em direção ao coração do homem. A armadura mágica deteve-a por um segundo; mas, em seguida, Stormbringer uivou, uma canção lamentadora e congelante, estremecendo como se invocasse mais força, penetrando na armadura novamente. Então a armadura mágica se partiu como uma casca de noz, deixando o oponente de Elric de peito nu, com os braços ainda levantados para receber o golpe. Seus olhos arregalaram-se. Ele cedeu, o olhar fixo na espada rúnica maligna enquanto ela o atingia, penetrando-o bem no meio do peito. Seu rosto contorceu-se de dor e ele gemeu enquanto deixava cair sua espada, agarrando-se à lâmina que sugava sua alma.

– Por Chardros! Não! Não! Aahhh!

Ele morreu sabendo que mesmo a sua alma não estava a salvo da espada diabólica carregada pelo albino com feições de lobo.

Elric arrancou Stormbringer do cadáver, sentindo sua vitalidade aumentar enquanto a espada lhe passava a energia roubada... recusando-se a admitir que quanto mais ele usava a espada, mais precisava dela.

No convés da embarcação trirreme, somente os escravos da galera foram deixados vivos. Mas o convés estava inclinando muito, com o esporão e os ganchos do trirreme ainda agarrados ao navio tarkeshita que afundava.

– Cortem as cordas que estão presas na galera e remem para trás! – Elric gritou. Os marinheiros, percebendo o que estava acontecendo, pularam para frente para fazer o que foi ordenado. Os escravos remaram para trás e o esporão saiu com um gemido de madeira partida. Os ganchos foram cortados e a galera condenada ficou à deriva.

Elric contou os sobreviventes. Menos da metade da tripulação estava viva, e o capitão tinha morrido no primeiro ataque. Ele dirigiu-se aos escravos.

– Se quiserem sua liberdade, remem bem até Dhakos – ele avisou. O sol estava se pondo, mas agora que estava no comando, ele decidiu navegar durante a noite pelas estrelas.

Moonglum gritou, incrédulo:

– Por que oferecer-lhes a liberdade? Nós poderíamos vendê-los em Dhakos e ser pagos pelo esforço de hoje!

Elric encolheu os ombros.

– Eu ofereço-lhes a liberdade, porque é assim que eu quero, Moonglum. – o ruivo suspirou e virou-se para supervisionar os mortos e feridos serem jogados ao mar. Ele nunca iria entender o albino, concluiu. Era provavelmente o melhor a ser feito.

E foi assim que Elric entrou em Dhakos em grande estilo, quando ele tinha a intenção de chegar silenciosamente à cidade sem ser reconhecido.

Deixando Moonglum para negociar a venda do trirreme e dividir o dinheiro entre a tripulação e ele próprio, Elric jogou o capuz sobre a cabeça e avançou através da multidão que havia reunido para ir a uma pousada que ele conhecia próxima ao portão oeste da cidade.

DOIS

Mais tarde naquela noite, quando Moonglum já tinha ido para a cama, Elric sentou-se na taverna para beber. Mesmo os mais entusiastas fanfarrões da noite saíram do lugar ao notar com quem partilhavam o ambiente; e agora Elric estava sentado sozinho, a única luz vinha de uma tocha sobre a porta do lado de fora. Ela se abriu e um jovem ricamente vestido ficou ali, olhando para dentro.

– Eu procuro o Lobo Branco – disse ele, com a expressão de um modo interrogador. Ele não podia ver Elric claramente.

– Eu às vezes sou chamado por esse nome nestas bandas – disse Elric tranquilamente. – Você procura por Elric de Melniboné?

– Sim, eu tenho uma mensagem – o jovem entrou, mantendo seu manto enrolado sobre si, pois o salão estava frio, embora Elric não percebesse.

– Eu sou o conde Yolan, vice-comandante da guarda da cidade – disse o jovem, arrogantemente, se aproximando da mesa à qual Elric estava sentado e estudando o albino rudemente. – Você é corajoso para vir aqui tão abertamente. Você acha que o povo de Jharkor tem memória tão curta que esqueceu que você levou o rei deles em uma armadilha apenas dois anos atrás?

Elric tomou um gole de vinho e depois disse de trás da borda do copo:

– Isso é retórico, conde Yolan. Qual é a sua mensagem?

O ar confiante de Yolan o abandonou. Ele fez um gesto um tanto fraquejante.

– Retórico para você, talvez, mas, por mim, acredito firmemente nesta questão. O rei Darmit não estaria aqui hoje se você não tivesse fugido da batalha que derrubou o poder dos senhores do mar e do seu próprio povo? Você não usou sua feitiçaria para fugir, em vez de usá-la para ajudar os homens que pensavam ser seus companheiros?

Elric suspirou.

– Eu sei que o seu propósito aqui não é o de me molestar desta maneira. Darmit morreu a bordo de sua nau capitânia durante o primeiro ataque ao labirinto do mar de Imrryr, não na batalha que se seguiu.

– Você zomba das minhas perguntas e profere mentiras esfarrapadas para encobrir seu próprio ato covarde – disse Yolan com amargura. – Se fosse do meu jeito, você teria servido de alimento para sua espada diabólica lá. Eu ouvi sobre o que aconteceu antes.

Elric levantou-se vagarosamente.

– Suas provocações me cansam. Quando você se sentir pronto para entregar sua mensagem, deixe-a com o estalajadeiro – ele caminhou ao redor da mesa e foi em direção às escadas, mas parou quando Yolan puxou-o pela manga.

O rosto branco cadavérico de Elric fitou o jovem nobre. Seus olhos vermelhos piscavam com uma emoção perigosa.

– Eu não estou acostumado a tanta familiaridade, meu jovem.

A mão de Yolan afastou-se.

– Perdoe-me. Eu estava sendo autoindulgente e não deveria ter deixado minhas emoções sobrepujarem a diplomacia. A razão porque vim aqui requer discrição. Uma mensagem da rainha Yishana, ela necessita de seu auxílio.

– Eu sou tão pouco inclinado a ajudar os outros quanto sou em explicar minhas ações – Elric falou impaciente. – No passado, a minha ajuda não foi sempre favorável àqueles que a desejavam. Darmit, o meio irmão de sua rainha, descobriu isso.

Yolan disse sombriamente:

– Você está repetindo minhas mesmas advertências à rainha, senhor. Apesar disso, ela deseja vê-lo hoje, esta noite em particular... – ele franziu a testa e olhou para longe. – Eu gostaria de salientar que posso levá-lo preso, caso você se recuse.

– Talvez – Elric voltou-se novamente em direção aos degraus. – Diga a Yishana que passarei a noite aqui e me retirarei ao amanhecer. Ela pode vir me visitar se o seu pedido é tão urgente. – ele subiu as escadas, deixando um Yolan boquiaberto, sentado sozinho no silêncio da taverna.

Theleb K'aarna estava com uma cara irritada. Mesmo com toda a sua habilidade nas artes negras, ele era um tolo no amor; e Yishana, esparramada em sua rica cama de peles, sabia disso. Agradava-lhe ter poder sobre um homem que poderia destruí-la com um simples encantamento, se não fosse por sua fraqueza no amor. Embora Theleb K'aarna tivesse uma posição elevada na hierarquia de Pan Tang, estava claro que ela não corria perigo por causa do feiticeiro. De fato, sua intuição lhe dizia que este homem que gostava de dominar os outros também precisava ser dominado. Ela atendeu essa necessidade dele, com satisfação.

Theleb K'aarna continuou com o rosto enfezado.

– Como aquele feiticeiro decadente pode ajudá-lo quando nem mesmo eu pude? – ele resmungou, sentando-se na cama e acariciando seu pé enfeitado de joias.

Yishana não era uma mulher jovem, nem era tão bonita. No entanto, havia uma qualidade hipnótica em seu corpo alto, seu cabelo preto exuberante e seu rosto inteiramente sensual. Poucos dos homens que ela tinha escolhido para seu prazer foram capazes de resistir a ela.

Ela não tem também uma natureza doce, justa, sábia, nem de autossacrifício. Os historiadores não iriam anexar nenhuma alcunha nobre ao seu nome. Ainda assim, havia algo tão autossuficiente sobre ela, algo que negava os padrões habituais pelos quais uma pessoa costuma ser julgada, algo que todos os que a conheciam admiravam, e ela era adorada por aqueles a quem governava. Amada da mesma forma que uma criança voluntariosa é amada, mas amada com firme lealdade.

Então ela riu baixinho, como se zombando de seu feiticeiro e amante.

– Você provavelmente está certo, Theleb K'aarna, mas Elric é uma lenda, o mais falado e menos conhecido homem do mundo. Esta é a minha oportunidade de descobrir o que os outros apenas especularam: seu verdadeiro caráter.

Theleb K'aarna fez um gesto irritado. Ele acariciou sua longa barba negra e se levantou, caminhando até uma mesa com frutas e vinho. Ele serviu vinho para os dois.

– Se está tentando me deixar com ciúmes de novo, você está tendo sucesso. Eu guardo pouca esperança por sua ambição. Os ancestrais de Elric eram meio demônios. Sua raça não é humana e não pode ser julgada por nossos padrões. Para nós, a feitiçaria é aprendida após anos de estudo e sacrifício. Para os da espécie de Elric, a feitiçaria é intuitiva, natural. Mesmo uma vida inteira não é o suficiente para aprender seus segredos. Cymoril, sua amada prima, morreu em sua lâmina, e ela era sua noiva!

– Sua preocupação é comovente – ela preguiçosamente aceitou a taça que ele lhe entregou. – Mas eu vou continuar com meu plano, nada mais, nada menos. Afinal de contas, você dificilmente pode alegar ter tido muito sucesso em descobrir a natureza desta cidadela!

– Há sutilezas que não foram devidamente avaliadas ainda!

– Então, talvez a intuição de Elric irá fornecer respostas onde você falhou – ela sorriu. Então ele se levantou e olhou pela janela em direção ao céu, onde a lua cheia se pendurava em um céu claro acima dos pináculos de Dhakos. – Yolan está atrasado. Se tudo correu apropriadamente, ele já deve estar trazendo Elric para cá.

– Yolan foi um erro. Você não devia ter enviado um amigo tão próximo de Darmit. Pelo que sabemos dele, deve ter desafiado Elric e o matado!

Mais uma vez, ela não conseguiu repelir uma gargalhada.

– Oh, você deseja tanto isso, que obscurece a sua razão. Enviei Yolan porque eu sabia que ele iria ser rude com o albino e, talvez, enfraquecer seu habitual desinteresse, despertando sua curiosidade. Yolan é uma espécie de isca para trazer Elric para nós!

– Então é possível que Elric tenha percebido isso?

– Eu não tenho uma inteligência tão superior assim, meu amor, mas acho que meus instintos raramente me traem. Veremos em breve.

Um pouco mais tarde, houve um arranhão discreto na porta e uma criada entrou.

– Sua Alteza, o conde Yolan voltou.

– Apenas o conde Yolan? – havia um sorriso no rosto de Theleb K'aarna. Que desapareceu logo em seguida quando Yishana saiu do quarto, com trajes para sair à rua.

– Você é uma tola! – ele rosnou quando a porta bateu. Jogou sua taça no chão. Já havia sido vencido nos assuntos da cidadela e, se Elric assumisse o seu lugar, poderia perder tudo. Ele começou a pensar muito profundamente, com muito cuidado.

TRÊS

Embora alegasse falta de consciência, os olhos atormentados de Elric desmentiam essa afirmação enquanto ele se sentava à janela, bebendo um vinho forte e pensando no passado.

Desde o saque de Imrryr, ele viajava pelo mundo em busca de um propósito para sua existência, algum significado para sua vida.

Ele falhou em encontrar a resposta no Livro dos Deuses Mortos. Falhou em amar Shaarilla, a mulher sem asas de Myyrrhn, falhou em esquecer Cymoril, que ainda habitava seus pesadelos. E havia lembranças de outros sonhos. De um destino que ele não se atrevia em imaginar.

Paz, pensou ele, era tudo o que procurava. No entanto, mesmo a paz na morte foi-lhe negada. Foi nesse clima que ele continuou a meditar até que seu devaneio foi quebrado por um arranhão leve na porta.

Imediatamente, sua expressão endureceu. Seus olhos vermelhos assumiram uma expressão de cautela, seus ombros ergueram-se de modo que, quando ele se levantou, era pura arrogância. Ele colocou o copo sobre a mesa e disse despreocupadamente: "Entre!"

Uma mulher entrou, envolta em um manto vermelho escuro, irreconhecível na penumbra do quarto. Ela fechou a porta atrás de si e ficou lá, imóvel e sem falar.

Quando finalmente falou, sua voz era quase hesitante, embora houvesse alguma ironia também.

– Você se esconde na escuridão, lorde Elric. Eu tinha pensado que iria encontrá-lo dormindo...

– Sono, minha senhora, é a ocupação que mais me aborrece. Mas posso acender uma tocha, se você não considera a escuridão nem um pouco atraente. – ele foi até a mesa e retirou a tampa de um pequeno recipiente com carvão. Estendeu a mão para uma mecha de madeira fina e colocou uma ponta no recipiente, soprando suavemente. Logo o carvão brilhou, o círio se acendeu, e ele o encostou numa tocha que estava pendurada em um suporte na parede acima da mesa.

A tocha ardeu e enviou sombras que pulavam em volta da pequena câmara. A mulher tirou seu capuz e a luz iluminou suas feições pesadas e escuras e as massas de cabelos negros que as emolduravam. Ela contrastava fortemente com o albino magro, que tinha uma cabeça a mais de altura, olhando para ela impassível.

Ela não estava acostumada a olhares impassíveis e a novidade a agradou.

– Você mandou me chamar, senhor Elric, e agora vê que eu estou aqui. – ela fez uma reverência zombeteira.

– Rainha Yishana – ele aprovou a reverência curvando-se ligeiramente.

Agora que o confrontava, ela sentiu seu poder, um poder que era ainda mais atraente do que o dela própria. E, no entanto, ele não deu nenhuma indicação de que correspondia a ela. Ela refletiu que uma situação que esperava que pudesse ser interessante, ironicamente, se tornaria frustrante. Mesmo assim, isso a divertia.

Elric, por sua vez, ficou intrigado com essa mulher, a despeito de si mesmo. Suas emoções saturadas davam a entender que Yishana poderia restaurar sua vantagem. Isso o excitava e ao mesmo tempo o perturbava.

Ele relaxou um pouco e deu de ombros.

– Já ouvi falar de você, rainha Yishana, em outras terras além de Jharkor. Sente-se, se quiser – ele indicou um banco e sentou-se na borda da cama.

– Você é mais cortês do que aparenta – ela sorriu enquanto se sentava, cruzando as pernas, e cruzando também os braços. – Será que isso significa que você vai ouvir uma proposta que vim lhe fazer?

Ele sorriu de volta. Foi um raro sorriso, um pouco triste, mas sem a amargura habitual.

– Acho que sim. Você é uma mulher incomum, rainha Yishana. Na verdade, eu suspeitaria que você tem sangue melniboneano, se eu não a conhecesse.

– Nem todos os abastados dos Reinos Jovens carecem de sofisticação como você acredita, meu senhor.

– Talvez.

– Agora que vejo você finalmente, face a face, acho sua reputação de lenda sombria um pouco difícil de dar crédito em partes e, por outro lado – ela colocou a cabeça de lado e olhou-o francamente –, parece que as lendas falam de um homem menos sutil do que o que eu vejo diante de mim.

– É assim que ocorre com as lendas.

– Ah – ela meio que sussurrou. – Que força poderíamos ter, juntos, você e eu.

– Especulações desse tipo me irritam, rainha Yishana. Qual é o seu propósito em vir aqui?

– Muito bem, eu não esperava que você fosse escutar, mesmo.

– Eu vou ouvir, mas não espere nada mais.

– Então escute. Eu acho que a história vai ser apreciada, até mesmo por você.

Elric ouviu e, como Yishana havia suspeitado, sua narrativa começou a ganhar o seu interesse...

Alguns meses atrás, Yishana disse a Elric, camponeses na província gharaviana de Jharkor começaram a falar de alguns misteriosos cavaleiros que estavam levando embora homens e mulheres jovens das aldeias. Suspeitando serem bandidos, Yishana enviou um destacamento de seus Leopardos Brancos, os melhores guerreiros de Jharkor, para a província a fim de acabar com os bandoleiros.

Nenhum dos Leopardos Brancos retornou. Uma segunda expedição não encontrou nenhum vestígio deles, mas, em um vale perto da cidade de Thokora, descobriram uma estranha cidadela. Descrições a respeito dela eram confusas. Suspeitando que os Leopardos Brancos tivessem sido atacados e derrotados, o oficial encarregado foi discreto, deixou alguns homens para vigiar a cidadela e relatar tudo o que vissem, e retornou imediatamente para Dhakos. Uma coisa era certa: a cidadela não estava no vale alguns meses antes.

Yishana e Theleb K'aarna lideraram uma grande força até o vale. Os homens deixados para trás tinham desaparecido, mas assim que ele viu a cidadela, Theleb K'aarna alertou Yishana para que não atacasse.

– Era uma visão maravilhosa, lorde Elric – Yishana continuou. – A cidadela cintilava com cores vibrantes como as do arco-íris. Cores que constantemente se alternavam. Todo o edifício parecia irreal. Às vezes ele se destacava nitidamente. Às vezes parecia enevoado, como se estivesse prestes a desaparecer. Theleb K'aarna disse que sua natureza era mágica, e nós não duvidamos dele. Alguma coisa do Reino do Caos, disse ele, e parecia ser aquilo mesmo.

Ela levantou-se e estendeu as mãos.

– Nós não estamos acostumados a manifestações de feitiçaria em grande escala por estas bandas, mas Theleb K'aarna é bastante familiarizado com feitiçaria. Ele vem da Cidade das Estátuas Gritantes em Pan Tang, e essas coisas são vistas com frequência por lá. Porém, até mesmo ele foi pego de surpresa.

– Então vocês se afastaram – Elric pronunciou impaciente.

– Estávamos prestes... Na verdade, Theleb K'aarna e eu já estávamos voltando para a vanguarda das tropas, quando ouvimos uma música... Era doce, bonita, sublime, dolorosa. Theleb K'aarna gritou para que eu cavalgasse tão rapidamente quanto pudesse para longe dali. Eu me senti atraída pela música, mas ele deu um tapa na garupa do meu cavalo e ele disparou para longe de lá, tão rápido quanto dragões em voo. Aqueles mais próximos de nós também escaparam, mas vimos o resto avançar para a cidadela, atraídos pela música. Quase duzentos homens desapareceram.

– O que você fez então? – Elric perguntou, enquanto Yishana atravessava o quarto para se sentar ao lado dele. Ele se moveu para dar--lhe mais espaço.

– Theleb K'aarna vem tentando investigar a natureza da cidadela, sua finalidade e quem a controla. Até agora, suas adivinhações lhe revelaram pouco mais do que ele já suspeitava: que o Reino do Caos enviou a cidadela para o Reino da Terra e está lentamente ampliando seu raio de ação. Mais e mais de nossos homens e mulheres jovens estão sendo sequestrados pelos asseclas do Caos.

– E estes asseclas...?

Yishana se aproximou dele um pouco mais e, desta vez, Elric não se afastou.

– Ninguém que tentou detê-los teve sucesso. Poucos sobreviveram.

– E o que você quer de mim?

– Preciso de ajuda. – ela olhou atentamente para seu rosto e estendeu a mão para tocá-lo. – Você tem conhecimento tanto do Caos como da Ordem. Um conhecimento antigo, instintivo... se Theleb K'aarna estiver certo. Afinal, os seus próprios deuses são Senhores do Caos.

– Isso é verdade, Yishana. E porque os nossos deuses patronos são do Caos, não é do meu interesse lutar contra qualquer um deles.

Agora ele se aproximou mais dela e estava sorrindo, olhando-a nos olhos. De repente, ele a pegou em seus braços.

– Talvez você seja forte o suficiente – disse ele enigmaticamente, pouco antes de seus lábios se encontrarem. – E quanto ao outro assunto... Podemos discutir isso mais tarde.

❧❧❧

No verdor intenso de um espelho escuro, Theleb K'aarna viu um pouco da cena no quarto de Elric com uma raiva impotente. Ele puxava a barba enquanto a cena se desvanecia pela décima vez em um minuto. Nenhum de seus murmúrios pôde restaurá-la. Ele recostou-se em sua cadeira de crânios de serpentes e planejou uma vingança. Essa vingança tinha tempo para amadurecer, ele decidiu; pois, se Elric pode ser útil na questão da cidadela, não havia nenhum propósito em destruí-lo por ora…

QUATRO

Na tarde seguinte, três cavaleiros partiram para a cidade de Thokora. Elric e Yishana montaram próximos um do outro; mas o terceiro cavaleiro, Theleb K'aarna, manteve-se carrancudo e à distância. Se Elric estava envergonhado com esta manifestação por parte do homem que ele havia deposto do afeto de Yishana, ele não o demonstrou.

Elric, achando Yishana mais do que atraente, tinha concordado, afinal, em inspecionar a cidadela e sugerir o que ela poderia ser e como poderia ser combatida. Ele havia trocado algumas palavras com Moonglum antes de partir.

Eles seguiram em frente pelas belas pastagens de Jharkor, que estavam douradas sob o sol quente. Eram dois dias de viagem até Thokora, e Elric tinha a intenção de apreciá-los da melhor maneira. Sentindo-se menos infeliz, ele galopava ao lado de Yishana, rindo com ela em sua alegria.

No entanto, enterrado mais fundo do que normalmente estaria, havia um mau presságio em seu coração à medida que se aproximavam da misteriosa cidadela, e ele observou que Theleb K'aarna ocasionalmente parecia satisfeito quando ele deveria parecer desapontado.

Às vezes Elric gritava para o feiticeiro.

– Ei, velho fazedor de feitiços, você não sente nenhuma alegria em estar livre das preocupações da corte, aqui em meio às belezas da natureza? Aproveite! Respire o ar puro e ria com a gente!

Ao que Theleb K'aarna olhou zangado e resmungou alguma coisa, e Yishana riu dele, olhando radiante para Elric.

Então eles chegaram a Thokora e encontraram um poço ardente que fedia como uma fossa do inferno.

Elric sentiu o cheiro.

– Isso é coisa do Caos. Você tinha razão, Theleb K'aarna. Qualquer que tenha sido o fogo que destruiu uma cidade tão grande, não era um fogo natural. O responsável por isso, quem quer que seja, está evidentemente aumentando seu poder. Como você sabe, feiticeiro, os Senhores da Ordem e do Caos estão geralmente em perfeito equilíbrio, tampouco interferem diretamente em nossa Terra. Evidentemente, o equilíbrio parece que está pendendo um pouco para um lado, como às vezes acontece, favorecendo os Senhores da Desordem, permitindo a eles acesso aos nossos domínios. Normalmente, é possível a um feiticeiro mundano invocar a ajuda do Caos ou da Ordem por um curto período de tempo, mas é raro para qualquer um dos lados estabelecer-se tão firmemente como nosso amigo na cidadela evidentemente conseguiu. O que é mais preocupante, para vocês dos Reinos Jovens, pelo menos, é que... Assim que tal poder é adquirido, é possível aumentá-lo, e os Senhores do Caos poderiam, com o tempo, conquistar o Reino da Terra pelo aumento gradual de sua força aqui.

– Uma terrível possibilidade – murmurou o feiticeiro, realmente temeroso. Mesmo que ele pudesse às vezes invocar a ajuda do Caos, não seria do interesse de nenhum ser humano ter o Caos exercendo domínio sobre ele.

Elric voltou à sua sela.

– É melhor nos apressarmos para chegar ao vale – disse ele.

– Você tem certeza que é o melhor a fazer, depois de testemunharmos isso? – Theleb K'aarna estava nervoso. Elric riu.

– O quê? Você, um feiticeiro de Pan Tang... a ilha que afirma conhecer tanto sobre feitiçaria como meus antepassados, os Majestosos Imperadores! Não, não... Além disso, eu não estou em um estado de espírito cauteloso hoje!

– Nem eu – gritou Yishana, batendo nos lados de seu corcel. – Vamos, senhores... para a Cidadela do Caos! – no final daquela tarde, eles alcançaram o topo da cadeia de montanhas que cercam o vale, de onde podiam observar a misteriosa cidadela.

Yishana a havia descrito bem, mas não com perfeita exatidão.

Os olhos de Elric arderam quando ele olhou para ela, pois parecia se estender além do Reino da Terra em um plano diferente, talvez em vários.

Ela brilhava e todas as cores terrestres estavam lá, assim como muitas que Elric reconhecia como pertencentes a outros planos. Até mesmo o contorno da cidadela era vago. Em contraste, o vale circundante era um mar cinza-escuro que às vezes parecia redemoinhar, ondular e lançar para o alto jatos de gêiseres de poeira, como se os elementos básicos da natureza tivessem sido perturbados e deformados pela presença da cidadela sobrenatural.

– Então? – Theleb K'aarna tentou acalmar seu cavalo nervoso, que queria recuar para longe da cidadela. – Você já viu algo, nesse mundo, como isso antes?

Elric balançou a cabeça.

– Não neste mundo, certamente, mas eu já o vi antes. Durante minha iniciação final nas artes de Melniboné, meu pai me levou com ele em forma astral para o Reino do Caos, para uma audiência com meu patrono, o lorde Arioque das Sete Trevas...

Theleb K'aarna estremeceu.

– Você já esteve no Caos? É a cidadela de Arioque, então?

Elric riu com desdém.

– Aquela? Não, é um casebre em comparação com os palácios dos Senhores do Caos.

Impaciente, Yishana disse:

– Então, *quem* mora lá?

– Pelo que me lembro, o único que habitava a cidadela quando passei pelo Reino do Caos na minha juventude não era nenhum Senhor do Caos, mas uma espécie de servo para os Senhores. No entanto – ele franziu a testa – não é exatamente um servo...

– Ah! Você fala em enigmas. – Theleb K'aarna voltou com seu cavalo para descer as colinas, para longe da cidadela. – Eu conheço vocês, melniboneanos! Podem estar morrendo de fome, mas preferem um paradoxo à comida!

Elric e Yishana o seguiram a uma certa distância, então Elric parou e apontou atrás dele.

– Aquele que habita adiante é um tipo paradoxal de sujeito. Ele é uma espécie de bobo da corte para a Corte do Caos. Os Senhores do Caos o respeitam, talvez o temam ligeiramente, embora ele os entretenha. Ele os diverte com enigmas cósmicos; com sátiras cômicas pretendendo explicar a natureza da Mão Cósmica que detém tanto o Caos como a Ordem em equilíbrio. Ele manipula enigmas como bugigangas. Ri do que o Caos tem de mais caro, leva a sério o que eles zombam – ele fez uma pausa e deu de ombros. – Pelo menos foi o que ouvi a respeito.

– Por que ele estaria aqui?

– Por que estaria em qualquer lugar? Eu poderia tentar adivinhar os motivos do Caos ou da Ordem e, provavelmente, iria acertar. Mas nem mesmo os Senhores dos Mundos Superiores podem entender os motivos de Balo, o bobo da corte. Dizem que ele é o único que tem permissão para se mover entre os Reinos do Caos e da Ordem à vontade, apesar de eu nunca ter ouvido falar dele vir para o Reino da Terra antes. Nem soube que tivessem sido imputados a ele atos de destruição como os que temos testemunhado. É um quebra-cabeça para mim, o que sem dúvida iria agradá-lo.

– Pode haver uma maneira de descobrir o propósito de sua visita – disse Theleb K'aarna com um leve sorriso. – Se alguém entrasse na cidadela...

– Ora, por favor, feiticeiro! – Elric zombou. – Eu tenho pouco amor pela vida, para ser sincero, mas há algumas coisas de valor para mim. A minha alma, por exemplo!

Theleb K'aarna começou a cavalgar descendo o morro, mas Elric permaneceu pensativo onde estava, com Yishana ao lado dele.

– Você parece estar mais incomodado com isso do que deveria, Elric – disse ela.

– É perturbador. Há indícios aqui que, se investigarmos mais a cidadela, vamos acabar envolvidos em alguma disputa entre Balo e seus mestres, talvez até mesmo com os Senhores da Ordem, também. Envolver-se tanto assim pode significar a nossa destruição, uma vez que as forças em ação são mais perigosas e poderosas do que qualquer coisa com que estamos familiarizados na Terra.

– Mas não podemos simplesmente assistir a este Balo deixar nossas cidades em ruínas, sequestrar nossas mulheres mais belas, ameaçando dominar Jharkor dentro de pouco tempo! – Elric suspirou, mas não retrucou.

– Você não tem nenhuma feitiçaria, Elric, para enviar Balo de volta ao caos ao qual ele pertence, para selar a brecha que ele fez em nosso reino?

– Mesmo melniboneanos não podem se equiparar ao poder dos Senhores dos Mundos Superiores, e meus antepassados sabiam muito mais de feitiçaria do que eu. Os meus melhores aliados não servem nem ao Caos e nem à Ordem. Eles são elementais: senhores do fogo, da terra, do ar e da água, entidades com afinidades com animais e plantas. Bons aliados em uma batalha em terra, mas sem grande utilidade quando confrontados contra alguém como Balo. Tenho de pensar... Pelo menos, se eu resistisse a Balo, não seria necessariamente incorrer na ira dos meus Lordes patronos. Alguma coisa, eu suponho...

As colinas ondulavam verdes e exuberantes até as pastagens a seus pés. O sol pendia de um céu claro sobre a infinidade de grama que se estendia até o horizonte. Acima deles uma grande ave de rapina os rodeava; e Theleb K'aarna era uma figura pequena, se virando na sela para chamar por eles com uma voz fina, mas as suas palavras não podiam ser ouvidas.

Yishana parecia desanimada. Seus ombros levemente caídos, ela não olhava para Elric quando começou a guiar seu cavalo lentamente em direção ao feiticeiro de Pan Tang. Elric a seguiu, consciente de sua própria indecisão, apesar de um tanto indiferente. O que importava para ele se...?

A música começou, fraca no início, mas depois foi aumentando com uma doçura atrativa e pungente, evocando memórias nostálgicas, oferecendo paz e dando à vida um significado veemente, subitamente. Se a música vinha de instrumentos, então eles não eram da Terra. Ela produzia nele um desejo de voltar e descobrir a sua origem, mas ele resistiu. Yishana, por outro lado, evidentemente não achava a música tão fácil de resistir. Ela se virou repentinamente, com o rosto radiante, os lábios tremendo e lágrimas brilhando em seus olhos.

Elric, em suas andanças por reinos sobrenaturais, já tinha ouvido uma música como essa antes. Ela ecoava muitas das sinfonias bizarras da antiga Melniboné. E não exercia influência sobre ele da mesma maneira que sobre Yishana. O albino percebeu rapidamente que ela estava em perigo e, quando estava passando por ele, esporeando seu cavalo, ele estendeu a mão para agarrar a rédea.

As rédeas dela estalaram, cortando a mão dele e, praguejando com a dor inesperada, ele as soltou. Ela passou por ele, galopando até o topo da colina e desapareceu em um instante.

– Yishana! – ele gritou para ela desesperadamente, mas sua voz não conseguia se elevar sobre a música pulsante. Ele olhou para trás, esperando que Theleb K'aarna fosse prestar alguma ajuda, mas o feiticeiro já estava longe. Evidentemente, ao ouvir a música, ele chegou a uma decisão imediata.

Elric correu atrás de Yishana, gritando para ela voltar. Seu cavalo chegou ao topo da colina, e ele a viu se inclinar no pescoço de sua montaria, incitando o animal na direção da cidadela brilhante.

– Yishana! Você está indo em direção à morte!

Agora ela havia alcançado os limites da cidadela, e as patas de seu cavalo pareciam espalhar ondas cintilantes de cor à medida que tocavam o solo caótico em torno do lugar. Embora soubesse que era tarde demais para detê-la, Elric continuou a correr atrás dela, na esperança de alcançá-la antes que entrasse na cidadela.

No entanto, quando ele entrou no redemoinho do arco-íris, viu o que parecia ser uma dúzia de Yishanas passando por uma dúzia de portais para o interior da cidadela. Uma luz estranhamente refletida criava aquela ilusão e tornava impossível dizer qual era a verdadeira Yishana.

Com o desaparecimento de Yishana, a música parou, e Elric pensou ter ouvido um leve sussurro de risos que o seguiam. Seu cavalo estava ficando cada vez mais difícil de controlar. Ele desmontou, com as pernas envoltas em uma névoa brilhante, e deixou o cavalo ir embora. Ele galopou para longe, bufando de terror.

A mão esquerda de Elric moveu-se para o cabo de sua espada rúnica, mas ele hesitou em desembainhá-la. Uma vez retirada de sua bainha, a lâmina exigiria almas antes que ela se permitisse ser guardada novamente. No entanto, era sua única arma. Ele retirou a mão, e a lâmina pareceu tremer de raiva.

– Ainda não, Stormbringer. Pode haver forças lá dentro mais fortes ainda do que você!

Ele estava meio cego pelas cores cintilantes em torno dele, que às vezes brilhavam entre o azul-escuro, prata e vermelho; às vezes dourado, verde-claro e âmbar. Ele também sentia a repugnante sensação de falta de qualquer tipo de orientação – distância, profundidade e extensão não tinham significado algum. Reconheceu o que só tinha experimentado em sua forma astral. As estranhas propriedades atemporais e infinitas que eram próprias de um Reino dos Mundos Superiores.

Ele flutuou, impulsionando seu corpo na direção em que achava que Yishana tinha ido, pois tinha perdido de vista o portal ou qualquer uma de suas miragens.

Concluiu que, a menos que estivesse condenado a ficar à deriva ali até morrer de inanição, teria de sacar Stormbringer; pois a espada rúnica poderia resistir à influência do Caos.

Desta vez, quando agarrou o cabo da espada, sentiu um choque correr pelo seu braço e infundir seu corpo com vitalidade. A espada soltou-se da bainha. Da enorme lâmina, esculpida com estranhas e antigas runas, um brilho escuro esparramou-se, chocando-se com a mistura de cores do Caos e a dispersando.

Nesta hora Elric gritou o lamento de batalha milenar de seu povo e avançou para a cidadela, cortando as imagens intangíveis que rodopiavam por todos os lados. O portão de entrada estava à frente, e Elric sabia disso, pois sua espada mostrou a ele quais eram as miragens. Ele estava aberto quando Elric alcançou o portal. O albino parou por um momento, seus lábios se movendo enquanto ele lembrava de uma invocação de que poderia precisar mais tarde. Arioque, Senhor do Caos, patrono e deus-demônio de seus ancestrais, era um poder negligente e caprichoso. Ele não poderia contar com Arioque para ajudá-lo ali, a não ser...

Em passos lentos e graciosos, uma fera dourada de olhos de fogo-rubi veio galopando pela passagem que partia do portal. Por mais que seus olhos brilhassem, pareciam cegos, e sua enorme boca estava fechada. Porém, o caminho só podia levar a fera até Elric e, ao se aproximar dele, a boca de repente se abriu mostrando dentes vermelhos. Em silêncio, ela se deteve – os olhos cegos sem nunca se fixar no albino – e depois saltou!

Elric cambaleou para trás, levantando a espada em defesa. Ele foi arremessado ao chão pelo peso do animal e sentiu seu corpo cobri-lo. O ser era muito frio e não fez nenhuma tentativa de atacá-lo, apenas se deitou sobre Elric e deixou o frio permear o corpo dele.

Elric começou a tremer enquanto tentava empurrar o corpo gélido da fera. Stormbringer gemeu e murmurou em sua mão, e então perfurou alguma parte do corpo do animal, e uma força fria e horrível começou a preencher o albino. Revigorado pela força vital da fera, ele tentou se erguer. A besta continuava a sufocá-lo, embora agora um som quase inaudível viesse dela. Elric suspeitou que a pequena ferida causada por Stormbringer estivesse provocando muita dor na criatura.

Desesperadamente, pois estava tremendo e dolorido de tanto frio, ele moveu a espada e golpeou novamente. Mais uma vez a fera soltou um som agudo; novamente a energia fria fluiu por ele, e mais uma vez ele se ergueu. Desta vez, o animal foi arremessado para longe e se arrastou na direção do portal. Elric levantou Stormbringer bem para o alto, e enterrou-a no crânio da criatura dourada. O crânio despedaçou-se como um pedaço de gelo.

Elric ultrapassou o portal e, uma vez lá dentro, o lugar foi preenchido por urros e gritos que ecoavam e eram ampliados. Era como se a voz que faltava à gélida criatura gritasse suas agonias de morte lá.

Então o chão se elevou até que Elric se viu correndo por uma rampa em espiral. Olhando para baixo, no centro da espiral, estremeceu ao olhar em um poço infinito de cores sutis e perigosas que se misturavam de tal forma que ele mal conseguia tirar os olhos. Ele quase se sentiu impelido a se lançar no buraco, mas segurou a espada com mais força e conseguiu se manter em sua escalada.

Olhar para cima naquele momento era o mesmo que olhar para baixo. Apenas a rampa tinha algum tipo de constância, e ela começou a assumir a aparência de uma joia de fino corte, através da qual ele podia ver o poço no qual ela estava refletida.

Verdes e azuis e amarelos predominavam, mas havia também vestígios de vermelho-escuro, preto e laranja, e muitas outras cores que não existem no espectro humano comum.

Elric sabia que estava em alguma província dos Mundos Superiores e percebeu que não demoraria muito até que a rampa o levasse a um novo perigo.

Nenhum perigo parecia aguardá-lo quando finalmente chegou ao fim da rampa e a uma ponte feita de material similar a ela; passava sobre um poço cintilante até uma arcada que brilhava com uma luz azul constante.

Ele cruzou a ponte com cautela e com igual cautela entrou na arcada. Tudo ali tinha um tom azulado, até ele próprio; e prosseguiu, o azul se tornando mais e mais forte à medida que avançava.

Então Stormbringer começou a murmurar e, quer tenha sido advertido pela espada ou por algum sexto sentido próprio, Elric girou para sua direita. Outra arcada surgiu e dela uma luz começou a brilhar com um vermelho tão intenso quanto o azul da ponte. Onde as duas luzes se encontravam havia um tom púrpura de intensidade fantástica e Elric observava, experimentando uma atração hipnótica semelhante à que ele sentiu ao subir pela rampa. Mais uma vez sua mente estava mais forte, e ele se obrigou a entrar no arco vermelho. No mesmo instante, outro arco apareceu à sua esquerda, emitindo um feixe de luz verde que se fundia com o vermelho, e ainda outro arco à esquerda emitia uma luz amarela. Mais um à sua frente emitia uma luz lilás até que ele pareceu preso no cruzamento de tantos raios de luz. Ele cortava os feixes de luz com Stormbringer, e o brilho negro reduzia os raios, por um momento, em faixas de luz, que se restauravam novamente. Elric continuou avançando.

Agora, surgindo do meio da confusão de cores, uma forma apareceu, e Elric pensou que ela tivesse uma forma de homem.

De fato tinha contornos humanos, mas não parecia ter o tamanho de um. No entanto, quando ele se aproximou, não era nenhum gigante. Era menor que Elric. Ainda assim, dava a impressão de ter grandes proporções, como se fosse um gigante e como se Elric tivesse crescido até ficar do tamanho dele.

Ele cambaleou em direção a Elric e passou *através* dele. Não é que o homem fosse intangível – foi Elric que se sentiu como um fantasma. O corpo da criatura parecia ter uma densidade incrível. A criatura estava voltando, suas mãos enormes esticando-se na direção dele, seu rosto uma careta de zombaria. Elric atacou-a com Stormbringer e ficou surpreso quando a espada rúnica se deteve, sem causar nenhum abalo na criatura.

No entanto, quando ela agarrou Elric, suas mãos atravessaram por ele. Elric afastou-se, agora com um sorriso de alívio. Então ele viu com algum terror que a luz estava brilhando através dele. Ele tinha razão: *ele* era o fantasma!

A criatura estendeu a mão para ele de novo, agarrando-o novamente, mas não conseguiu segurá-lo.

Elric, consciente de que não corria nenhum perigo físico por causa do monstro, mas também bastante consciente de que sua sanidade estava prestes a ser permanentemente debilitada, virou-se e fugiu.

De repente estava em um corredor cujas paredes tinham as mesmas cores instáveis e mutáveis do resto do lugar. Mas, sentado em um banquinho no centro da sala, segurando em suas mãos algumas pequenas criaturas que pareciam estar correndo sobre a palma da mão, havia uma pequena figura que olhava para Elric e sorria alegremente.

– Bem-vindo, Rei de Melniboné. A quantas anda o último governante da minha raça terrena favorita?

A figura estava vestindo uma roupa colorida e cintilante. Sobre sua cabeça havia uma coroa alta, cheia de pontas. Seu rosto era angular e sua boca grande.

– Saudações, Lorde Balo – Elric fez uma falsa reverência. – Uma estranha hospitalidade essa que você oferece como boas-vindas.

– Ahaha! Isso não o diverte, então? Os homens são muito mais difíceis de agradar do que os deuses! Você não iria imaginar algo assim, iria?

– Os prazeres dos homens raramente são tão elaborados. Onde está a rainha Yishana?

– Permita que eu tenha meus prazeres também, mortal. Aqui está ela, eu acho. – Balo arrancou uma das pequenas criaturas da palma da mão. Elric se aproximou e viu que Yishana estava de fato lá, assim como muitos dos soldados perdidos. Balo olhou para ele e piscou. – Eles são muito mais fáceis de lidar neste tamanho.

– Eu não tenho dúvida disso, embora eu me pergunte se não somos nós que somos maiores, em vez de eles serem menores...

– Você é astuto, mortal. Mas pode imaginar como isso aconteceu?

– Sua criatura lá atrás... Seus poços e cores e arcadas... De alguma forma eles deformam... o quê?

– Deformam a *matéria*, rei Elric. Mas você não iria entender tais conceitos. Até mesmo os Senhores de Melniboné, os mais divinos e inteligentes dos mortais, só aprenderam a manipular os elementos através de rituais, invocações e feitiços, mas nunca compreenderam o que estavam manipulando. É aí onde os Senhores dos Mundos Superiores levam vantagem, independentemente das suas diferenças.

– Mas eu sobrevivi sem a necessidade de feitiços. Eu sobrevivi disciplinando minha mente!

– Isso ajudou, com certeza. Mas você esquece o seu maior trunfo, essa lâmina perturbadora que você tem. Você a usa para resolver seus problemas mesquinhos e nunca percebeu que é como fazer uso de uma poderosa galera de guerra para pegar um espadilha. Essa espada representa poder em *qualquer* reino, rei Elric!

– Sim, pode ser que sim. Isso não me interessa. Por que você está aqui, lorde Balo?

Balo gargalhou, sua risada era musical.

– Oho, eu estou em desgraça. Eu briguei com os meus mestres, que se ofenderam com uma piada que contei sobre a insignificância, a vaidade, o destino e o orgulho deles. O mau gosto para eles, ó rei, é indício de seu próprio esquecimento. Eu fiz uma piada de mau gosto. Fugi dos Mundos Superiores para a Terra, onde, a não ser que invocados, os Senhores da Ordem ou do Caos raramente podem interferir. Você vai gostar do meu plano, Elric, assim como qualquer melniboneano iria gostar. Tenho a intenção de estabelecer o meu próprio Reino na Terra... o Reino do Paradoxo. Um pouco de Ordem, um pouco de Caos... Um reino de opostos, de curiosidades e diversões.

– Eu penso que já temos um mundo como esse que você descreve, lorde Balo, sem a necessidade de você criá-lo!

– Uma sincera ironia, rei Elric, para um homem indiferente de Melniboné.

– Ah, pode ser isso. Eu sou um cafajeste em ocasiões como estas. Você vai libertar Yishana e a mim?

– Mas você e eu somos gigantes! Eu lhe dei a condição e a aparência de um deus. Você e eu poderíamos ser parceiros neste meu empreendimento!

– Infelizmente, lorde Balo, eu não possuo a sua gama de humor e não estou preparado para um papel tão exaltado. Além disso – Elric sorriu de repente –, estou pensando que os Senhores dos Mundos Superiores não irão facilmente esquecer a razão de sua ambição, uma vez que parece entrar em conflito com a deles.

Balo riu, mas não disse nada.

Elric também sorriu, mas para tentar esconder seus velozes pensamentos.

– O que pretende fazer se eu recusar?

– Ora, Elric, você não seria capaz de recusar! Eu posso imaginar tantos truques sutis que poderia usar em você...

– Mesmo? E quanto às Espadas Negras?

– Ah, sim...

– Balo, na sua alegria e obsessão, você não considerou tudo minuciosamente. Você deveria ter se esforçado mais para me superar antes de eu vir aqui.

Agora os olhos de Elric tinham um brilho quente e ele levantou a espada, gritando:

– Arioque! Mestre! Eu te invoco, Senhor do Caos!

Balo cedeu.

– Chega disso, rei Elric!

–Arioque... Eis aqui uma alma para você clamar!

– Silêncio, eu disse!

– Arioque! Ouça-me! – a voz de Elric estava alta e afoita.

Balo deixou seus pequenos brinquedos caírem e pulou na direção de Elric.

– Sua invocação está sendo ignorada! – ele já estava quase tocando Elric. Mas Stormbringer gemeu e estremeceu na mão do albino. Balo recolheu a mão, seu rosto ficou sério e ele franziu a testa.

– Arioque das Sete Trevas! Teu servo te chama!

As paredes de chamas tremeram e começaram a desaparecer.

Os olhos de Balo se arregalaram e estremeceram de um lado para o outro.

– Oh, senhor Arioque! Venha reclamar seu desgarrado Balo!

– Você não pode! – Balo correu por toda a sala, onde uma parte da chama havia desaparecido completamente, revelando a escuridão além.

– Infelizmente para você, pequeno bobo da corte, ele pode... – a voz era sardônica, mas bela. Da escuridão surgiu uma figura alta, não mais a coisa disforme que, até agora, tinha sido a manifestação preferida de Arioque quando visitava o Reino da Terra. No entanto, a grande beleza do recém-chegado, repleta de uma espécie de compaixão misturada com orgulho, crueldade e tristeza, mostrou imediatamente que ele não poderia ser humano. Ele vestia um gibão de um tom escarlate pulsante e havia uma longa espada dourada em seus quadris. Seus olhos eram grandes, seu cabelo longo e dourado como a espada, seus lábios cheios e queixo pontudo como as orelhas.

– Arioque! – Balo cambaleou para trás quando o Senhor do Caos avançou na sua direção.

– Esse foi seu erro, Balo – disse Elric de trás do bobo da corte. – Você não percebeu que só os reis de Melniboné podem invocar Arioque e trazê-lo para o Reino da Terra? É privilégio secular deles.

– Um privilégio de que abusam muito – disse Arioque, sorrindo vagamente enquanto Balo se curvava. – No entanto, este serviço que você nos fez, Elric, vai compensar pelos maus usos do passado.

Até mesmo Elric ficou impressionado com a presença incrivelmente poderosa do Senhor do Caos. E também se sentiu muito aliviado, pois não tinha certeza de que Arioque poderia ser convocado desta forma. Então Arioque estendeu um braço em direção a Balo e levantou o bobo da corte pelo pescoço, que se sacudiu com espasmos no ar, seu rosto contorcendo-se de medo e consternação.

Arioque segurou a cabeça de Balo e apertou-a. Elric olhou com espanto enquanto a cabeça era esmagada. Arioque pegou as pernas de Balo e torceu-as, dobrando seu corpo e amassando-o com suas mãos desumanas até que ele ficou uma pequena bola sólida. Arioque então jogou a bola para dentro de sua boca e a engoliu. – Eu não o devorei, Elric – disse ele com outro sorriso vago. – É apenas a maneira mais fácil de transportá-lo de volta aos Reinos de onde ele veio. Ele desobedeceu e será punido. Tudo isso – ele gesticulou mostrando a cidadela – é lamentável e contradiz os planos que nós do Caos temos com a Terra. Planos que envolvem você, nosso servo, e que o tornam poderoso.

Elric se curvou ao seu mestre.

– Sinto-me honrado, senhor Arioque, embora eu não procure nenhum favorecimento.

A voz cadenciada de Arioque perdeu um pouco de sua beleza e seu rosto pareceu se anuviar por um segundo.

– Você se comprometeu a servir o Caos, Elric, como seus antepassados o fizeram. Você irá servir o Caos! O tempo se aproxima quando tanto a Ordem quanto o Caos irão lutar pelo Reino da Terra... e o Caos deve vencer! A Terra será incorporada ao nosso reino e você irá se juntar à hierarquia do Caos, se tornar um imortal como nós!

– A imortalidade oferece pouco para mim, meu senhor.

– Ah, Elric, os homens de Melniboné se tornaram iguais aos primatas que agora dominam a Terra com suas "civilizações" insignificantes? Você não é melhor do que esses arrogantes dos Reinos Jovens? Pense no que oferecemos!

– Pensarei, meu senhor, quando o momento que mencionas chegar – a cabeça de Elric ainda estava abaixada.

– Deve, de fato, pensar – Arioque levantou os braços. – Agora, tenho de transportar este brinquedo de Balo ao seu próprio reino e corrigir os problemas que ele causou, para que nenhum indício chegue ao conhecimento de nossos adversários antes do momento adequado – a voz de Arioque aumentou como o canto de um milhão de sinos de bronze, e Elric embainhou a espada e cobriu as orelhas com as mãos para parar a dor.

Então Elric sentiu como se seu corpo estivesse se despedaçando, crescendo e esticando como fumaça flutuando no ar. Em seguida, a fumaça começou a se contrair, tornando-se cada vez mais densa e ele parecia estar encolhendo. Tudo ao redor dele era um conjunto de cores, brilhos e barulhos indescritíveis. Então veio uma grande escuridão, e ele fechou os olhos contra as imagens que pareciam refletidas nela.

Quando os abriu, ele estava no vale e a Cidadela Que Canta havia desaparecido. Só Yishana e alguns soldados surpresos estavam ali. Yishana correu na direção dele.

– Elric! Foi você que nos salvou?

– Eu só posso reivindicar parte do crédito – disse ele.

– Nem todos os meus soldados estão aqui – disse ela – inspecionando os homens. Onde estão os outros... e os moradores sequestrados antes?

– Se o paladar de Balo é como o de seus mestres, então eu temo que eles agora têm a honra de fazerem parte de um semideus. Os Senhores do Caos não são comedores de carne, é claro, por serem dos Mundos Superiores, mas há algo no sabor dos homens que os satisfazem...

Yishana abraçou seu corpo como se estivesse com frio.

– Ele era enorme. Eu não posso acreditar que a cidadela podia conter todo o seu tamanho!

– A cidadela era mais do que uma habitação, isso era óbvio. De alguma forma, ela mudou de tamanho, forma e outras coisas que não posso descrever. Arioque do Caos transportou ela e Balo de volta para onde pertencem.

– Arioque! Mas ele é um dos Seis Maiores! Como ele veio para a Terra?

– Um velho pacto com os meus antepassados remotos. Ao invocá-lo, eles permitem passar um curto período de tempo no nosso reino, e ele retribui com algum favor. Isso foi feito.

– Vem, Elric. – ela segurou o braço dele. – Vamos para longe do vale.

Elric estava fraco e debilitado pelo esforço de ter invocado Arioque e pelas experiências que tivera antes e depois do episódio. Ele mal podia andar; era Yishana que lhe servia de apoio para que fizessem um lento progresso, com os guerreiros aturdidos seguindo-os em direção à aldeia mais próxima, onde eles poderiam descansar e conseguir cavalos para levá-los de volta a Dhakos.

CINCO

Enquanto passavam pelas ruínas devastadas de Thokara, Yishana apontou de repente para o céu.

– O que é aquilo?

Uma grande forma voava na direção deles. Tinha a aparência de uma borboleta, mas uma borboleta com as asas tão grandes que ocultavam o sol.

– Será que é uma criatura de Balo que foi deixada para trás? – ela especulou.

– Pouco provável – ele respondeu. – Tem a aparência de um monstro conjurado por um feiticeiro humano.

– Theleb K'aarna!

– Ele se superou – disse Elric ironicamente. – Eu não achava que ele fosse capaz.

– Ele quer se vingar de nós, Elric!

– Isso faz sentido. Mas estou fraco, Yishana, e Stormbringer precisa de almas para repor a minha força. – ele voltou seus olhos sobre os guerreiros atrás dele, que olhavam boquiabertos para a criatura que se aproximava. Podiam ver que ela tinha o corpo de um homem, coberto de pelos ou penas coloridas como as de um pavão.

O ar assobiava à medida que ela descia, batendo suas asas gigantescas.

De sua cabeça saíam dois chifres curvos, e seus braços terminavam em longas garras.

– Estamos condenados, Elric! – gritou Yishana. Ela viu que os guerreiros estavam fugindo e gritou para que voltassem. Elric ficou lá passivamente, sabendo que sozinho não poderia derrotar a criatura-borboleta.

– Melhor ir com eles, Yishana – ele murmurou. – Eu acho que ele vai se dar por satisfeito comigo.

– Não!

Ele a ignorou e deu um passo na direção da criatura que pousou e começou a deslizar sobre o solo em sua direção. Ele desembainhou uma Stormbringer imóvel, que parecia pesada na sua mão. Um pouco de força fluiu para ele, mas não o suficiente. Sua única esperança era conseguir dar um bom golpe em alguma parte vital da criatura e tirar um pouco da sua força vital para si.

A "voz" da criatura guinchou para ele, e seu rosto insano e estranho se distorceu quando se aproximou. Elric concluiu que ela não era nenhum habitante sobrenatural dos mundos inferiores, mas uma criatura outrora humana transformada pela feitiçaria de Theleb K'aarna. Pelo menos era mortal, e ele necessitava apenas de força física para enfrentá-la. Em outras circunstâncias, teria sido fácil para ele, mas agora...

As asas batiam no ar enquanto as mãos com garras o agarram. Ele segurou Stormbringer com ambas as mãos e brandiu a espada rúnica mirando o pescoço da coisa. Rapidamente as asas se dobraram para proteger seu pescoço e Stormbringer enredou-se na estranha carne pegajosa. Uma garra acertou o braço de Elric, rasgando-a até o osso. Ele gritou de dor e puxou a espada da asa.

Tentou firmar-se para mais um golpe, mas o monstro agarrou seu braço ferido e começou a puxá-lo em direção à sua cabeça chifruda.

Elric lutou contra a coisa, cortando-a nos braços com a força extra que lhe apareceu com a ameaça da morte.

Então ouviu um grito atrás dele e viu uma figura com o canto do olho, que saltou para a frente com duas lâminas brilhando uma em cada mão. As espadas cortaram as garras e com um grito a criatura se voltou para o novo oponente que surgira para ajudar Elric.

Era Moonglum. Elric caiu para trás, respirando com dificuldade, enquanto observava seu amigo ruivo se envolver com o monstro.

Mas Moonglum não sobreviveria por muito tempo, a menos que fosse ajudado.

Elric vasculhou sua mente atrás de algum feitiço que poderia ajudar; mas estava fraco demais, mesmo que pudesse pensar em um, para juntar a energia necessária a fim de pedir ajuda sobrenatural.

E então ele se deu conta! Yishana! Ela não estava tão exausta como ele. Mas ela conseguiria?

Moonglum só estava dando conta de deter a criatura por um tempo, suas duas espadas relampejando rapidamente tentando aparar os esforços da criatura para agarrá-lo.

– Yishana! – chamou o albino.

Ela veio até ele e colocou uma mão sobre a dele.

– Nós podíamos fugir, Elric, nos esconder daquela coisa.

– Não. Devo ajudar Moonglum. Ouça... você sabe o quão desesperada é nossa posição, não sabe? Então, mantenha isso em mente enquanto você recita esta runa comigo. Talvez juntos possamos ter sucesso. Existem muitos tipos de lagartos nestas terras, não?

– Sim, muitos.

– Então, isso é o que você tem de dizer... E lembre-se que todos iremos morrer por causa desse servo de Theleb K'aarna se você não tiver sucesso.

Nos meio-mundos, onde habitavam os mestres de todas as criaturas que não o homem, uma entidade ficou agitada ao ouvir seu nome. A entidade se chama Haaashaastaak; é escamosa e fria, sem um verdadeiro intelecto, como homens e deuses possuíam, mas com uma consciência, que lhe servia tão bem, se não melhor. Ele era irmão, neste plano, de entidades como Meerclar, Senhor dos Gatos, Roofdrak, Senhor dos Cães; Nuru-ah, Senhor do Gado, e muitos, muitos outros. Este era Haaashaastaak, Senhor dos Lagartos. Ele não exatamente *ouvia* as palavras, no sentido exato do termo, mas ouvia ritmos que significavam muito para ele, mesmo que ele não soubesse o porquê. Os ritmos foram sendo repetidos de novo e de novo, mas pareciam fracos demais para se dar muita atenção. A entidade se mexeu e bocejou, mas nada além disso...

Haaashaastaak, Senhor dos Lagartos,
Seus filhos foram os pais dos homens,
Haaashaastaak, Príncipe dos Répteis.
Venha ajudar um neto agora!

Haaashaastaak, Pai de Escamas,
O de Sangue Frio que traz vida...

Foi uma cena bizarra, com Elric e Yishana desesperadamente cantando a runa repetidamente enquanto Moonglum continuava lutando, lentamente perdendo força.

Haaashaastaak estremeceu e ficou mais curioso. Os ritmos não eram mais fortes, mas pareciam mais insistentes. Viajaria, decidiu, ao lugar onde aqueles por quem ele zelava habitavam. Sabia que, se respondesse aos ritmos, teria de obedecer a quem quer que fosse a fonte de onde vinham. Não tinha, é claro, ciência de que tais decisões foram implantadas dentro dele em uma época distante, no tempo anterior à criação da Terra, quando os Senhores da Ordem e do Caos, então habitantes de um único reino e conhecidos por outro nome, vigiaram a formação das coisas e estabeleceram a forma e a lógica pelas quais as coisas devem se comportar, seguindo a determinação da voz do Equilíbrio Cósmico. Voz que nunca havia falado antes.

Haaashaastaak então foi, um pouco indolentemente, para a Terra.

Elric e Yishana ainda estavam cantando com a voz rouca, quando Haaashaastaak fez sua aparição repentina. Ele tinha a aparência de uma enorme iguana e seus olhos eram multicoloridos como joias lapidadas, suas escamas parecendo de ouro, prata e outros metais preciosos. Um leve contorno enevoado o rodeava, como se ele tivesse trazido parte de seu próprio ambiente com ele.

Yishana engasgou e Elric deu um suspiro profundo. Quando criança, ele aprendeu as línguas de todos os mestres-animais, e agora tinha de lembrar o linguajar simples do lagarto-mestre, Haaashaastaak.

Sua necessidade ativou seu cérebro, e as palavras saíram de repente.

– Haaashaastaak – gritou ele apontando para a criatura em forma de borboleta. – Mokik ankkuh!

O senhor das serpentes virou seus olhos adornados de joias para a criatura alada, e sua grande língua de repente disparou na direção dela, se enrolando em volta do monstro que lutava contra Moonglum. Ela sibilou de terror enquanto era atraída para o grande estômago do senhor dos lagartos. Pernas e braços se agitavam enquanto a boca fechava sobre ela. Vários tragos e Haaashaastaak engoliu a maior criação de Theleb K'aarna. Em seguida, virou sua cabeça, indeciso por alguns instantes e desapareceu.

A dor começou a latejar através do braço rasgado de Elric, enquanto Moonglum cambaleou em direção a ele, com um sorriso de alívio.

– Eu segui você à distância, como você pediu – disse ele – já que você suspeitava de traição por parte de Theleb K'aarna. Mas, então, avistei o feiticeiro vindo para cá e o segui até uma caverna nas colinas perto daqui – ele apontou. – Mas quando o falecido – ele riu, trêmulo – emergiu da caverna, eu decidi que seria melhor persegui-lo, pois eu tinha a sensação de que estava indo em sua direção.

– Estou feliz por você ter sido tão astuto – disse Elric.

– Foi graças a você, na verdade – Moonglum respondeu. – Pois, se você não tivesse previsto a traição de Theleb K'aarna, eu poderia não estar aqui no momento certo.

Moonglum de repente afundou na grama, inclinou-se para trás, arreganhou os dentes num sorriso dolorido, e desmaiou.

Elric sentia-se muito tonto também.

– Eu não acho que precisamos temer nada mais do seu feiticeiro agora, Yishana – disse ele. – Vamos descansar aqui e nos recuperar.

Talvez, então, seus soldados covardes já terão retornado, e poderemos enviá-los a uma aldeia para buscar alguns cavalos.

Eles deitaram-se na grama e, se aconchegando nos braços um do outro, adormeceram.

Elric ficou surpreso quando acordou em uma cama macia. Abriu os olhos e viu Yishana e Moonglum sorrindo para ele.

– Há quanto tempo estou aqui?

– Mais de dois dias. Você não acordou quando nos trouxeram os cavalos, então tivemos de fazer os guerreiros montarem uma maca para carregar você até Dhakos. Você está no meu palácio.

Elric moveu com cautela seu braço enfaixado. Ainda estava dolorido.

– Meus pertences ainda estão na pousada?

– Talvez, se não foram roubados. Por quê?

– Eu tenho uma bolsa de ervas lá, que vai curar esse braço rapidamente e também me dará um pouco de força, da qual muito necessito.

– Eu vou ver se ainda estão lá – disse Moonglum, e saiu da câmara.

Yishana acariciou o cabelo branco de Elric.

– Tenho tanto a lhe agradecer, lobo – disse ela. – Você salvou o meu reino... Talvez todos os Reinos Jovens. Aos meus olhos, você está redimido pela morte do meu irmão.

– Oh, eu lhe agradeço, minha senhora – disse Elric em um tom zombeteiro.

Ela riu:

– Você ainda é um melniboneano.

– Sim, ainda sou.

– Uma mistura estranha, no entanto. Sensível e cruel, sarcástico e leal a seu pequeno amigo Moonglum. Estou ansiosa para conhecê-lo melhor, meu senhor.

– Quanto a isso, eu não tenho certeza se você terá essa oportunidade.

Ela deu-lhe um olhar duro.

– Por quê?

– A epítome que você tem sobre mim estava incompleta, rainha Yishana. Você deveria ter acrescentado "negligente com o mundo, mas ainda assim vingativo". Desejo vingança de seu mago de estimação.

– Mas ele está acabado, com certeza... Você mesmo disse isso.

– Eu sou, como você bem observou, ainda um melniboneano! Meu sangue arrogante pede vingança contra um presunçoso!

– Esqueça Theleb K'aarna. Vou mandar meus Leopardos Brancos caçá-lo. Mesmo sua magia não vai superá-los, selvagens como eles são!

– Esquecê-lo? Oh, não!

– Elric, Elric... Darei a você o meu reino, vou declará-lo governante de Jharkor, se me deixar ser sua consorte.

Ele estendeu a mão e acariciou-lhe o braço nu com a mão boa.

– Você não está sendo realista, rainha. Tomar tal decisão provocaria rebelião em sua terra. Para seu povo, ainda sou o Traidor de Imrryr.

– Agora, não. Agora você é o herói de Jharkor.

– Como assim? Eles não sabiam do perigo que passavam e, portanto, não sentirão nenhuma gratidão. Será melhor que eu acerte a minha dívida com o seu mago e continue meu caminho. As ruas já devem estar cheias de rumores de que você levou o assassino de seu irmão para sua cama. Sua popularidade com os seus súditos deve ser a mais baixa, minha senhora.

– Eu não me importo.

– Você vai se importar quando seus nobres levarem o povo à revolta e crucificarem-na nua na praça da cidade.

– Você está familiarizado com os nossos costumes.

– Nós, os melniboneanos, somos um povo instruído, rainha.

– Bem versados em todas as artes.

– Todas elas.

Novamente ele sentiu o sangue de sua raça quando ela se levantou e trancou a porta. Naquele momento, ele não sentiu nenhuma necessidade das ervas que Moonglum tinha ido buscar.

Quando saiu do quarto na ponta dos pés naquela noite, encontrou Moonglum esperando pacientemente na antecâmara. Moonglum entregou a bolsa com uma piscadela. Mas o humor de Elric não era dos melhores. Ele pegou um punhado de ervas da bolsa e selecionou o que precisava.

Moonglum fez uma careta enquanto observava Elric mastigar e engolir o material. Então, juntos, eles saíram às escondidas do palácio.

Armado com Stormbringer e montado, Elric cavalgou um pouco atrás de seu amigo enquanto Moonglum liderava o caminho para as colinas além de Dhakos.

– Se bem conheço os feiticeiros de Pan Tang – murmurou o albino – então Theleb K'aarna estará mais exausto do que eu. Com sorte, chegaremos até ele quando estiver dormindo.

– Vou esperar fora da caverna, nesse caso – disse Moonglum, pois ele agora tinha alguma experiência da vingança de Elric e não gostaria de assistir a morte lenta de Theleb K'aarna.

Eles galoparam rapidamente para as colinas, e Moonglum mostrou a Elric a boca da caverna.

Deixando seu cavalo, o albino entrou com pés macios na caverna, sua espada rúnica preparada.

Moonglum esperou nervosamente por gemidos de Theleb K'aarna, mas nenhum veio. Ele esperou até o amanhecer começar a trazer a primeira luz tênue e, em seguida, Elric, com o rosto congelado de raiva, emergiu da caverna.

Raivosamente, ele agarrou as rédeas de seu cavalo e virou-se na sela.

– Você está satisfeito? – perguntou Moonglum timidamente.

– Satisfeito, não! O cão desapareceu!

– Desapareceu? Mas...

– Ele é mais esperto do que eu pensava. Existem várias cavernas e procurei-o em todas elas. Na mais distante delas, encontrei traços de runas de feitiçaria nas paredes e no chão. Ele transportou-se para algum lugar e eu não consigo descobrir para onde, apesar de decifrar a maioria das runas! Talvez ele tenha ido para Pan Tang.

– Ah, então nossa busca foi em vão. Voltemos para Dhakos e vamos desfrutar um pouco mais da hospitalidade de Yishana.

– Não. Nós vamos para Pan Tang.

– Mas, Elric, os feiticeiros irmãos de Theleb K'aarna moram lá em grande número. E Jagreen Lern, o teocrata, proíbe visitantes!

– Não importa. Desejo terminar meus assuntos com Theleb K'aarna.

– Você não tem nenhuma prova de que ele está lá!

– Não importa!

Elric esporeou seu cavalo e cavalgou como um homem possuído ou fugindo de terrível perigo. E talvez ele estivesse tanto possuído quanto fugindo. Moonglum não partiu imediatamente atrás do amigo, mas observou pensativamente seu amigo galopar para longe. Sem estar acostumado a ser muito introspectivo, ele se perguntou se Yishana talvez tivesse afetado o albino de maneira mais intensa do que ele desejava. Ele não achava que a vingança sobre Theleb K'aarna era o principal desejo de Elric para se recusar a voltar para Dhakos.

Em seguida, deu de ombros e bateu os calcanhares no flanco de seu cavalo, correndo para alcançar Elric enquanto o dia amanhecia, frio, indagando se eles iriam continuar na direção de Pan Tang, uma vez que Dhakos estava bem distante.

Mas a cabeça de Elric não continha nenhum pensamento. Apenas emoções inundavam seu ser. Uma emoção que ele não desejava analisar. Seu cabelo branco flutuando atrás dele, seu rosto belo, porém pálido como a morte, as mãos finas segurando firmemente as rédeas do garanhão. E apenas os seus estranhos olhos vermelhos refletiam a miséria e o conflito dentro dele.

Em Dhakos, naquela manhã, outros olhos estavam cheios de indignação, mas não por muito tempo. Yishana era uma rainha pragmática.

Este livro foi impresso pela Gráfica Edelbra em papel *Lux Cream* 70g